中国古代著名小说

徐　潜＼主编

张　克　崔博华＼副主编

杨　杰　杨　楠＼编著

吉林文史出版社

图书在版编目（CIP）数据

中国古代著名小说 / 徐潜主编 . —长春：吉林文史
出版社，2013.4
ISBN 978-7-5472-1535-7

Ⅰ.①中… Ⅱ.①徐… Ⅲ.①古代小说-小说研
究-中国 Ⅳ.①G127-49

中国版本图书馆 CIP 数据核字（2013）第 064004 号

中国古代著名小说
ZHONGGUO GUDAI ZHUMING XIAOSHUO

出 版 人	孙建军	
主 编	徐 潜	
副 主 编	张 克 崔博华	
责任编辑	崔博华 董 芳	
装帧设计	昌信图文	
出版发行	吉林文史出版社有限责任公司（长春市人民大街 4646 号）www.jlws.com.cn	
印 刷	三河市燕春印务有限公司	
版 次	2014 年 2 月第 1 版 2021 年 3 月第 3 次印刷	
开 本	720mm×1000mm 1/16	
印 张	13	
字 数	250 千	
书 号	ISBN 978-7-5472-1535-7	
定 价	33.80 元	

序　言

　　民族的复兴离不开文化的繁荣，文化的繁荣离不开对既有文化传统的继承和普及。这套《中国文化知识文库》就是基于对中国文化传统的继承和普及而策划的。我们想通过这套图书把具有悠久历史和灿烂辉煌的中国文化展示出来，让具有初中以上文化水平的读者能够全面深入地了解中国的历史和文化，为我们今天振兴民族文化，创新当代文明树立自信心和责任感。

　　其实，中国文化与世界其他各民族的文化一样，都是一个庞大而复杂的"综合体"，是一种长期积淀的文明结晶。就像手心和手背一样，我们今天想要的和不想要的都交融在一起。我们想通过这套书，把那些文化中的闪光点凸现出来，为今天的社会主义精神文明建设提供有价值的营养。做好对传统文化的扬弃是每一个发展中的民族首先要正视的一个课题，我们希望这套文库能在这方面有所作为。

　　在这套以知识点为话题的图书中，我们力争做到图文并茂，介绍全面，语言通俗，雅俗共赏。让它可读、可赏、可藏、可赠。吉林文史出版社做书的准则是"使人崇高，使人聪明"，这也是我们做这套书所遵循的。做得不足之处，也请读者批评指正。

编　者

2012 年 12 月

目　录

志怪小说与《搜神记》

　　志怪小说是中国古典小说形式之一，主要指魏晋时代产生的一种以记述神仙鬼怪为内容的文学体裁，也可包括汉代及以后的同类作品。志怪小说是中国小说发展到魏晋南北朝时期的重要形式，它的产生与当时社会宗教迷信和玄学风气以及佛教的传播有直接的关系，吸收了古代神话传说、诸子散文、寓言、史传、民间故事的精髓，应运而生。其中干宝的《搜神记》是比较重要的一部作品。

一、光怪陆离的神怪世界——志怪小说

（一）小说的产生与界定

在我国，"小说"一词的出现，距今已有两千多年的历史了。我们今天所说的小说是指一种文体，是以人物塑造为中心，通过虚构的故事来反映社会生活的一种文学样式。但是，最初的"小说"一词，与今天所说的文体意义上的小说可不相同。

"小说"一词最早见于《庄子》杂篇《外物》："饰小说以干县令，其于大达亦远矣。"以"小说"与"大达"对举，是要说明修饰琐屑浅薄的言论以求取崇高声望和美好的名誉，是不可能达到至境的。为了说明这个道理，庄子举了一个任公子钓鱼的故事。任公子钓鱼与众不同，他用大钩长线，用五十头犍牛做钓饵，蹲在浙江的会稽山，把鱼饵投放于东海。可是他一年的时间都没有钓到鱼。后来终于有一天一条大鱼游过来吞食了鱼饵，大鱼翻滚腾跃，搅得海水动荡，白浪冲天，吓坏了方圆千里的人们，而任公子所钓到的大鱼，使方圆几千里的人都饱餐了鱼肉。庄子由此生出感慨说，那些拿小竿细绳，直奔小河沟渠，守着些鲇鱼鲫鱼的人，怎么可能钓到大鱼呢？任公子从容洒脱，毫不着意，反而钓到了大鱼，因此，凡事只有任其自然才能获得成功。这是庄子最终想要说明的道理。而庄子所说的"小说"是与"大达"相对的小道，所以鲁迅在《中国小说史略》中说："然案其实，乃谓琐屑之言，非道术所在，与后来所谓小说者固不同。"在这里，庄子是把儒、墨等诸子视为无关道术的琐碎言谈的，认为它们是"小说"而非"大达"。但是，尽管庄子鄙薄小说，但"小说"一词却由此起步而不断演化发展。

到了东汉初年，桓谭作《新论》，称小说是"合丛残小语，近取譬论，以作短书，治身理家有可观之词"。他认为从内容上讲，"小说"不同于经籍之作，而是连缀一些零碎、琐细的语言

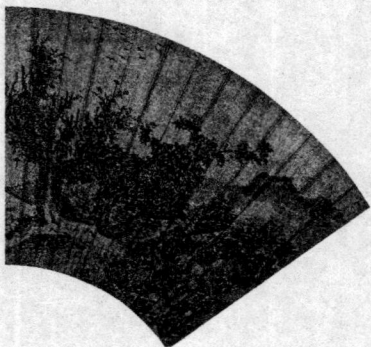

中国古代著名小说

而成的杂记，不同于官方的高文典策。从形式上讲，"小说"采取了"譬论"的表现方法，具有形象化的特点；从功能上讲，"小说"为人们提供了可资借鉴的经验与教益，有助于治身理家。在这里，桓谭所说的"小说"已具有了文体的意义。

东汉班固作《汉书·艺文志》，把小说家列于诸子略十家的最后。这是小说见于史家著录的开始。班固说："小说家者流，盖出于稗官。街谈巷语，道听途说者之所造也。孔子曰：'虽小道，必有可观者焉，致远恐泥，是以君子弗为也。'然亦弗灭也。间里小知者之所及，亦使缀而不忘。如或一言可采，此亦刍荛狂夫之议也。"这是史家和目录学家对小说所作的具有权威性的解释和评价。他认为小说本是街谈巷语，由小说家采集记录，成为一家之言。这虽是小道，尚有可取之处。班固明确地指出小说起自民间传说，这对认识中国小说的起源有重要的意义。

魏晋时期，志怪小说、志人小说盛行，但这也只是中国小说的雏形时期。从这个意义上来讲，魏晋南北朝时期的小说创作就是与中国古代小说的发展同步进行的。

(二) 志怪小说的概念

魏晋南北朝在中国历史上是一个动荡不安的时期，由分裂至短暂的统一又到分裂，百姓遭遇连年战乱，流离失所，民心惶惶。相应的在思想文化领域的表现也颇复杂：儒学的衰微，玄学的兴起，神仙思想和佛道二教思想的盛行。在玄学、神仙思想盛行的魏晋南北朝时代，作家将注意力放在要么谈玄说理，要么谈神说怪，于是在文学上产生了两类小说，一类是以刘义庆的《世说新语》为代表的志人小说，记录了魏晋士人的生活风尚；一类是以干宝的《搜神记》为代表的志怪小说，记录了魏晋士人的精神世界，展现了两汉魏晋时期的思想领域和文化现象。

志怪小说是中国古典小说形式之一，主要指魏晋时代产生的一种以记述神仙鬼怪为内容的文学体裁，也可包括汉代及以后的同类作品。志怪小说是中国小说发展到魏晋南北朝时期的重要形式，它吸收了古代神话传说、诸子散文、寓言、史传、民间故事的精髓，应运而生，并且一出现就蓬勃地发展起来。它的产生与当时社会宗教迷信思想和玄学风气以及佛教的传播有直接的关系，并对唐传奇产生了直接的影响。

志怪小说的内容很庞杂，大致可分为三类：

1. 地理博物。如托名东方朔的《神异传》、张华的《博物志》。

2. 鬼神怪异。如曹丕的《列异传》、干宝的《搜神记》、托名陶潜的《搜神后记》、王嘉的《拾遗记》、吴均的《续齐谐记》。

3. 佛法灵异。如王琰的《冥祥记》、颜之推的《冤魂志》等。魏晋南北朝时期产生了很多志怪小说，但到了今天，其中大多数已经散佚，现存完整与不完整者约有三十余种，其中干宝的《搜神记》是比较重要的一部。除此之外，还有托名汉东方朔的《十洲记》、托名汉班固的《汉武帝故事》《汉武帝内传》、托名陶潜的《搜神后记》、刘义庆的《幽明录》等。

（三）志怪小说的发展源头

志怪小说是中国古代小说发展的婴儿期，它的起源与之前的文学成果是分不开的。因此我们大致可从神话、寓言故事与史传三个方面来进行研究。

首先，从上古神话与中国古代小说的关系来看，中国的小说，也和世界各国一样，是从神话传说开始的，而且中国的神话是中国小说最重要的来源。上古神话原先在口口流传，有的被采入正史，遂逐渐定型；有的继续在口口流传并不断丰富发展，分化出一些新的神和英雄，增添了新的故事情节，为小说的孕育和产生做最初的准备。神话传奇小说通常富于浪漫主义的传奇色彩，这种积极昂扬的创作方法，也给予后世小说以重大影响。甚至神话传说中的一些题材和故事，直接为后世小说所吸取。等到魏晋时期，这些营养也被志怪小说吸收过来。在干宝的《搜神记》中就记录了很多由上古神话故事演变而来的神怪故事，如有关

盘瓠的神话和蚕马的神话。

其次是寓言故事。寓言虽然不是小说，但它的故事本身富有小说意味，影响了后来小说的产生发展，并在艺术手法上为小说的创作提供了有益的借鉴。主要表现为三个方面：

1. 寓言的目的在于表达观点、阐明道理，但采用的手段是叙述故事，因此在叙述性、故事性上与小说是相同的。

2. 寓言的叙事与史传不同，寓言的作者往往有意识地进行虚构，但是史传要求实事求是、严谨无误。因此在故事的虚构性上，寓言和小说是一样的。而志怪小说作为渐变过程的一个产物，兼有史传与寓言的特点，即虚实相间。

3. 先秦寓言的故事内容，有不少成为后来小说的题材来源。魏晋南北朝的"志怪小说"和"志人小说"，都曾采用和改编先秦寓言中的传说故事。再者，《孟子》、《庄子》、《韩非子》、《战国策》等书中都有不少人物性格鲜明的寓言故事，它们已经带有小说的意味。《韩非子》中保存寓言故事最多的《内储说》、《外储说》、《说林》，明白地用"说"来标目，也透露出两者之间的关系。显然，寓言故事可以看作志怪小说的源头之一。

第三是史传。史传对志怪小说的影响也表现在三方面：

1. 史传文学在复杂事件的组织、故事情节的叙述、人物形象的描写、思想主题的提炼等方面积累的艺术经验，为后来的小说家所吸取借鉴。

2. 史传中丰富多彩的历史故事，成为后来历史小说的题材。

3. 史传文学重视对史实的真实反映，以史为鉴，关注政治的传统，对中国古代小说产生了深远的影响。如《左传》、《战国策》、《史记》、《三国志》，描写人物性格，叙述故事情节，或为小说提供了素材，或为小说积累了叙事的经验。唐代传奇小说多取人物传记的形式，《三国志演义》标明是史传的演义，都证明了史传是小说的一个源头。

值得注意的是，志怪小说创作的初衷也是"记录事实"。魏晋南北朝时期是思想多元发展的时代，儒学衰微，玄学盛行，佛、道思想也顺着西风直贯而入。最初，人们对鬼神持有一种平和的心态，认为鬼神的世界和人类的世界一样，只是形式不同，就像邻居一样，可见魏晋人对鬼神并不恐惧。作为这一时代的人，自然受到这些思想的影响而成为有神论者，因此，魏晋志怪小说作家"非有意为小说，盖当时以为幽明虽殊途，而人鬼乃皆实有，故其叙述异事，与记载人间常事，自视固无诚妄之别矣"。干宝的《搜神记》就是在这一时代大背景下产生的。他在序中也明确表示，"发明神道之不诬"，神道确实存在的，并不是愚妄。作者在记录这些神鬼故事的时候，潜意识中是以记录事实为目标的。先不论荒诞不羁的内容是否真实，就作品本身而言，它反映出来的魏晋时代的社会生活的某些侧面确是不容置疑。像干宝，首先是以史学家的身份出现的。作为史学家，他在记录时，必然会本着谨慎、真实、可靠的原则。史书的写作，是在充分占有真实材料的基础上，再现历史事件和人物，使读者可以获得客观、全面的了解。《搜神记》的编撰，就是采用史书的这种创作方法。

志怪小说在最初的时候大都被归入史部杂传类。考查《搜神记》中的事，有些在干宝之前的史书典籍即有记载，如《左传》、《国语》、《战国策》、《史记》、《汉书》、《续汉记》、《东观汉记》、《汉纪》、《三国志》等。此外，还有《墨子》、《吕氏春秋》、《淮南子》、《论衡》、《风俗通》、《列异传》、《博物志》、《西京杂记》等。不仅如此，《搜神记》的记载还有相当数量可与史书《后汉书》、《晋书》、《魏晋春秋》、《汉晋春秋》、《晋中兴书》、《宋书》、《南齐书》、《梁书》、《南史》、《建康实录》等相参证。可见，《搜神记》最开始是作为史书的补充而收录在册的。这也从一个侧面说明史传对小说的影响之深。

一直以来，因为志怪小说记录的是有关妖狐鬼怪的故事，因此旧文学家只将它看成谈神说怪的小说，摒弃在主流文学门外。新文学家沿此观念，对其也不屑一读。事实上有点冤枉，它们以历史纪实的笔法记录魏晋时期的神话传说和民间故事，书中的若干记载不仅真实，而且可当研究史料，其价值在于表现了当时的思想文化氛围以及对鬼神文化的真实记录。由此可见，魏晋南北朝时期的志怪小说具有明显的史书性质，是了解魏晋社会的重要文献，在研究魏晋时期的风俗风尚、文化风气、社会思潮等方面有着重要的史料价值。

二、志怪小说兴起的时代背景

志怪小说的兴盛与当时的社会背景有很大关系。鲁迅在《中国小说史略》中曾有论析。他说："中国本信巫，秦汉以来，神仙之说盛行，汉末又大倡巫风，而鬼道愈炽；会小乘佛教亦入中土，渐见流传。凡此，皆张皇鬼神，称道灵异，故自晋讫隋，特多鬼神志怪之书。"鲁迅指出这一时期志怪小说兴盛的原因，是由于民间玄学巫风、道佛两教这些鬼神思想在思想领域占据主导作用。说明了志怪小说产生的根源。

（一）玄学兴起对志怪小说的影响

玄学的产生与谈风的盛行是魏晋志怪小说繁荣的一个主要原因。西汉，董仲舒提出了"罢黜百家，独尊儒术"的治国思想，与统治者想建立一个中央集权的封建国家的理想不谋而合。在儒家"忠孝"思想的统治下，汉武帝开疆辟土建立起大一统的帝国。国家的稳定也激励了士族阶级崇尚儒学的热情。但是，到了东汉末年，政治衰败，军阀混战，混乱的政局急剧动摇了统治了三百多年的儒家大一统思想，儒家经典救不了水深火热的政局。于是，士族阶级的思想开始转变，由对政权的拥护，转而变成对统治者的反思，最后变成彻底的批判。在这个思想转变的过程中，丢弃掉儒家思想，老庄思想反而回归，成为时尚。对政治的极度失望，使得士族阶级选择了逃避。一部分士人走进山林，过起世外高人的隐士生活。另一部分选择了一种独特而又潇洒的生活方式来逃避入世。他们追求自我价值，留恋于山河百川，任情放纵，热烈地表现自我。为求保命，士人之间不谈政治，而是敬尚虚无，谈玄说理。当时，在士族之中流行清谈之风，即对人的思想品德、才情风貌进行评定。这使得人们开始注重自我修为，崇尚自由发展，将目光从混杂的现实世界转向安宁的内心世界。没有了世俗的羁绊，更显得举止潇洒、风度翩翩。这就是史书记载的魏晋风流。那么，当时的魏晋名士都读些什么书呢？正是道家经典《老子》、《庄子》、《周易》。这三本书又被称为"三玄"，因此在这一时期兴起的哲学思潮又被称作"玄学"。在魏晋人士清谈的过程中，常有幽默诙谐、离奇怪异的故事以笔记的形式记录下来，成为志怪小说的资料。

（二）道教对志怪小说的影响

道教孕育于我国古代的巫术，发展壮大于东汉，在古代黄老道家学说和神仙方术的基础上发展而来，是中华民族古老的本土宗教。道教在其发展过程中对社会经济带来了极大的阻碍和破坏，但对我国文学艺术，尤其是中国古代小说的发展，却产生了巨大的影响。许多人都看到了佛教的作用，但自古代神话传说而起的志怪小说和本土的道教之间的密切关系更是不容忽视的。

道教注重现世生活，以生为乐，以长寿为大乐，以成仙永生为极乐。这正好满足了人类长生不老的理想，鼓励人们追求享乐。让尘世中的芸芸众生悟道成仙，迎合了魏晋时期人们因感叹"人生无常"而产生的"及时行乐"的思想。马克思说："宗教是被压迫生灵的叹息，是无情世界的感情，正像它是没有精神的制度的精神一样。宗教是人民的鸦片。"在追逐长生不老、羽化成仙的过程中，痛苦人民的心灵暂时得到麻痹。在道教神仙思想影响下，文学上更偏重于描写道家方术之中的海外仙山、奇国异域、炼丹服食、羽化登仙等意象，并且越来越多的知识分子加入到写作行列中，使得文学作品中开始出现了鬼神色彩浓郁的作品。这些描摹鬼神的作品即是我们所说的志怪小说。如托名张华的《列异传》、张华的《博物志》、托名郭璞的《玄中记》、王嘉的《抬遗记》、葛洪的《神仙传》、干宝的《搜神记》、托名陶潜的《搜神后记》等。

道教对志怪小说的影响还表现在志怪小说的思想内容的变化上：志怪小说的故事内容大都是神仙方术、巫术灵物、神仙下凡、羽化成仙、阴阳相通等。随着道教自身的完善，如吸收儒家"忠孝"思想等，这些变化在后来的志怪小说中

也有体现。比如《搜神后记·白水素女》，讲述了田螺姑娘每天为朴实、勤劳的农民谢端"守舍炊烹"，被识破后弃螺离去的故事；《搜神记·董永》讲天帝命织女下凡帮助董永偿还债务；《东海孝妇》中，屈死的孝妇周青临死前发下毒誓，并在死后得到了验证。这三则故事取自民间，作者虽意在"发明神道之不诬"，却无意识地透露出儒家"仁孝"思想的影响。

社会的动荡不安与战乱频仍，使宗教迷信思想获得传播的土壤。志怪小说在形成和发展的初期，不可避免地受到道教神仙思想的影响。道教尊崇鬼神的精神也大大地丰富了志怪小说的创作题材，使志怪小说的发展以及唐传奇的产生有一个良好的开端。

（三）佛教对志怪小说的影响

佛教于西汉末年由古国天竺传入中国，在魏晋时期开始兴盛。佛教在教义的大肆宣传过程中，更多地利用佛教典籍中大量的故事、寓言、譬喻、史诗等通俗易懂的形式，使佛教进一步走入百姓的生活。佛教的这些生动形式不仅为六朝正在兴起的志怪小说提供了丰富的素材、题材，尤为重要的是，它还在人生观、道德观、时空观，小说的情节、叙事方式及奇特的想象等方面，对魏晋志怪小说产生了深刻的影响。

佛教的传入，带来了与中国本土文化完全不同的人生价值观。对志怪小说影响最重要的是"三世轮回"、"因果报应"和"死而复生"的观点。佛教认为人生是一个可以循环的轮，每个人都有他的三世轮回，即前世、今世和来世。而且你在今生的生活，是由你在前世的所作所为决定的，并且关系到你来世的命运。以此鼓励人们为了来世的美好生活而在今生忍辱负重，广结善缘，使人们看不清今生的痛苦而把希望寄托于来生，安慰了动荡社会下生活着的众生的心灵。于是，佛教得以迅速地发展，轮回思想深入人心。王琰《冥祥记》中有个故事，讲刘宋的陈秀远信佛，有天正在家思考自己的由来，突然看见了两个衣着不同的女子，其中一个对她说自己是刘的前身，而另一个女子是她自己的前身，说完就走了。可见，轮回的说法已被人们接受，并在文学作品中有所记录。"因果报应"是佛教带来的另一个影响巨大的观点。佛教教义认为善有善报，恶有恶报，因此教导人们向善，有一定的积极意义，并且至今存留在中国人的集体意识里。"因果报应"这类故事在佛教经论中比比皆是，在魏晋志怪小说中，也是一大主题。例如《搜神记》中就有许多蛇、龟、鱼、玄鹤等动物报恩的故事；《幽明录》中的"王导"条说，王导兄弟三人"断舌而杀"鹊，果然遭到报应，三人"悉得暗疾"。"沛国周氏"条说，周氏儿时用蒺藜害死三只小燕子，长大后，生的三个儿子都哑。这就是作恶多端的结果。"因果报应"的思想对中国的叙事文学影响深远，以致后来的许多章回小说都把因果报应当成了结构小说的固定模式。"死而复生"在之前的中国观念中是没有的，但却随着佛教的盛行而流传开来。干宝《搜神记》"婢埋未亡"的故事即是例子。另外，由佛教引入的"地狱"概念，将鬼的世界丑化，对"地狱"阴森恐怖的描写，在志怪小说中也很常见。

　　中国上古时期已有自己比较模糊的时空概念。最早提出这一概念的是《管子》一书的《宙合》篇。其中，"宙"指的是时间，"合"指的是空间。但儒家"不语怪、力、乱、神"的思想完全限制了中国文化对时空观的深入探讨。而佛教对此却有一套更为系统的理论："世"是时间概念，"界"是空间概念。二者合一，便是时空范畴。佛教的时空概念远比人们的想象大得多，并且生动形象。比如"三千大千世界"的概念，三千个小千世界构成中千世界，三千个中千世界才构成一个大千世界，在这个世界中，山川河流都奇异无比，还有七色宝物作为装饰。这个生动形象的宇宙世界，带给信徒们许多美好的遐想，激发了他们对佛教信仰的热情。佛教对知识分子的影响在于改变了儒家文化抑制文学创作中的想象力的自由发挥的状况，大大启发了中国人的思维，激发了中国人的想象力。这也是魏晋志怪小说发展的一个不可忽略的因素。如梁萧绮录的《拾遗记》卷十中的《昆仑山》篇，对昆仑山的空间结构的叙述显然受到佛教佛典中有关须弥山空间结构的影响。

　　佛教文化对中国文化的影响还体现在对中国文学题

材与体裁的影响上。佛教经论中的丰富的寓言和譬喻促进了中国叙事文学的发展。之前的中国文学多以抒情为主，叙事也是为抒情服务的，即使有寓言，也是以说理为主。但是佛经故事、佛教的寓言和譬喻往往拥有完整、复杂而曲折的故事情节，教义也隐藏在较长的故事里。对中国志怪小说的叙事艺术产生了重要的影响，很多志怪小说中的故事直接来源于佛经经典。

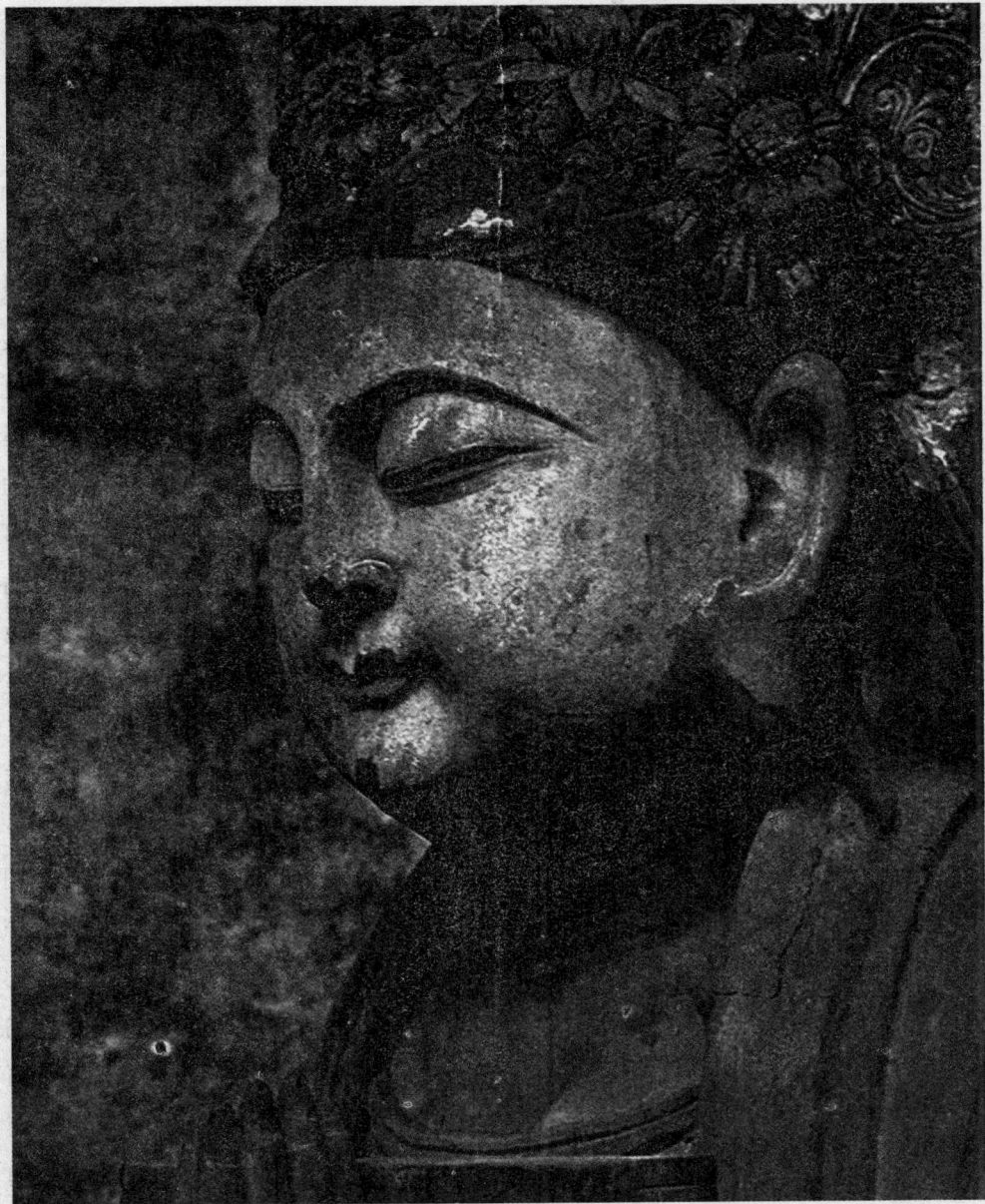

三、志怪小说的艺术特征

（一）志怪小说的艺术特征

第一，篇幅短小，粗陈梗概，叙写随意，是魏晋南北朝志怪小说的主要形式特征。这一时期的志怪小说大都比较短，不足三百字，有的甚至不足百余字，只能简单陈述故事大概，没有具体的细节刻画。因此，也就具备了语言简洁、质朴的特色，为后世的小说创作提供了素材和想象的空间。如《列异传》中的《望夫石》："武昌新县北山上有望夫石，状若人立者。传云：昔有贞妇，其夫从役，远赴国难；妇携幼子饯送北山，立望而形化为石。"一共不到五十字，只是简要地记述了一个民间传说，说明望夫石的由来。在后世的民间传说中才慢慢增加了其他复杂曲折的故事情节，使得生离死别的场景和期望丈夫归来的复杂感情更加丰富。《搜神记》中的《董永》，篇幅略长一些，也只有一百八十多字，记述了贫穷、勤劳、善良、孝顺的董永卖身为奴，借债为父发丧和天帝为之感动，派织女下凡为董永之妻，织缣帮他还债的简单故事，其中并没有故事情节和情感的详细描写。后世的"牛郎织女"传说将牛郎和织女的爱情提炼出来，围绕这一主题又增添了丰满血肉，使之成为爱情绝唱。这些优美的民间故事像是枝繁叶茂、硕果累累的参天大树，而魏晋南北朝时期的志怪小说就是这棵树的种子。

第二，在魏晋志怪小说中也有一些结构较完整，描写较细致生动，粗具短篇小说规模的作品，如《韩凭夫妇》、《李寄斩蛇》、《白水素女》、《胡母班》等。这些作品大都形象生动，语言优美，拥有曲折浪漫的故事情节、完整的内容结构和丰富的艺术想象力，向读者展示了一个变幻莫测、绮丽非凡的魔幻世界，体现出强烈的浪漫主义色彩，是魏晋志怪小说中最有价值的部分。例如《幽明录》中的《赵泰》，写赵泰因心痛而死，停尸十天后居然复活，然后

向人们滔滔讲述自己在冥间的经历和见闻：那些
"生时不作善"的人，在冥间被罚做苦役，日夜劳
顿；生前不信奉佛教的人，在冥间受审并接受来世
变为禽畜的报应；在阳间犯罪的人，到了冥间受到
刑罚，而信奉佛法之后，其罪过都可以免除；赵泰
自己在阳间并未做恶事，是"横为恶鬼所取"，所
以又被冥府遣还阳间。作者虚构出丰富曲折的故事
情节和人鬼对话，借以宣扬善恶有报、生死轮回的
佛教思想。《搜神记》中的《韩凭夫妇》，描写了一对至诚相爱的夫妻被宋康王
活活拆散，双双殉情后还被相对而葬，然而故事的结尾夫妻两冢之间竟长出盘
旋交错的相思树，树上的鸳鸯交颈悲鸣，情境凄美动人。作者以超现实的浪漫
主义笔法歌颂了韩凭夫妇至死不渝的爱情和对封建统治者的血泪控诉，同时也
表现了作者的高超艺术想象力。

　　第三，魏晋南北朝时期的志怪小说中那些篇幅较长、内容较丰富的作品已
开始注意到运用典型情节、细节描写、人物对话、引用诗歌等艺术表现手法，
对人物的形象、性格特点进行生动的描绘刻画。如《列异传》中的《宗定伯》，
《搜神记》中的《干将莫邪》、《千日酒》、《吴王小女》，《续齐谐记》中的
《清溪庙神》等篇。《干将莫邪》一篇语言质朴简练，但几个人物性格特点却十
分鲜明，栩栩如生。这就是因为作品中设置了典型情节。干将之子赤比决心为
父报仇，所以他能悟透父亲的遗言，找到雄剑，这一情节表现了他的智慧；后
来，侠客答应为他报仇，他"即自刎，两手捧头及剑奉之"，这一典型情节充分
表现了他的刚烈；当楚王悬赏千金购买赤比之头，赤比报仇困难时，侠客主动
要求替赤比复仇，这表现了侠客的豪爽；最后为除暴君，侠客计杀楚王，从容
自若，甘愿献出自己的宝贵生命，这又表现了他的侠义。描写楚王的性格，用
了两个典型情节，一是因干将铸剑误了期限，他就要杀干将，可见其性格的残
暴；二是侠客叫他到锅边去看煮的人头，他不知是计，竟欣然前往，终被侠客
砍头，这又表现了他的愚蠢。《宋定伯捉鬼》通篇几乎全由人物对话组成，描
写了宋定伯与鬼在路上斗智斗勇，最后将鬼卖掉的生动有趣的故事。宋定伯与
鬼之间一问一答，过程紧张揪心，而结果令人畅快，宋定伯勇敢机智的性格特
点跃然纸上。此外，如《列异传》中的《蒋济亡儿》，《搜神记》中的《谈生》、
《卢充幽婚》、《安阳亭书生》、《千日酒》，《幽明录》中的《刘晨阮肇》等名

篇，无不运用了人物对话来描写人物，推动情节发展。对细节的细致处理和艺术表现手法的运用是推动矛盾发生发展的关键，志怪小说作家对这些技巧的娴熟运用，说明我国古代小说创作在魏晋南北朝时期已开始步入了文学自觉时代。

（二）志怪小说对后世的影响

魏晋志怪小说作为文言小说的发展阶段，有一个良好的开端，它的蓬勃发展也为唐传奇和文言章回小说打下了良好的基础。志怪小说是中国小说发展史上承上启下的重要环节，有着不可磨灭的历史功绩。

在文学价值方面，魏晋志怪小说较之以往的记录，增强了故事情节的完整性和丰富性，并且开始运用各种表现手法来提高叙事的艺术性。更重要的是，为以后的文艺创作提供了素材，特别是给后世文学艺术以深远影响。比如唐代传奇是在魏晋志怪小说的基础上，吸收其在文学艺术上的营养发展而来的。沈既济的《枕中记》，李公佐的《南柯太守传》就渊源于刘义庆《幽明录》中的《焦湖庙祝》以及《搜神记》中《卢汾梦入蚁穴》的故事。在中国小说史上，说狐道鬼这一流派的形成，就开始于这时的志怪小说。宋朝平话、明清小说，甚至戏曲等都能看到与志怪小说一脉相承的关联。如宋洪迈的《夷坚志》、明瞿佑的《剪灯新话》、清蒲松龄的《聊斋志异》、纪晓岚的《阅微草堂笔记》等，都和它有一脉相承的关系。其中蒲松龄的《聊斋志异》被称为是志怪小说的又一巅峰之作。宋人平话中的"烟粉灵怪"故事也都受到它的影响。如《生死交范张鸡黍》、《西湖三塔记》等，就出自《搜神记》相同题材的故事。志怪小说还给后世的戏曲、杂剧和小说提供了丰富的素材：罗贯中的《三国演义》、施耐庵的《水浒传》、曹雪芹的《红楼梦》、冯梦龙的《三言》，都吸收了《搜神记》的创作养分；吴承恩的《西游记》更是志怪故事的百宝箱；关汉卿的《窦娥冤》、汤显祖的《邯郸梦》，是《东海孝妇》和《焦湖庙祝》的进一步发展，汤显祖《牡丹亭》中的《离魂》、《惊梦》在志怪小说中已有原型；至于如《干将莫邪》被鲁迅改编为历史小说《铸剑》，《董永和织女》是今天黄梅戏《天仙配》的最早蓝本，这更是大家所熟知的。

四、志怪小说中的珍珠——《搜神记》

《搜神记》是中国古典名著之一，也是中国第一部志怪小说集。《搜神记》上承《山海经》，下启《聊斋志异》，成为许多学者研究古代民间传说与神话的主要范本，也是后人撰述奇异故事的灵感源泉。综合小说题材的内容与体例来说，干宝的《搜神记》开中国志怪小说之先河，后世许多著作中的奇异故事皆来源于此，甚至当今社会流行的奇幻小说也依稀可见它的脉络，影响何其深远。

(一) 作者生平

《搜神记》作者干宝，生于公元 283 年，卒于公元 351 年（也有说生卒年为 274~336），东晋人，字令升，祖籍河南新蔡。对干氏家族的流转变迁，古书中多有记载，证实了干宝为海宁人。明代天启年间的《海盐县图经》曾提到，干宝父亲名莹，在吴国任立节都尉，后举家南迁定居海盐，于是干宝成了海盐人。明代董谷的《碧里杂存》中也提到："干宝……海盐人也。"按照武原古志里面的说法，干宝墓在武原县西南四十里的地方，即今浙江省海宁灵泉乡。著名的真如寺就是他家的宅基，这个地方古代被称作海盐。

干宝出生于仕宦之家，祖父干统，曾任吴国奋武将军，父亲干莹在东汉末年还担任着武官立节都尉的职务。后来东吴政权灭亡，干父携带着妻儿家小逃到海盐一带定居下来，并担任丹阳丞一职。干宝自小得到良好的家庭环境的熏陶，熟读经史子集，通晓各家战略兵策，年纪轻轻就成为文武全才，在当时的社会上可谓小有名气。但是由于政局的南北对峙，32 岁的他还没有得到朝廷的重用。

国家政局的变幻，终于让 33 岁的干宝开始了他的仕途生涯。东晋大兴元年（318 年）二月，即干宝 41 岁那年，因平定荆湘流民战乱有功，被封为关内侯。

但这只是个有名无实的空爵位。公元 317 年（建武元年）的 3 月，西晋灭亡，东晋建立，司马睿称王。318 年（大兴元年）3 月，司马睿在王导、王敦的扶持下称帝，即晋元帝。在对江南官吏的考察中，44 岁的干宝以出色的表现脱颖而出，得到华谭举荐，"以才器召为著作郎"。又于建武元年（317 年），经中书监王导推荐，领修国史。干宝生性秉直，能够站在公正的立场上来评写历史，不为个人好恶而偏废，这部《晋纪》在当时就被朝野称为良史。之后为避免卷入朝廷争斗，借口维持一家生计而求补山阴（今绍兴）令，后又迁至偏远的地方出任始安（今桂林）太守。太宁元年（323 年），王导又举荐干宝为司徒右长史、迁散骑常侍，跟在晋帝身边做顾问，出入宫门，名噪一时。这年干宝已54 岁。

咸和元年（326 年），干宝的母亲桓氏去世，葬在灵泉里，干宝辞官为母守孝。咸和四年守服完毕回朝。永和七年（351 年）秋干宝去世，葬在灵泉里后花园。朝廷特加封尚书令，从祀学宫。

干宝是我国古代著名的史学家和文学家，他博学多识，谦逊勤恭，一生著作丰赡，横跨经、史、子、集四部，堪称魏晋间之通人。至今有关专家已收集到的干宝书目达 26 种，近 200 卷。作为史学家，干宝著有《晋纪》20 卷，《晋书》称其"其书简略，直而能婉，咸称良史"，《文心雕龙》誉之"干宝述纪以审正得序"，《史通》赞其"理切而多功"，都是称赞干宝在编辑著录史书时够能以客观公正的角度记述，不因个人喜恶歪曲历史真相，使后人得以看到真实的历史。与此同时，他还在酝酿另一部鸿篇巨制——《搜神记》，历经二十余载终于成书，遂成为文学史上的经典。干宝在书成之后，曾将此书送给当时的丹阳尹刘恢。刘恢看后，感慨不已，说卿真可谓鬼之董狐（董狐，是春秋时晋国的史官，有"良史"之称），可见评价之高。干宝对易学也造诣颇深，著有大量研究《易经》的典籍。他的另外一些作品有：《易音》、《毛诗音》、《周官礼注》、《答周官驳难》、《周官音》、《后养议》、《春秋左氏函传义》、《春秋序论》、《正音》、《立言》等。

（二）干宝与《搜神记》

东晋干宝编撰的《搜神记》是魏晋南北朝时

期成就最高的一部志怪小说，也是中国古代
神狐鬼怪小说的先驱。《聊斋志异》的作者
蒲松龄曾在一篇自序中谈到自己"才非干宝，
雅好搜神"，谦逊地表明他的创作也是受到干
宝的影响。据《晋书》记载，《搜神记》原
有 30 卷。不过原书传至宋代已有部分散佚，
现在我们能看到的《搜神记》是明朝人胡元
瑞等从《法苑珠林》、《太平广记》、《太平御览》及诸类书中辑补而成的，共
464 篇，分为 20 卷。《搜神记》的创作大约始于晋元帝建武元年（317 年），历
时达 20 年之久。在体例方面，《搜神记》文体与一般的小说不同，它的叙述比
较简单，只是一条一条各不相干的记载，没有一般小说那样有围绕一条线索发
展的情节和固定主角，也没有章回小说的伏笔、冲突和高潮。语言上，也较为
简雅清隽。因此，《搜神记》只能称其为一部古代神话与民间传说的记录。原
著上是没有题目的，现在我们看到的故事题目都是由后人提取出来，以便记忆。
如今现存的 464 则文字中，在其他书目中有记载，承袭前人的大约有二百余条。
在编入《搜神记》时，干宝又进行了补充加工，其中既有滥收他书造成的错误，
也有一些阙疑，故鲁迅称之为一部"半真半假的书籍"。再后，还有托名陶潜的
《搜神后记》10 卷和宋代章炳文的《搜神秘览》上下卷，已证实都是《搜神记》
的仿制品。

　　魏晋南北朝时期的思想文化领域同它的历史年代一样复杂纷乱。儒学的衰
微，玄学的兴起以及神仙思想和佛道二教思想的盛行，使得宗教迷信遍及四海，
上至贵族仕宦，下到黎民百姓，皆相信鬼神的存在，并且热衷于谈鬼论仙。干
宝亦不例外，他的《搜神记》即是他有神论思想的佐证。他在《自序》中称，
"虽考志于载籍，收遗佚于当时，盖非一耳一目所亲闻睹也，又安敢谓无失实者
哉！""及其著述，亦足以明神道之不诬也"。就是想通过搜集前人著述及民间
神话传说故事，证明鬼神确实存在。因此《搜神记》所记述的内容多为神灵怪
异之事。

　　传说干宝是因为有感于父婢死而再生及其兄气绝复苏这两件其自称曾亲历
的奇事，才开始搜集记录神怪灵异故事《搜神记》的。第一件是父婢死而再生
的故事。讲的是他的父亲干莹生前有一个非常宠爱的婢女，干宝的母亲十分嫉

炉。后来干宝的父亲因病而亡，下葬的时候，其母将这个宠婢推下墓穴活埋了。当时，干宝和其兄弟姐妹还小，并不知情。十几年后，干宝的母亲去世，家人准备将母亲的遗体与父亲合葬，却发现了这个婢女伏在父亲的棺材上鲜艳如生。家人惊异不已，于是将其带回家中。几天后婢女苏醒过来，问及此事，她说是干父常弄些食物给她，待她恩情还如生前一样，还常向他说些家中吉凶之事，她说的这些与家中的实际情况居然吻合。这个婢女后来又嫁人生子了。干宝《搜神记》中的《婢埋尚生》把此事附着在别人身上："晋世杜锡，字世嘏，家葬而婢误不得出，后十余年，开冢祔葬，而婢尚生。云：'其始如瞑目，有顷渐觉。'问之，自谓当一再宿耳。初婢埋时，年十五六，及开冢后，资质如故。更生十五六年，嫁之，有子。"第二件事讲的是他的哥哥干庆死而复生。有一次其兄干庆因病而气绝，身体数日不冷尚有余温。几天后苏醒，说看见了许多天地间的神鬼异事，就像是在做梦，并不知道自己已经死了。这两件事说得玄而又玄，却引发了干宝创作的激情，从此他潜心搜寻，辑录自古代至当时的神祇灵异、人物变化的种种怪异之事遂成《搜神记》。

《搜神记》的诸多神灵怪异故事，不同的内容折射出不同的思想内涵：《干将莫邪》等复仇故事，鞭挞了统治阶级的凶恶残暴，表现人民的反抗斗争情绪；《韩凭夫妇》、《吴王小女》等人鬼相恋的故事则反映了封建婚姻制度下青年男女对美好爱情的追求；还有一些描述人们与鬼魅斗争的故事，反映了人民群众在战乱和动荡的年代里种种不幸的遭遇，表现了他们对美好生活的向往。

五、《搜神记》内容分类

《搜神记》收录的故事大多篇幅短小精悍，情节简单，想象丰富，极富于浪漫主义色彩。有神仙术士的变幻，有巫术灵物的神异，有妖祥卜梦的感应，有佛道信仰的因果报应，有人鬼相遇的抗衡，还有人鬼相恋的故事，等等，可以说内容十分丰富。虽然书中内容十分博杂，但还是可以大致分为四个方面：

（一）记述神仙方士与巫术灵物的奇能异术

鲁迅在《中国小说史略》中说"中国本信巫"。许慎在《说文解字》中说："巫，祝也，女能事无形，以舞降神者也。象人两袖舞形。与工同意。古者巫咸初作巫。""觋，能齐肃事神明也。在男曰觋，在女曰巫。从巫从见，徐锴曰：能见神也。"许慎在说文解字中所说的"无形"便是鬼神，所以巫是沟通人与鬼神的一种形象，他们在通神的时候进行的一系列的活动，比如按照一定的程序舞蹈唱歌，这种行为被称为巫术。在实施巫术的过程中使用的一定的工具，作为一种沟通人神的媒介一般被称为巫术灵物。中国的巫文化是与中国奴隶社会、封建社会的祭祀、日常生活分不开的，对巫文化的信仰崇拜已经深深地植根于中国人的思维深处。于是，人们对拥有奇方异术的神仙方士产生了莫名的敬仰和信任，连同那些在巫术祭祀活动中的实物工具，在人们的观念里也必然拥有超自然的能力。例如《搜神记》第60条中，淳于智认为张母的病是鬼魅作怪的结果，于是他运用法术来祛除作祟的鬼魅使张母得以康复。他让人将猕猴拴在张母的手臂上，并用槌打的方式使它发出叫声，这种做法能将张母身上的邪祟传递到猕猴的身上。三日后，猕猴被狗咬死，张母的病也痊愈了。在民间信仰中，猴子是疾病的代表，而狗具有清除邪祟的功能。

再如第48条记载的"夏侯弘通鬼"也很有意思。夏侯弘能见鬼，镇西将军不相信，于是夏侯弘用了两件事来证明。第一件是把将军谢尚的死马医活。第二件是通过谢尚父亲鬼魂之口得知谢尚无子的缘由，此事也被谢尚证实。通过这两件事来证明夏侯弘的确能通鬼。这则故事的重点在第三件事上，而且记叙也很详细，通过对话的形式，生动地记录了夏侯弘通过与鬼的交流，从鬼口中得到治疗被鬼的矛戟刺中而得心腹病的方法，并用此法救治了很多百姓。与鬼神沟通，达到天人合一，是古代祭祀的主要目的和主要内容。在人们的观念里，神有神界，鬼有鬼界，二者可以来往于阴阳两界而人却不能；二者可以呼风唤雨亦可预知未来，人也不能。因此鬼神相对于人就有了一种权威视角，人们就期望通过与鬼神的沟通而获得更多的信息。

佩戴桃木可以避邪的说法自古就有。《左传》记载西周人已使用桃木进行巫术活动，《山海经》中多次提到桃树生长在仙山上且桃木有镇鬼避邪的作用。《搜神记》对此也有记载。第7、8条记食桃花可以成仙；第27条写到刘晨、阮肇去天台山，路途太远疲惫不堪，途中遇到一片桃林就摘了几个大桃子解饿，谁知竟遇到一群仙女，不仅献桃子还与来客结为夫妻。等到半年之后再回家，世上已过了十载；还有一个大家都熟知的故事，西王母召见汉武帝向他传授长生不老之术，见面礼就是五个三千年一开花一结果的仙桃。可见，这个桃在人们眼中仙缘不浅。甚至民间也有献桃向老人祝寿，祈愿长寿的习俗。由此，桃成了中国传统文化中的一个重要部分。除了桃，桑树、灵芝，动物中的龟、鹤、狗、鸡血，其他的如五石散（由紫石英、白石英、赤石脂、石钟乳、石硫磺等五种物质组成）在人们眼中同样是拥有神奇魔力的巫术灵物。《搜神记》中记录颇多。

（二）记述侠义复仇的壮举

我国古代的侠义小说形成于唐代，而唐代小说脱胎于魏晋志怪。从这个意义上来说，魏晋志怪小说是中国侠义故事的胚胎阶段。自先秦以来就盛行崇侠尚武的社会风气。后汉高祖刘邦倚重游侠之力得天下（如张良、彭越等皆成为开国功臣），使得汉初游侠的势力更是扶摇直上，一发而不可收拾，后在统治者的强制性武力打击、压制下，游侠的得意势力才开始削弱。最初，侠客的事迹在史书中多有记录，司马迁曾为游侠立传，对道义之侠赞誉有加。汉班固也在

《汉书》中为游侠辟有专传，但此时的游侠已经成为扰乱社会法纪、备受谴责的豪强之侠。由此，侠客的故事又回归到民间，以英雄的形象口口相传。作为志怪小说的代表，收录民间游侠传说的任务自然而然地落在《搜神记》肩上。

在《搜神记》中的侠义行为，自然要带些神怪色彩，或者也可说成是鬼怪小说而带有侠义成分。在这类故事中，作者往往通过人与怪的对决，或者是人与人之间诡异的接触方式来表现侠士的义胆忠肝，更有动人心魄的艺术魅力。

这类故事还可大致分为两类，一类是仗义除害、除暴安良的侠义行为，下面举个例子：

第271则记载了一个"谅辅求雨"的故事。大旱之年，日似炎火，"万物枯焦"，黎民百姓了无生计。身为太守属官的谅辅先是向山川祈祷，继而代太守悔过，向上天谢罪，最后欲以自焚的极端方式向上天祈求降雨。其为了黎民苍生欲以生命血祭的诚意和赴汤蹈火、义无反顾的大无畏精神，终于感动了上天，倾盆大雨从天而降，抵御了肆虐多时的旱灾。可以说，谅辅是《搜神记》官员侠客中最具人格魅力的一个，他的清明廉洁、正直有为、与民休戚与共和舍身求雨、感天动地的侠行义举，给人心灵以强烈的震撼。在这个形象身上，忠于职守、为民请命，百姓利益高于一切的为官信念和不吝其躯而重诺轻身、救人于危难的侠义品格完美结合，反映了古代人民渴望德操高尚的官吏的良好愿望。在谅辅身上，正直官吏的使命感和侠义精神得到了统一，从而促使他做出了俯顺民意、惊天动地的举动，成为《搜神记》肝胆侠士的一个亮点。

表现人怪对决的行侠故事中，最惊心动魄、扣人心弦者要算"李寄斩蛇"了。东越国闽中郡的崇山峻岭之中，"有大蛇，长七八丈，大十余围"，要吃女童，如果欲望不能满足，就会施展妖法作祟不止。当地的官吏苟且偷安，连年募索女童送去喂蛇，以求暂时的安宁，家有女儿的百姓是苦不堪言，很多人都背井离乡跑出去躲难。到了这一年，已经有九个女孩成了蛇妖的食物。在寻找下一个祭品时，少女李寄挺身而出，"怀剑，将犬"，孤身一人前往蛇穴，以过人的勇敢和智慧，斩杀蛇妖，为当地除了一大祸患。李寄蔑视前几个女孩不懂

得竭力反抗、只等灭亡的懦弱表现，使得这一具有反抗精神的形象更加光彩夺目。后来李寄被越王聘为王后，父母姐妹也得到不同程度的赏赐，以大团圆的结局圆满落幕。

李寄斩蛇的故事，读罢令人回肠荡气。李寄也因此成为后世广为传颂的少女英雄的形象。她的勇敢机智，她的豪气才情和勇于牺牲的侠义精神，丝毫不让须眉。并且在几乎是男性独步天下的侠义世界中，李寄形象的出现，透射出许多新的思想文化信息，表明女性的形象由软弱、被动慢慢向强大、主动转化，她们有能力并开始跻身这个险恶的世界。这是社会生活中女性地位上升在思想文化领域的折射。唐代小说中，出现了更多女侠的形象，如聂隐娘、谢小娥、红拂女等，个个豪气千丈、爱憎分明，成为唐传奇中一道不可或缺的亮丽景致。而在这些形象之前，没有一个女侠可以如李寄般性格鲜明、光彩照人，可以说李寄是魏晋女侠的代表。唐传奇承魏晋志怪小说而兴，李寄的女侠形象无疑是后世女侠形象的雏形。

该故事的首要意义当然是褒扬平民少女为民除害、慷慨赴难、无私无畏的侠义精神和行为，与此同时，作品中也蕴含着深刻丰富的批判意义：首先，此篇中的诸多官吏为求得暂时安宁而置百姓的性命于不顾，却没有想办法为民除害，既无能又残忍，是为可恨。其次，李寄身边的男人形象萎缩到最小。蛇妖作祟多年，先后已有九个少女葬身蛇腹，面对如此血腥的事实，男人们没有一个挺身而出，为百姓除妖造福，反而让柔弱女子舍身犯险，实在是可悲。另外九个已牺牲的少女，李寄对她们说："汝曹怯弱，为蛇所食，甚为哀愍。"愚昧懦弱，不会反抗自身命运，最为可怜。这三类人都是作品批判的对象，对比他们，李寄的侠义行为更加突出。

另外一类是复仇的仗义行侠行为。最著名的要数《三王墓》，又名《干将莫邪》。在此故事中，舍生取义的侠士精神发扬到了极致。干将莫邪的儿子赤比要替父报仇，可他并没有自己亲自去，而是让山中侠士提着自己的头去楚王那里替自己复仇。这位侠士信守诺言将楚王杀死后，也自刎而死。与对手同归于尽，以死亡来实现复仇的目的，这是《搜神记》中最悲壮的侠义故事。故事强烈地揭露和控诉了统治者的凶恶残暴，歌颂了人民不畏强暴的坚强意志和复仇精神。山中侠客的举动，也把慷慨仗义、重诺轻身的侠客精神发扬到了极致。他与干将、莫邪一家素昧平生，却挺身而出为之复仇，表明他认识到这不仅仅是干将、莫邪一家与楚王的私仇，而是善与恶、正与邪的冲突，他的行为表现出强烈的正义感。而对于这个突然出现的山中侠士，赤比居然十分信任，交谈没几句后，就自取项首献给壮士，没有一丝犹豫、质疑，在得到他的诺言后放心地溘然倒下。紧接着这位侠士的复仇方式让人匪夷所思，他选择了玉石俱焚式的自我毁灭。也许是他知道，复仇之后自己也走不出戒备森严的王宫，或因杀了与自己平白无仇的楚王所以才选择了自行了断。总之，读罢给人以强烈的悲壮感。山中侠客这种独特的复仇方式及其悲剧结局，使得他在《搜神记》所有侠客中最为神秘，有着独特的艺术魅力。

下面要介绍的是一个公案玄奇故事——《鹄奔亭》。广信县寡妇苏娥和婢女带着一车财物外出经商，晚上在苍梧郡高安县鹄奔亭留宿，亭长龚寿见色起意，图谋强奸不遂并杀人越货。等到四年之后，交州刺史何敞夜宿此处，苏娥的鬼魂向其诉说冤情。何敞在鬼魂的指导下找到证物，终于昭雪沉冤，把龚寿绳之以法。这个故事在《列异传》(本书何敞作周敞)、《水经注》、《冤魂志》中都有载，但是《搜神记》的记载最为详细、丰富。这样看来，这个故事在历代都有广泛的流传。《鹄奔亭》是文言小说中较早的公案故事，它通过交州刺史何敞侦破的一件凶杀案，曲折地表现出人民的复仇精神。从案发到沉冤昭雪共历时四年，来往逗留在鹄奔亭的人自然不少，是何敞到来之前苏娥向许多人诉冤但没人重视，还是苏娥的魂魄执意要等到正直的官员何敞来了才告诉他真相，不得而知。何敞作为一个正直的、疾恶如仇的官员，理智而果断，精细而又干练的工作作风和性格特点给人留下了深刻的印象。作品也借这一故事歌颂清官循吏，指斥贪官酷吏，其中寄寓了平民百姓的愿望和理想。

(三) 鬼魅的故事

有人说过：鸟如果也有上帝，鸟眼中的上帝肯定是长着羽毛的。那么，人眼中鬼的世界，自然也和人的世界是类似的。幽明虽殊途，人鬼却同理。这样看来，恶鬼纠缠的阴司，也不过是广阔的社会生活的一个影子。

《搜神记》中的《徐泰梦》反映了一个阴间鬼吏渎职的现象："嘉兴徐泰，幼丧父母，叔父隗养之，甚于所生。隗病，泰营侍甚勤。是夜三更中，梦二人乘船持箱，上泰床头，发箱，出簿书示曰：'汝叔应死。'泰即于梦中叩头祈请。良至久，二人曰：'汝县有同姓名人否？'泰思得，语二人曰：'张隗，不姓徐。'二人云：'亦可强逼。念汝能事叔父，当为汝活之。'遂不复见。泰觉，叔父乃差。"另外，《黑衣客》讲述的也是类似的故事。鬼吏奉命去取施续门生的性命，不料对方苦苦哀求，鬼吏十分不耐烦地答应了他的请求，另外找了一个无辜的人来代替。鬼吏在执行差事中可以徇私舞弊，张冠李戴，采取偷梁换柱的办法，转索他人性命进行交差。这些故事揭露的不是个别官吏的昏聩而是整个阴间的黑暗与不公。对于无钱、无权、无势的普通老百姓来说，被随便抓去当替死鬼是在所难免而又无可奈何的。鬼世界与人世界原本相通，这反映的也是人间社会的情形。可见魏晋时期的社会环境与个体生存环境之恶劣是不言而喻的。

《蒋济亡儿》叙述了蒋济之子"生时为卿相子孙"，托父母福荫，享尽人间荣华富贵，死后在阴间做了皂隶，困苦不堪，于是借"迎新君"上任之机，托梦给母亲，请母亲转致父亲："今太庙西讴士孙阿，见召为泰山令，愿母为白侯，属阿，令转我得乐处。"于是，权势显赫的蒋济，在亡儿的"新君"尚在人间之际去走后门，嘱托孙阿"随地下乐者与之"。孙阿死后去阴间，果然不负所托，将蒋济亡儿转为了隶事。这一故事反映的是大官僚阶层的腐败。权势显赫者不但可以在阳间横行不法，甚至还可以将手伸至阴间去干预。

贪财忘义、冷酷无情，不仅可以形容妖魔鬼怪，更是封建官吏丑恶嘴脸的真实写照。动荡的社会，流离的生活，时刻都挣扎在饥饿、贫穷、死亡的第一线，在人世间享受不到安定和温饱，在阴间还要饱受欺凌，这才是穷苦百姓内心深处的呐喊，是对封建统治者的血淋淋的控诉。

《搜神记》的鬼魅故事中也不全是这种基调沉重的，也有很多是人与鬼斗智斗勇最后取得胜利的，赞颂了人的力量和智慧。鬼魅虽然变化多端，但是所谓邪不压正，只要行得正走得直，就可以运

中国古代著名小说

用智慧战胜敌人。例如大家都很熟知的《宋定伯捉鬼》讲的就是这个道理。少年宋定伯遇事不惊，不但自己没有受到一点伤害，还将鬼的幻形换成钱币，不能不让人拍案叫绝。在这个故事中，鬼的形象还可看作是现实生活中阻碍前进的困难，这种困难通过努力可以战胜。从这一角度来看，还有一定的教育意义。

（四）人鬼相恋故事

人鬼恋故事表现了人类对爱情母题的永恒追求。爱情，在人类所有情感中最激越澎湃，最扣人心弦。所有诗人最爱吟咏的主题都是爱情。真挚的爱，能够超越等级，超越年龄，超越距离的阻隔，超越岁月的流逝，甚至，超越生与死……人鬼相恋，是爱情至诚的终极表现，是刻骨铭心的极度诠释，这种凌驾于生死的爱情带给人们悲剧式的感动。由此，人鬼恋也是鬼文化不可或缺的重要组成部分。这里的鬼不再是人们恐惧、害怕的对象，而成为美好的化身。《搜神记》中记录了很多优美多姿、凄美迷离的爱情篇章。其中很多被后世广为流传，几度演绎，成为中国的爱情经典。如《吴王小女》、《韩凭夫妇》等等。

人鬼相恋其实还可具体细分为人神相恋、人鬼相恋和人妖相恋三类，它们之间稍有不同：人神恋中，一般是神女主动找到男主角，但神女的身上保留了更多的仙气。神女出现必有香车、绫罗相随，装饰华贵、逶迤非常。且神女行为飘逸、神采飞扬，来去匆匆，似乎对人间没有太多留恋。如《董永与织女》，写得很简单，织女下凡就是为帮董永还债而与之结为夫妻，等到任务完毕，表明身份后即"凌空而去，不知所在"，没有一丝留恋与恩情。后世的继续丰富、演绎，才使得这个故事愈加丰满感人。其他神女如杜兰香、知琼，甚至定下日期，周期性地往返，而不是像鬼女、妖女那样期望长相厮守。神女知琼的仙味体现得更为明显，"然我神人，不为君生子，亦无妒忌之性，不害君婚姻之义"。作为女人，却不在乎对方的婚姻状况，是否心里还喜欢其他人。这样的生活对身份极为尊贵的

神女来说更像是一种消遣。妖女虽然总以温婉可人的形象出现，但在书中记录的还是很少，也不很详细，因此可以说《搜神记》中爱情主题的女主角多是鬼女。作品中的十六卷集中记载了这样几个故事，分别是《吴王小女》、《辛道度》、《汉谈生》、《卢充》。

综合《搜神记》中的人鬼恋，可以发现这些故事的相同之处：第一，人鬼的角色定位一致，人是男子，鬼是女子（除个别例外）。并且这些故事中的女鬼都是出身名门身份高贵，美丽大方温柔多情。第二，这些女鬼大都是未婚而死的年轻小姐，她们对爱情还保留着生前的美好憧憬。第三，基本上都是女主人公主动找到年轻的穷书生，并提出"愿为夫妻"的建议的。第四，在鬼的身上鬼性渐失，表现为不以害人、吓人为目的，而人性凸显，表现为具有人类的情感。这与后世渐渐发展的妖鬼幻化成美女以图财害命的复杂故事情节不同。第五，天下没有不散的筵席，更何况幽明殊途。因此人鬼恋最后都以分手的悲剧结束，令人叹惋。

《辛道度》中的女主人公，是秦闵王的亡女，她虽然已经身亡二十三年，但仍有对爱情的渴求，当她召见前来求餐的辛道度时，坦白地说出自己身份并提出"愿为夫妇"的要求，辛道度接受了她的请求，与之同居三宿。不仅如此，秦闵王女知道人鬼殊途，久居对郎君无益，主动将辛道度送出去，还送给他金钗作为信物。秦闵王女的这种行为，相对于封建社会婚姻"必由父母之命、须用媒妁之言"的礼教来说无疑是一种叛逆。她从自己的愿望出发，而置封建伦理道德的束缚于不顾，表现了强烈的独立意识和个性意识。这既是对自身幸福的追求，也是对封建礼教的蔑视。其实如此自由奔放的思想意识是与当时的社会状况分不开的。魏晋时期是中国历史上政治生活混乱、社会生活较为痛苦的时期，但却是思想上高度发展，极度自由解放的时期，表现出来就是艺术的丰富多样和对人的束缚也较为宽松。试想，宋明时期的良家女子受到封建礼教、程朱理学的严重桎梏，即使化作女鬼，也是不敢做出这样惊天动地的事情来的。

《汉谈生》的故事与《辛道度》类似。睢阳王女主动来和谈生结为夫妻，并告诉谈生三年之内不能用火照。两人在一起生活两年了，王女为谈生已生有一个儿子，两岁了。一天夜里，谈生忍不住好奇起来偷看，发现了妻子的秘密。在必然的分离之前，王女取出一件珠袍送给谈生。这件宝衣后被睢阳王认出，并接受了谈生做他的女婿的事实。结局是美满的，但也是空想出来的。这类人鬼相恋故事除了歌颂青年男女间跨越生死的爱情及对婚姻自由的强烈向往，更重要的是表现对封建婚姻制度和门阀制度的蔑视和不满。在封建社会，婚姻的门当户对十分重要，士族与庶民间有严格的等级划分。庶民想跻身于上流社会、一步登天的理想，只能通过幻想这样联姻的志怪小说来暂时得到满足。

《韩凭夫妇》的爱情故事与上面的有些不同。

战国时期，宋国的康王酗酒好色、暴虐无道。他听说舍人韩凭的妻子何氏容貌美丽，便将何氏强抢入宫。韩凭自然十分怨恨。康王得知，就下令把韩凭抓起来罚作筑城的奴隶。何氏不仅美，还对爱情忠贞不二。因为思念丈夫，知道夫妻难再团聚，于是决心以死殉情。她捎密信给韩凭，表明心志。但聪明的她知道信迟早会被康王得到，于是在信中运用了委婉隐晦的词语。康王见信中写的是三句谜语："其雨淫淫，河大水深，日出当心。"康王和左右近侍都不明白这是什么含义，有一个叫苏贺的大臣说："其雨淫淫，是说心中的哀愁和思念像连绵的大雨一样无尽无休；河大水深，是说夫妻被拆分两地无法相会；日出当心，是说自己死志已定。"不久，韩凭自杀而死。听到丈夫自杀的消息后，何氏强忍悲痛暗中设法腐蚀自己的衣服。一天，康王让何氏陪伴登台游览，何氏趁康王不注意，纵身跳下高台。在旁的侍女匆促中只抓到何氏已经朽坏的衣襟。何氏达到了目的。

何氏死后，人们发现她留下的遗言："王利其生，妾利其死。"表明了何氏面对暴虐的君王誓死不屈的刚烈态度；"愿以尸骨，赐凭合葬"，则坦露出与丈夫生死不离的愿望。对康王和丈夫，一憎一爱，了然分明。康王恼怒，命将二人分开埋葬，却故意使两坟相距不远，恨恨地道："既然你们夫妻生前相爱，死后如果能将两坟合在一起，我不阻拦你们。"谁知奇异的事情发生了，一夜之间，两个坟上各长起一棵梓树，十天左右就长得一抱粗细而且根干皆相向而生，地上枝干交错，地下根脉相连，好像两个人弯曲着身体互相俯就。又有一对鸳鸯一直栖息在两树之间，无论早晚都不离去，交颈悲鸣，声音凄切哀婉，听到的人也感到悲伤。

宋人哀怜韩凭夫妇的不幸，就称两树为"相思树"，将这个地方叫"韩凭城"。说树上的鸳鸯鸟是由韩凭夫妇的精魂化成的。

《韩凭夫妇》是《搜神记》中少有的叙事简约而不失文采的故事。细细品读，与汉乐府的《孔雀东南飞》有异曲同工之妙。本篇所写的故事对后世影响很大，并不断被补充进新的内容。《郡国志》中曾提到文中所写之台名曰"青陵"，北宋乐史《太平寰宇记》卷十四"济州郓城县"将"青陵台"落实在郓城县，并说"至今台迹依然"，还有"韩凭冢"。唐宋甚至还增添出化蝶事，《李义山诗集》卷六《青陵台》诗云："青陵台畔日光斜，万古真魂倚暮霞。莫讶韩凭为蛱蝶，等闲飞上别枝花。"《太平寰宇记》则云：何氏"与王登台，自投台下，左右揽之，著手化为蝶。"唐代俗赋《韩朋赋》（《敦煌变文集》卷二）也是根据韩凭传说演化出来的。元代庾吉甫有杂剧《青陵台》，写的亦是这一故事。人们把这段凄美的爱情不断地完善、完美，表达了历代人民对韩凭夫妇的同情以及对凭借权势霸人妻女的统治者的痛恨。

（五）神话传说和民间故事

《搜神记》作为一部承上启下的志怪小说集，不遗余力地记录了神话传说和民间故事的发展，为我们研究古代神话和民风民俗提供了最真实的书籍佐证。

如"盘瓠神话"，是关于古时蛮夷族始祖起源的传说。传说远古高辛帝时，从皇后耳中医出一只如蚕大小的金虫，扣在盘内，变为犬，取名"盘瓠"。因戎吴将军作乱，高辛答应谁能斩下吴将军之首级，不但封邑赏金，还把公主嫁给他。盘瓠咬下吴将军首级而归。高辛帝因他是犬想悔婚，公主深明大义与盘瓠结为夫妻，之后随之入居深山，以狩猎和山耕为生，并育有儿女。盘瓠死后，"其后滋蔓，号曰蛮夷"。这里不仅指出了蛮夷族的由来，而且也证明了南蛮夷民族将狗奉为图腾崇拜的事实及其个中原因，是研究蛮夷少数民族的创世神话的有力证据。

"蚕马神话"是有关蚕丝生产的神话。传说上古时，有一男子出远门，家里只留有一个小女儿。一天小女儿思父心切，乃戏马曰："汝能为我迎得父还，吾将嫁汝。"马飞奔而去从远方驮回了她的父亲。回来之后女子并未履行诺言，马就开始绝食了，几天不知

吃喝。父亲得知真相后，用箭把马射死，并剥了它的皮。邻居女孩指着马皮戏谑说："你只是个畜生，还想娶人作妇！"忽然，马皮跳起来，包住了姑娘就跑。她父亲去寻找已不见了踪影。几天后，在一棵大树上发现女孩已变成了一条蚕，正在树上吐丝作茧，这树就叫作桑。"蚕马神话"记载的就是"桑"与"蚕"的来历。这段蚕马神话常常被后人用来解释桑蚕的起源。《山海经·海外北经》云："欧丝之野在反踵东，一女子跪据树欧丝。"《荀子·蚕赋》云："此夫身女好而头马首者与？"再加上此篇，对桑蚕神话的记录越来越丰富，也说明了采桑养蚕作为一项生产劳动在中国不断发展。

《东海孝妇》，讲的是孝妇周青蒙冤的故事。汉时，东海孝妇奉养姑婆十分精心。婆婆说："媳妇养我很辛苦。我已老了，何惜残年，不能总连累年轻人啊。"于是自缢而死。她的女儿告官说："这个妇人杀我母亲。"官府严刑逼供，屈打成招。于公说："这个妇人供养婆婆十几年了，所有的人都知道她最孝顺，肯定不是她杀的。"太守不听，把孝妇斩了。从此郡中大旱，三年不雨。后任的太守到了，于公说："孝妇不应当死，是前任太守枉杀了，灾祸就在这里。""太守即时身祭孝妇冢，因表其墓"，天立刻下雨，当年大丰收。有人传说，孝妇名周青。青将死时，车载十丈竹竿，以悬五幡。在众人面前发誓说："我要是有罪，甘愿受罚，血自然流出来；我若是被冤枉的，血当逆流。"行刑后，果然沿着幡竹而向上流去。

《东海孝妇》最早见于《汉书·于定国传》，《隆庆海州志》又证实孝妇确有其人。《搜神记》之后，东海孝妇浸透血泪的人生命运被不断文学化，最后杂剧大家关汉卿悲天抢地的《窦娥冤》将这个故事发展为经典。

神话传说与民间故事的收集需要从广阔的社会生活中吸收营养。干宝生长在有着厚重历史的人文环境中，从一开始就受到故乡文化的浸染，有时甚至是直接从故乡的土地上诱发创作灵感。直接取材于家乡民间的故事在《搜神记》中屡屡出现，如《董永与织女》写的是汝南董仲，《臧仲英家怪物》写的是汝南方士许季山，《任乔女婴连体》写的是汝南郡新蔡县官吏任乔和他的妻子胡氏，《应妪见神光》写的是汝南人、"建安七子"之一应场的七世祖母，《陈仲举相命》写的是汝南郡平舆县东汉太傅陈蕃。在他的著作里，"裙化蝶"则直接影响了家乡梁祝化蝶的传奇绝唱，影响深远。在写家乡发生的故事中，最著名的还是《三王墓》和《山阳死友传》。

六、《搜神记》的经典奇幻故事

（一）《三王墓》

楚干将、莫邪为楚王作剑，三年乃成，王怒，欲杀之。剑有雌雄。其妻重身当产，夫语妻曰："吾为王作剑，三年乃成。王怒，往必杀我。汝若生子是男，告之曰：'出户望南山，松生石上，剑在其背。'"于是即将雌剑，往见楚王。王大怒，使相之："剑有二，一雄一雌。雌来，雄不来。"王怒，即杀之。莫邪子名赤，比后壮，乃问其母："吾父所在？"母曰："汝父为楚王作剑，三年乃成。王怒，杀之。去时嘱我：'语汝子：出户往南山，松生石上，剑在其背。'"于是子出户南望，不见有山，但睹堂前松柱下，石低（应作砥）之上，即以斧破其背，得剑。日夜思欲报楚王。王梦见一儿，眉间广尺，言："欲报仇。"王即购之于千金。儿闻之，亡去。入山行歌。客有逢者。谓："子年少，何哭之甚悲耶？"曰："吾干将、莫邪子也。楚王杀吾父，吾欲报之。"客曰："闻王购子头千金，将子头与剑来，为子报之。"儿曰："幸甚！"即自刎，两手捧头乃剑奉之，立僵。客曰："不负子也。"于是尸乃仆。客持头往见楚王，王大喜。客曰："此乃勇士头也。当于汤镬煮之。"王如其言。煮头三日三夕，不烂。头踔出汤中，瞋目大怒。客曰："此儿头不烂，愿王自往临视之，是必烂也。"王即临之。客以剑拟王，王头随堕汤中。客亦自拟己头，头复堕汤中。三首俱烂，不可识别。乃分其汤肉葬之，故通名"三王墓"。今在汝南北宜春县界。

《三王墓》又叫《干将莫邪》，被后人认为是《搜神记》中情节最曲折、故事最优美、主题最鲜明的一篇。说的是楚国的干将、莫邪夫妇给楚王铸造宝剑，三年而成。楚王生气，要杀死他们。宝剑有雌雄之分，当时干将之妻莫邪怀有身孕就要分娩。丈夫对妻子说："我替楚国铸剑，三年才铸成，楚王见我必杀我。你如果生的是男孩，长大后就告诉他说：'出门看南山上，有松树长在石头上，宝剑就在树的背上藏。'"于是干将就带上雌剑见楚王，楚王果然把他杀了。

莫邪的儿子叫赤（应为赤比）。长大后，赤问母亲："我父亲在哪里？"他母亲如实回答。儿子按照母亲的讲述果然得到宝剑。从此日思夜想要杀掉楚王，替父报仇。

楚王梦见一男孩，两条眉毛之间宽一尺，说要报仇，楚王就悬赏千金捉拿他。赤听到消息后逃至山中，一边走，一边唱着悲哀的歌。一个侠客遇见后问他："小小年纪为何如此悲伤？"赤说："我是干将、莫邪的儿子。楚王杀了我的父亲，我要报仇。"侠客说："听说楚王悬赏千金要你的头，把你的头和宝剑拿来，我为你报仇。"赤说："太好了！"就割下自己的头，双手捧着头和宝剑交给侠客，身子僵硬地站立着。侠客说："我不会辜负你的。"于是赤的身体才倒下。

侠客带着人头和宝剑见楚王，楚王十分高兴。侠客说："这是勇士的头颅，应该用大汤锅来煮。"楚王依照他的话去做了。赤的头煮了三天三夜也未烂，头还时时在滚水中跳出，瞪着充满仇恨的眼睛。侠客说："赤的头颅煮不烂，希望大王亲自到汤锅前查看，赤的头必能煮烂。"楚王不知是计，就走到锅前看，侠客猛地拔出宝剑向楚王的头砍去，楚王的脑袋随之掉到汤锅里。侠客也挥剑砍掉自己的头，同样也掉进滚沸的汤锅。三颗人头都煮得稀烂，无法分辨。只能把锅里的肉分为三份埋葬，所以埋葬的墓穴被称为"三王墓"。

这个故事成功地塑造了两个鲜明的人物形象，表现了正义与复仇，也体现了古代侠士的侠义风骨，同时还寄托了人民的理想与愿望，深受民间喜爱，因此流传极广，以致全国各地三王墓到处都有。好在干宝在故事的最后，把故事的发生地写得清清楚楚，"三王墓，今在汝南北宜春县界"，也就是现在距汝南县城 25 公里处和孝镇李桥村西北。三王墓至今犹存，因此免去了许多口水官司。

（二）《山阳死友传》

汉范式，字巨卿，山阳金乡人也。一名氾。与汝南张劭为友，劭字元伯。二人并游太学。后告归乡里，

式谓元伯曰："后二年当还，将过拜尊亲，见孺子焉。"乃共克期日。后期方至，元伯具以白母，请设馔以候之。母曰："二年之别，千里结言，尔何相信之审耶？"曰："巨卿信士，必不乖违。"母曰："若然，当为尔酝酒。"至期果到。升堂拜饮，尽欢而别。后元伯寝疾甚笃，同郡郅君章、殷子征晨夜省视之。元伯临终，叹曰："恨不见我死友。"子征曰："吾与君章，尽心于子，是非死友，复欲谁求？"元伯曰："若二子者，吾生友耳；山阳范巨卿，所谓死友也。"寻而卒。式忽梦见元伯，玄冕垂缨，屣履而呼曰："巨卿，吾以某日死，当以尔时葬，永归黄泉。子未忘我，岂能相及？"式恍然觉悟，悲叹泣下，便服朋友之服，投其葬日，驰往赴之。未及到而丧已发引。既至圹，将窆，而柩不肯进。其母抚之曰："元伯，岂有望耶？"遂停柩。移时，乃见素车白马，号哭而来。其母望之曰："是必范巨卿也。"既至，叩丧言曰："行矣元伯，死生异路，永从此辞。"会葬者千人，咸为挥涕。式因执绋而引，柩于是乃前。式遂留止冢次，为修坟树，然后乃去。

《山阳死友传》这个故事，虽没有《三王墓》那种曲折跌宕、极具戏剧性的情节，但因其故事蕴含真情而流传千古。

这个故事讲的是东汉时山阳郡金乡县人范式与汝南人张劭做朋友，两人一起在太学读书。后来他们学成回家，有一次范式对张劭说："过两年我要回来，将拜访你的父亲和你的孩子。"于是就约定了日期。后来约期快到了，张劭就请母亲准备饭菜等候范式。母亲说："分别两年了，又是在千里之外的口头约定，你怎能当真呢？"张劭说："巨卿（范式字）是信守诺言的人，决不会违约的。"到了约定的时间，范式果然如约而至。

后来张劭一病不起，生命垂危，同乡友人郅君章、殷子征早晚都来看护他。张劭临死时感叹地说："遗憾我不能见到我的死友。"殷子征说："我和郅君章尽心对待你，这不是死友还有谁呢？"张劭说："二位只是我的生友，山阳范巨卿才是我的死友。"不久张劭便病故。

就在张劭病故之际，千里之外的范式忽然梦见张劭死去，将在某一日下葬，想在被埋之前再与他相见一次。范式梦醒后泪流不止，穿上丧服，驱车奔去。

范式还没等赶到就已经发丧了。到了墓地，将要下葬时，棺材怎么也抬不进墓穴。张劭的母亲抚摸着儿子的棺材说："我的儿，你还在等谁？"过了一会儿，就见一辆马车奔驰而来，车上有个人号啕大哭。张母一见，说这一定是范巨卿。范式来到后，向着灵枢道："你走了，元伯（张劭字），死与生不同路，从此永别了。"当时送葬的有一千多人，目睹此情景都感动得落下眼泪。范式于是拉着绳索引枢，灵枢这时才往前移动。

这个故事体现的生死友谊、一诺千金的精神同样成了千古绝唱，因而流传极广。张劭的家乡为了纪念这对死友，在他们曾一起吃鸡和黍的地方建筑鸡黍台，立二贤祠。明朝万历年间，尚书赵贤将祠又移至今汝南县金铺镇。从古至今，诵咏二人情谊的诗作更是不胜枚举。如元朝诗人王万祥的《题鸡黍祠》："鸡黍祠邻古道旁，石碑高处草生香。信来南北绕车马，愧杀翻云覆雨郎。"又如清人傅鹤祥的《过鸡黍祠》："昔人重一诺，鸡黍迄如今。约以神相照，交于信可深。天空秋色回，霜纷碧潭沉。岂为山河阻，永坚金石心。"这些诗文无不表达出人们对二人的敬重。而这一绝唱，正是干宝给后人留下的永远的财富。

（三）《吴王小女》

吴王夫差小女，名曰紫玉，年十八，才貌俱美。童子韩重，年十九，有道术。女悦之，私交信问，许为之妻。重学于齐鲁之间，临去，属其父母，使求婚。王怒，不与女。玉结气死，葬阊门之外。三年重归，诘其父母，父母曰："王大怒，玉结气死，已葬矣。"重哭泣哀恸，具牲币，往吊于墓前。玉魂从墓出，见重，流涕谓曰："昔尔行之后，令二亲从王相求，度必克从大愿。不图别后，遭命奈何！"玉乃左顾宛颈而歌曰："南山有鸟，北山张罗。鸟既高飞，罗将奈何！意欲从君，谗言孔多。悲结生疾，没命黄垆。命之不造，冤如之何！羽族之长，名为凤凰。一日失雄，三年感伤，虽有众鸟，不为匹双。故见鄙姿，逢君辉光。身远心近，何当暂忘。"歌毕，歔欷流涕，要重还冢。重曰："死生异路，惧有尤愆，不敢承命。"玉曰："死生异

路，吾亦知之。然今一别，永无后期。子将畏我为鬼而祸子乎？欲诚所奉，宁不相信。"重感其言，送之还冢。玉与之饮宴，留三日三夜，尽夫妇之礼。临出，取径寸明珠以送重，曰："既毁其名，又绝其愿，复何言哉！时节自爱。若至吾家，致敬大王。"重既出，遂诣王，自说其事。王大怒曰："吾女既死，而重造讹言，以玷秽亡灵。此不过发冢取物，托以鬼神。"趣收重。重走脱，至玉墓所诉之。玉曰："无忧。今归白王。"王妆梳，忽见玉，惊愕悲喜，问曰："尔缘何生？"玉跪而言曰："昔诸生韩重，来求玉，大王不许，玉名毁义绝，自致身亡。重从远还，闻玉已死，故赍牲币，诣冢吊唁。感其笃终，辄与相见，因以珠遗之。不为发冢，愿勿推治。"夫人闻之，出而抱之，玉如烟然。

　　这是一个凄美的爱情故事：吴王夫差的小女儿名叫紫玉，十八岁，出落得既有才华又兼具美貌。有一个男子叫韩重，年19岁，会道术，紫玉很喜欢他，与他私定终身，许诺做他的妻子。

　　韩重将去齐鲁求学，离去的时候，紫玉嘱托韩重，让他的父母向夫差提出婚事。夫差大怒，没有应允。紫玉气结而死，葬在阊门之外。过了三年，韩重回来了，追问她的父母，父母说："吴王非常生气，不同意婚事，紫玉气结而死，已经埋葬了。"韩重哭得十分伤心，极度悲哀，准备了祭祀用的物品前往紫玉的墓前吊唁。

　　紫玉的魂灵从墓里出来，看见韩重，流着泪说："当初，你离开以后，让你的双亲向大王求取亲事，原以为一定能够了却我的心愿。没有想到分别以后会遭遇到这样的命运，真是无可奈何啊！"紫玉于是转过头去向后顾盼着唱道："南山上有乌鹊，北山设网捕捉，乌鹊已经高飞，网又能怎么样！本想要跟从你，但是说坏话的太多。悲伤郁结生出了病，丧命埋没在黄泉。命运里没有如此造化，怨恨又能怎么样呢！鸟类中地位最高的，名叫凤凰，一旦失去了雄鸟，三年都会感到伤悲，虽然有很多的鸟，但都不会和他们匹配成双。因此现出我鄙陋的身姿，迎接你的辉光。身体虽然隔得很远，但是心灵却很靠近，怎么能够忘记呢。"唱完之后，叹气流泪，邀请韩重跟她一起去墓中。

　　韩重说："我们生死相隔，就像走在不同的路上，惧怕会不合适，不敢接受你的邀请。"紫玉说:"我们生死相隔,我也是知道的。但是今天一别,就永远没有相会的日子了,你是害怕我作为鬼,给你带来祸患吗?我想奉献我的诚心,难道不相信我对你的感情吗?"韩重被紫玉的话感动了,送她回到墓中。

紫玉和韩重一起饮宴,停留了三天三夜,尽了夫妻的礼节。韩重要走的时候,紫玉取出一颗直径一寸大小的明珠,送给韩重,并对他说:"既毁掉了名声,又了却了心愿,还可以说什么呢!从今以后,请你保重自己。如果到了我的家里,向大王问好。"

韩重离开了墓冢,于是到吴王那里去,说起和紫玉相会的事。吴王很生气,说:"我的女儿已经死了,你又制造谣言,来玷污亡灵。这不过是挖开坟墓取出来的物品,却假借什么鬼神之说。"于是催促收捕他。韩重逃跑了,来到紫玉的墓前,告诉她这件事。紫玉说:"不要担心,我今天就回去告诉父王。"吴王正在穿衣梳洗,突然看见紫玉,大吃一惊,悲喜交加。问到:"你是怎么活过来的?"紫玉跪下来说:"以前韩重来求婚,大王不同意,导致紫玉毁掉名义,恩义断绝,最后郁郁而终。韩重从远处回来,听说我已经死了,特意携带祭品到我的坟前来吊唁。被他的深情感动,就出来和他相见,于是把明珠送给他。并不是他挖墓盗取,希望不要治他的罪。"吴王的夫人听说紫玉回来了,跑出来拥抱她,但是紫玉化作了一阵烟,已经散去。

《吴王小女》是《搜神记》中最感人肺腑的爱情篇章之一,情真意切、优美感伤,在后世还被诸多演绎,成为传世名篇。

《龙图公案》与中国古代公案小说

　　公案小说，与现在流行的侦探小说、推理小说有相似性，但是这样认识公案小说并不准确。在本书中，我们将以《龙图公案》为例，从公案小说的历史发展入手，探讨中国古代公案小说的起源、演变，使大家对公案小说有一个较为科学直观的认识。

一、中国古代公案小说的演变轨迹

公案小说是中国古代小说的一种题材分类。中国古代小说的题材分类有神怪小说、历史小说、世情小说、才子佳人小说等，公案小说也是其中的一种。简言之，公案小说就是以公案故事为题材的小说。"公案"一词的含义有多种，一是指官府的文件，二是指案件，三是指官府处理公事时的几案，四是指话本小说的种类之一。公案小说中的"公案"是第二种含义。公案故事就是打官司的故事；公案小说也就是以打官司的故事为内容的小说。它必须具备两部分内容，即案情的描写和断案的描写，其中断案包含破案和判案两部分。

（一）公案小说的起源与萌芽

公案小说也像中国其他小说样式一样，起源于上古神话传说。鲧治水的神话传说，从另一个角度看，可以说含有一则公案。往古之时，华夏大地洪水肆虐，大地一片汪洋。大禹之父鲧为了拯救天下苍生，临危受命，治水九年，但丝毫没有成绩。鲧偷来天上的宝物"息壤"堵截洪水。"息壤"是一种神土，可以自己生长不息，所以能堵塞洪水。当洪水暂时被平息时，天帝知道他的宝物"息壤"被窃，便毫不犹豫地派火神祝融把鲧杀死在羽山之郊。劳而无功，这岂不是一大冤案？屈原在《九章·惜诵》中曾为鲧鸣不平："行婞直而不豫兮，鲧功用而不就。"

先秦以来，涌现出许多刚正不阿、依法断案的执法者，为公案小说中的主人公——司法官吏形象的塑造，提供了楷模。《史记·酷吏列传》中的中尉郅都，为人勇敢，公正廉洁，执法时不避帝王的内外亲戚。在审理临江王刘荣侵

占宗庙案时，得罪了窦太后，窦太后竟加以陷害，斩杀了郅都。

先秦诸子百家、两汉史传中有关刑法狱讼的故事，在素材和艺术手法两方面，促使了公案小说文学因素的产生。《韩诗外传》中的《晏子谏诛颜邓聚》，叙齐景公外出打猎，颜邓聚负责掌管射来的鸟，可一不小心让鸟逃走了。齐景公大怒，要杀掉颜邓聚。晏子婉转劝导齐景公说："颜邓聚犯了四条死罪，请让我数落完了再杀他：第一，他为我们的国君看管鸟却让它们跑掉了；第二，他使我们的国君因为鸟而杀人；第三，让四方诸侯听说这件事，以为我们的国君重视小鸟而轻慢国士；第四，天子听说了，一定要降职或罢免我们的国君，从而危害了国家，宗庙难保。颜邓聚犯了这四条死罪，所以应当杀死他，绝不能赦免。我请求杀死他。"齐景公领悟到不能杀无辜之人的道理，急忙向晏子谢罪，赦免了颜邓聚。晏子用机智婉转的语言制止了一场杀戮。这则故事刻画了晏子聪明机智、忠诚正直的形象。

《史记·孝文本纪》中齐太仓女的故事，叙西汉初年，齐太仓令淳于公犯罪当刑。皇帝诏狱吏逮捕他并送到长安关押起来。太仓公没有儿子，只有五个女儿。他的小女儿缇萦非常伤心，跟随父亲来到长安，上书皇帝说："我父亲做官，齐国人都称赞他廉洁公正，现在犯了法要受刑罚，我很悲伤，因为人死不能复生，受刑之后不能复原，即使想要改过自新，也不能办到了。我愿意到官府做奴婢，来替我父亲赎罪，使他有机会改过自新。"天子怜惜她的孝心，也看到了肉刑的诸多弊端，于是下令废除肉刑。淳于公得以免除肉刑之苦。奇女子缇萦伏阙上书，不仅救了触刑的父亲，还感动皇帝下了废除肉刑的诏令，客观上促进了刑法的改革。

公案小说萌芽于魏晋南北朝时期，代表作品如干宝《搜神记》中的《东海孝妇》《李娥》，刘义庆《幽明录》中的《卖胡粉女子》，颜之推《冤魂志》中的《弘氏》《徐铁臼》等。《搜神记》中的《东海孝妇》是一个著名的冤狱故事。西汉时，东海郡有一个孝顺的媳妇，叫周青，赡养婆婆非常恭敬。婆婆说："媳妇赡养我很勤苦。我已经老了，哪能以自己的残年长久拖累年轻人呢。"说完就上吊死了。老人的女儿到官府告状说："这媳妇杀了我母亲。"官府把周青抓了起来，严刑拷打。孝妇不堪其苦，屈打成招，以杀人罪判处死刑。行刑时，孝妇的血呈青黄色，沿着旗杆流到顶端，又沿着旗帜流下来。孝妇死后，东海郡内大旱，三年不下雨。新任的太守来了，听说了此案的冤情，便亲自去祭奠那孝妇，还立碑表彰她的孝顺。天立刻下起雨来，这一年获得了大丰收。孝妇周青蒙冤而死，在临行前立下的"鲜血逆流"的誓言顷刻应验。"三年大旱"等描写，借助神灵的威力为孝妇鸣冤叫屈，抨击社会黑暗，表达对善良淳朴的东海孝妇的深刻同情。

《冤魂志》中的《弘氏》，写梁武帝打算在父亲文皇帝的陵墓营建寺庙，需要好木材，下令派人寻找。商人弘氏曾买了一个大木排，木料结实，世上少有。南津校尉孟少卿为了迎合皇上的心意，捏造罪名诬陷弘氏，说他卖的衣服、绸缎是沿途抢来的，还说他的衣服非常精美，超过了规定的等级，不是商人所应筹办的。不由其申辩，便判决处死了弘氏，没收了他的木材，用于建造寺庙。此案上奏朝廷，朝廷批准执行。弘氏临行前嘱咐妻子把黄纸笔墨放在棺材里，如果死后有灵，一定要伸冤。一个月后，孟少卿只要一坐下来，眼前就出现弘氏，他向弘氏的鬼魂乞求恕罪，最后吐血而死。凡是与此案有关的官吏，一个个先后死去。文皇帝陵上的那座寺刚刚建成，就被天火烧毁。官吏们为了讨好皇帝，竟妄加罪名，处死一个无辜的商人，谋取他的木材。冤狱杀人，罪恶滔天。鬼神显灵，为弘氏伸冤，无非是百姓在现实中无法实现的愿望在作品中的曲折反映。

（二）公案小说的形成与成熟

公案小说形成于唐代，据不完全统计，唐代的公案小说约有一百多篇，散见于各笔记小说集中，如刘肃的《大唐新语》、皇甫氏的《原化记》、卢肇的《逸史》、张鷟的《朝野佥载》、牛肃的《纪闻》、薛用弱的《集异记》等。如果按案情内容划分，大致有以权谋私报复案、诬陷案、复仇案、诈骗案、盗墓案等。《大唐新语》中的《大理丞狄仁杰》通过两桩案子，塑造了狄仁杰刚正不阿、秉公断案的形象。第一桩写唐高宗时的将军权

善才被人告发砍伐昭陵的柏树，是对太宗皇帝大为不敬。唐高宗命令斩杀权善才。大理丞狄仁杰判权善才所犯罪行只能免去官职。高宗大怒，命令赶快行刑。狄仁杰上言道："怎么能以几株小柏树就斩杀大臣呢？"高宗说："权善才砍我父皇陵上的柏树，是我做儿子的不孝才导致了这种情况。朕知道你是好法官，但善才最终必须被处死。"狄仁杰坚持苦劝。高宗说："依法虽然不能处死，但朕大恨深重，必须在法律之外杀掉他。"狄仁杰再谏说："陛下制定法令，公布于天下判刑、流放及至斩杀死罪，具有等级差距，分刑定罪，哪能犯了不致死罪的轻刑，却要特别给以处死呢？法律既然没有固定的、长久的效力，百姓又以什么来作为自己的行为规范呢？陛下一定要改变法律，请从今天开始。"高宗恍然大悟，赞叹说："卿能严格执行法令，我有了称心的法官。"于是命令大臣将此事编入史书，又说："仁杰既然已为了善才指正了朕，何不索性帮朕整治天下呢？"于是任命狄仁杰为侍御史。第二桩写左司郎中王本立依仗高宗的宠爱胡作非为，朝廷百官都惧怕他。狄仁杰检举了他的罪行，要依法惩处他，而高宗却要特赦原谅他。狄仁杰上奏说："王本立虽是国家的英才俊杰，但是难道朝廷缺少王本立这样的人吗？陛下为何怜惜犯罪的人，而损害国家法令呢？如果陛下实在不想改变决定，就请秘密赦免他，流放我到无人的荒凉之地，作为对忠贞之臣的警告。"高宗最终听从了狄仁杰的建议。从此朝廷上下井然有序。

《朝野金载》中的《蒋恒审案》，叙述的是蒋恒为杨贞等三人洗刷杀人罪名的故事。唐贞观年间，卫州板桥店主张迪的妻子回娘家了。卫州禁卫军杨贞等三人来住店，第二天五更时分又早早赶路了。就在那天夜里，有人用他们的刀杀了张迪，之后又把带血的刀插入刀鞘中，杨贞等人没有察觉。天亮以后，旅店的伙计追上杨贞等人，把他们的刀拿出来查看，见血迹斑斑。于是杨贞等人被当作凶手囚禁起来，遭到严刑逼供。他们不堪狱吏的拷打审问，便自诬杀了人。案件上报朝廷，皇帝产生怀疑，派御史蒋恒重新审理此案。蒋恒来到卫州，下令把板桥店里15岁以上的人都叫来问话，因为人没有到齐，暂时把叫来的人又放了，只留下一个八十多岁的老太婆，直到晚上才放她走，蒋恒让监狱看守暗中监视她。蒋恒叮嘱说："老太婆出去，一定会有人跟她说话，你就记下这个人的姓名，千万不可泄露机密。"老太婆出去，果然有个人跟老太婆说话，监狱看守就记下那人的姓名。第二天蒋恒又这样做，那人又来问老太婆："皇帝的使臣是怎样审查的？"一连两天，来询问的都是那个人。蒋恒一共招集男男女女三百多人，当着大家的面把跟老太婆说话的那个人喊出来，其余全部放回。经审问，那个人承认了杀人的罪行，说是因为跟张迪的妻子通奸而谋杀了张迪。案件上报朝廷，皇帝嘉奖蒋恒，赐帛二百段，封他做侍御史。杀人犯作案后嫁祸于人，但总是做贼心虚。蒋恒正是利用罪犯的这一心理特点，布下疑阵，诱使罪犯自我暴露。

公案小说在宋代趋于成熟。"公案"之名，就首见于宋人之书，即话本小说中的"说公案"。宋代耐得翁《都城纪胜·瓦舍众伎》载："说话有四家：一者小说，谓之银字儿，如烟粉、灵怪、传奇。说公案，皆是搏刀赶棒，及发迹变泰之事。"学术界一般把"说公案"看作是公案小说的雏形。

这一时期，公案小说的数量急剧增加，文言短篇小说约有三百篇，超过了宋代以前各朝代作品的总和；宋代话本中还有相当多的作品也属于公案小说。出现了以"公案"命名的文言短篇小说，如洪迈《夷坚志》中的《何村公案》、苏轼《东坡志林》中的《高丽公案》等。许多作品具备了公案小说应有的结构，即作案、报案、审案、判案四个要素，这是公案小说成熟的内在标志。

宋代文言公案小说，记载了各种各样的讼狱故事，内容十分复杂。《夷坚志》中的《何村公案》，写秦棣在宣州做知州时，得知何村有民酿酒，便派巡检去抓捕。巡检带领数十名兵甲，将这家包围到半夜。这个酒民是个富族，见夜晚有兵甲到来，以为是凶盗来犯，立即击鼓招集邻里抗击。巡检当初没有多考虑，也未防备，结果数十名兵甲被捉。酒民认为捕获盗贼有功，立即上报县衙。县宰了解了事情的原委后，将此事委托县尉处理。县尉考虑与酒民不能以力争，于是轻骑前往，好言对他说："我听说你家抓获了强盗，希望与我共同处理。"酒民对县尉深信不疑，非常高兴，将抓获的人员全部交给了县尉，与其子及孙三人，同县尉一起押送"强盗"来到郡里。秦棣当场释放了巡检和众兵甲，却捉住酒民祖孙三人，用麻绳把他们从肩到脚绑了起来，然后各杖一百，三人都被活活打死。秦棣之兄秦桧正居相位，所以无人敢言，竟成一桩冤案。第二年，秦棣病死。又过了一年，杨原仲做太守，在阴间处理了此案，使酒民的冤屈得到伸张。当时，酒与盐、铁一样实行专卖，小说写何村酒民酿酒，却未写其违法销售，知州秦棣无缘无故派巡检抓人，官军意志涣散，仿佛一伙强盗。知州、知县、县尉沆瀣一气，诱捕了酒民祖孙三人，将他们棒打至死。因为秦棣之兄在朝中为相，所以没有人敢出来鸣冤。小说流露出褒民贬官的思想倾向。

宋元话本中的公案小说中，《错斩崔宁》等是较为突出的代表作。《错斩崔宁》写南宋高宗时，临安人刘贵做生意屡屡折本，家境不济。一日，与妻王氏给岳父过七十大寿，妾陈二姐看守家中。岳父拿出十五贯钱，资助刘贵开店，并留女儿多住几天。刘贵驮着钱往家走，路上遇到一个做买卖的朋友，喝了几杯酒，带着醉意回到家。陈二姐问他钱是哪来的，刘贵戏言是卖她得来的。陈二姐一气之下，把十五贯堆在刘贵脚后边，就悄悄溜出门，打算回娘家告知父母。刘贵三更方醒，见房中无人，不觉又睡去。不料有个不务正业的人，白天输了钱，想在夜里出来偷点东西。走到刘贵家门口，见门没锁，就溜进去杀了刘贵，抢走了十五贯。第二天，邻居发现刘贵被杀，陈二姐也不见了。一边派人到王老员外家报凶信，一边去追陈二姐。恰巧陈二姐正与一个后生同行，便将他们一同抓回。后生叫崔宁，官府搜索他的搭膊，恰好有十五贯钱。于是，崔宁和陈二姐被当作奸夫淫妇和杀人犯绑缚官府。临安府尹不听申辩，将崔宁与陈二姐打得死去活来，受刑不过，两人只好屈招。判崔宁奸骗人妻、谋财害命，依法处斩；判陈二姐同奸夫杀死亲夫，大逆不道，凌迟示众。王氏守孝一年，父亲叫老王来接她。路上躲雨，与老王钻进一片林子。在林中遇上强盗静山大王，老王被杀，王氏也被迫做了压寨夫人。一日，在家闲坐，静山大王无意中说起曾杀人抢了十五贯钱。多年的沉冤真相大白，王氏乘隙到临安府叫起冤来。新任府尹着人捉来静山大王，用刑拷问，静山大王对杀人事实供认不讳。静山大王全家被处斩，家产一半交官，一半交给王氏。原问官断狱失情，削职为民。崔宁与陈氏枉死可怜，有司访其家，量行优恤。小说叙述了临安府尹错斩崔宁和陈二姐的故事，深刻反映了封建官吏胡乱判案、草菅人命的罪行。小说头绪繁多，情节曲折，却井井有条。冯梦龙将这篇小说收在他编纂的《醒世恒言》里，题目改为《十五贯戏言成巧祸》。他认为崔宁、陈二姐的被"错斩"是一场"巧祸"，而导致"巧祸"的直接原因是刘贵关于十五贯由来的一句"戏言"。"巧"，正是这篇小说艺术构思的特点。窃贼恰巧路过刘家，恰巧门又没锁，于是刘贵被杀。陈二姐路上巧遇崔宁，刘贵被盗的和崔宁卖丝所得的钱恰巧又都是十五贯，于是崔宁、陈二姐被错判为奸夫淫妇、合伙杀人的罪犯。王氏在山林中遇到的恰巧是杀害自己亲夫的凶犯，无意中的闲谈，恰巧道出多年未解的疑案，于是沉冤得到昭雪。种种巧合，引人入胜，真实可信，完成了揭露和控诉封建官府的主题。

（三）公案小说的发展与繁荣

公案小说在明代呈现出进一步发展的局面，突出的标志是出现了一批公案小说集。如《百家公案》，这是现在知道的最早的公案小说专集；《廉明公案》，这是现在知道的第二部公案小说专集；另外，其他公案小说还有《诸司公案》《新民公案》《海刚峰先生居官公案传》《详刑公案》《律条公案》《名公案断法林灼见》《明镜公案》《详情公案》《神明公案》《龙图公案》等。

明代公案小说在内容和形式上，主要有两种类型：

一类是以某个人物为中心，包含多个办案故事，如《龙图公案》《海刚峰先生居官公案传》等。《海刚峰先生居官公案传》写海瑞办案的故事。海瑞当时有"南包公"的美称，此书利用了他的名声。书中所写不是历史上海瑞真实的办案记录，而是当时的文人将明代和前代的各种案例捏合在一起，改头换面，加工润色，借海瑞之名，编撰的一部短篇公案小说专集。全书七十一回，每回讲一个独立的审案故事。其中最长的近三千字，最短的只有四百字。每回故事一般由四部分组成：1.事由（即案情始末）；2.告状（即原告人写的状词）；3.诉状（即被告人写的辩护词）；4.判词（即判决书）。如该书第十回"勘饶通夏浴讼"：

淳安县乡官通判饶于财，夏浴空室。夜渴索茶。小婢持置墙孔饮之，遂中

毒死。其前妻之子谓以继母有奸夫在，故毒杀其夫，乃讼之于邑。置狱已久，不决。公当时巡行于郡，各县解犯往郡赴审。其继妻再三叫冤，公戚然思之："其妇如此叫冤，莫非果负冤乎？"径造饶室详审，秘探阅浴处及置茶处，遂严钥其门，概逐饶通判家口于外，亲与一小门子宿其中，仍以茶置墙所。次早起视，果有蜈蚣堕焉。急命拆墙，遍内皆穴蜈蚣。焚烧移两时方绝，臭不可闻。遂开其妇之罪，冤始得解。妇叩谢而归。

告继母谋杀亲夫

告状人饶清，告为奸杀大冤事。（下略）

诉

诉状人姚氏，诉为冤诬事。（下略）

海公判

审得于财之死，非毒药之毒，蜈蚣之毒矣！（下略）

由此可见，这种"书判体"公案小说，除前面的"事由"部分具备故事性以外，其余部分是由状词、辩护词和判词组成的，不具备故事性。

另一类是以公正廉明的案件审判为中心内容的短篇小说集，如《廉明公案》《详刑公案》等。

《廉明公案》的编者是余象斗。它按照案件的不同类型分为十六类，即人命类、奸情类、盗贼类、争占类、骗害类、威逼类、拐带类、坟山类、婚姻类、债负类、户役类、斗殴类、继立类、脱罪类、执照类、旌表类。每类编选的故事多少不等，多的有十八则，如"人命类"；少的只有两则，如"坟山类"。每则故事称赞一位或两位执法官吏的审案、判案事迹。小说还注意通过疑难案件，表现执法官吏的破案才干，如《蔡知县风吹纱帽》。蔡应荣任陕西临洮府河州县知县，断案如神。一天晚上，坐在堂上，头上纱帽被风吹丢。蔡公乃令差役三日内寻到纱帽下落。次日，魏忠在离城二里的大坪的一棵梨树下，捡回纱帽。蔡公亲往现场，在这棵梨树下挖出一具尸体，头上有一刀痕，知是被人谋杀。蔡公拿得梨树左边地主陶镕、邹七，右边地主梅茂、梅芳，四人均不承认杀了人。蔡公将其放回，令三日内抓到真正的杀人犯。这天夜里，蔡公密召曾启等十六人，让他们把第二天出城的人都抓来。第二天一下子抓到二百多人。蔡公命差役把这二百多人各领几个带走，明日一齐送来，定要严审；同时，告诉这些被抓来的人，如果谁肯出银子，就可以暗中被放走。曾启领了五个人，内有开店的丘通。丘通肯出五两银子，请求把他放走。曾启报知县主。待曾启刚放出丘通，当即就被公差拿住，来见蔡公。蔡公喝道："你杀死人埋在梨树下，冤魂来告。我已调查清楚，要待明日审问，你今夜为何要逃走？要从头招来，免受拷打。"丘通见说出实情，吓得魂不附体，只得如实供出："前月初十，有一孤客带银三十两，在店借宿，我将他杀死，埋在路旁梨树下。其银尚未敢用，埋在房间床脚下。"蔡公派人找到银子。丘通被判死罪。小说先写怪风吹去蔡公的纱帽，原是冤魂相投。这是古代小说特有的手法。蔡公知道杀人者心虚，必要远走，于是让差役把出城的人都抓来，但还是难以辨别凶手；又以出银者可以私下放出相许诺，杀人者急于逃脱，定要贿赂银两企图脱身，以此诱使杀人者现形。

　　《详刑公案》全书八卷十六类四十则。分别为卷一谋害类，卷二、卷三奸情类，卷四婚姻类，卷五奸拐类、威逼类、除精类、除害类，卷六窃盗类、抢劫类、强盗类，卷七妒杀类、谋占类，卷八节妇类、烈女类、双孝类、孝子类；或一卷一类，或两卷一类，或一卷多类，各不相等，故事也长短不一。每则叙述一个故事，每个故事赞一位判案公正的法官，大多是知县、县尹。许多故事都是采用先贬后褒的手法，在正误两种判案结果中显现编者的主观倾向。如《魏恤刑因鸦咒鸣冤》，写武昌府江夏县的郑日新与表弟马泰自幼相善，以贩布为生。这年正月，每人身带纹银二百余两，辞家而去，郑日新往孝感，马泰往新里。一天傍晚，马泰路遇吴玉，吴玉告诉他此地夜行危险，马泰遂不敢行，借宿在吴玉家。吴玉假意设宴，却将蒙药放入酒中，马泰饮后不知人事，被吴玉推入荫塘害死，财宝被夺。郑日新到孝感多日，却不见马泰发货来，便往新里找寻，到他们以前常住的杨清客店打听，说未曾到过。郑日新不信，心想，一定是杨清见马泰银多身孤，便将其谋害。于是具状告官。孝感知县张时泰只凭郑日新的状词，而不顾杨清及邻里等人的辩解，主观推断，确认杨清就是凶手。重刑之下，杨清屈打成招，遂被判死刑。半年后，朝廷委任刑部主事魏道亨来湖广恤刑。魏主事查阅了杨清的案卷，感觉其中似有冤情。一天，魏主事微服察访，在一个鸦鹊成群的偏僻荫塘中，发现一具浮尸。在打捞时，又发现数具腐烂的尸体。魏主事找来附近十余家的百姓，各报姓名，令驿卒逐一记下。他看过一遍，说："前在府中，梦见有数人来告状，被人杀死，丢在塘中。今日亲自来看，果得数尸，与梦相应。杀人者的名字就在其中。无辜者起，杀人

者跪上听审。"众人心中无愧，皆纷纷离开，唯吴玉吓得心惊胆战。经审讯，吴玉招出谋害多人，又杀死马泰的全部经过。孝感知县张时泰轻信口供，不加详查，酿成冤案。与他形成对比的，是魏道亨断案英明，一丝不苟，仔细勘察，辨明真相。不然，杨清之死，定陷于无辜；马泰之冤，终沉于苦海。

明代公案小说除了专集之外，还有一些写得比较好的作品，散见于其他书中，以"三言""二拍"为代表。这两部书中，被认定为明代公案小说的有四十多篇。如"三言"中的《陈御史巧勘金钗钿》《滕大尹鬼断家私》《李玉英狱中讼冤》《一文钱小隙造奇冤》等，"二拍"中的《恶船家计赚假尸银，狠仆人误投真命状》《夺风情村妇捐躯，假天语幕僚断狱》《硬勘案大儒争闲气，甘受刑侠女著芳名》等。

明代公案小说通常以中短篇为主，大都以专集的形式流传。公案小说的诸要素，明代公案小说已大致具备，每篇小说大都由作案、报案、申诉、审案、破案、判案等几个部分组成。

公案小说在清代达到繁荣的程度。长篇通俗公案小说着重反映官府昏庸腐败、恶霸横行的黑暗现实，所写的许多案件都是由于官吏贪赃枉法造成的冤假错案，作品具有强烈的现实主义色彩。代表作有《于公案奇闻》《九命奇冤》等。

《于公案奇闻》八卷，不题撰人。每卷回数另起，依次为四十回、三十八回、三十二回、三十六回、四十回、四十六回、二十八回不等，合计二百九十二回。全书共有十七大段、二十七个公案故事。各案之间并无联系，由审案人于成龙贯串起来。每大段或单叙一个公案故事，或以一个大故事为主，首尾缀以一两个小公案故事，或穿插其间，或两三个公案故事并列交叉。全书主角于成龙在历史上实有其人，字北溟，山西永宁人。明崇祯间副榜贡生，清顺治十八年（1661年）授广西罗城知县，后历任合州知州、武昌知府，迁福建按察使、直隶巡抚，官至两江总督，是清初的封疆大吏，康熙二十三年（1684年）去世。于成龙为官政绩突出，多次被康熙皇帝赞为"清官第一""天下廉吏第一"。于成龙为官时常微服私访，种种疑案均能明察公判，且廉洁清正，深得百姓称颂。但书中所写的公案，并非都是于成龙所办，只是由于其名声显赫，传闻众多，因此人们把一些辗转流传的案例都附会到他一人身上，也是很自然的事。《于成龙奇闻》上承明代公案小说的余绪，下启短篇成长篇的趋势，在章回、结构、情节上都做了一系列的探索，发生了重大的变化，是明清公案小说转变期的一部重要作品。

《九命奇冤》三十六回，署"岭南将叟重编"。岭南将叟即吴沃尧。清光绪三十年（1904年）十月起连载于《新小说》，光绪三十二年（1906年）上海广智书局出版单行本。故事原为发生在雍正年间广东番禺县的一件真事，乾隆五十九年（1794年）欧苏《蔼楼逸志》卷五《云开雪恨》曾有记载。嘉庆十四年（1809年），安和先生（钟铁桥）将其故事撰为小说《警富新书》，凡四十回。《九命奇冤》的主要情节和人物均本《警富新书》，实为该书的加工改编本。

《九命奇冤》叙述清雍正年间，广东番禺县凌、梁两家因风水问题而结怨，以致渐成仇敌，最后酿成九条命案之事。凌家之子凌贵兴纳粟入监，以银两买通关节，想求个官来做，结果落空。风水先生说是梁天来家的石室压住了风水，凌贵兴遂向梁天来兄弟购买石室。梁家没有答应，凌贵兴怀恨在心，加害梁家。虽然梁家采取忍让的态度，但凌家却使事态不断升级。最后火攻烟熏，梁家七人被害，因其中梁君来之妻身怀有孕，凌家的报复便酿成了七尸八命的大案。梁家先后告至番禺县、广州府、臬台衙门，证人张凤被夹棍夹死，遂成九命奇冤。官府层层受贿，反判梁天来诬告。梁天来悲愤至极，进京上告，才使冤情得以昭雪。

作者创作这部小说的意图，是想通过这一事件的发展过程，充分反映清朝统治即使是在被认为"吏治是顶好的"雍正朝，也仍然隐藏着大量的黑暗与丑恶。作者写的虽是二百多年前的旧事，却是要借历史的外衣，揭露贪污横行、草菅人命、钱能通神、奸盗猖獗的现实，帮助人们认识封建官僚阶层的本质。

清代文言公案小说数量众多，出现了前所未有的繁荣景象，题材内容与艺术风格多姿多彩。这些小说散见于各种笔记或文言小说集中，如蒲松龄的《聊斋志异》、袁枚的《子不语》、纪昀的《阅微草堂笔记》、许奉恩的《里乘》等作品中，均收录了一些公案小说。

清代文言公案小说歌颂了执法严明公正的官吏。《里乘》中的《小卫玠》写山西郦翁之女珊柯，美丽聪慧。已故太守之子闻珊柯之名，请媒人求婚。郦

翁慕公子门第多财，就答应了。新婚之夜，新郎被杀。凶手自称小卫玠，求欢不成便抢走了新娘发髻上的一枚簪子。第二天，具状诉于邑宰。邑宰以凶手自称"小卫玠"为线索，拘捕了同邑素有"小卫玠"之称的世家子弟卫生，屈打成招，判秋后处决。按察某公来到山西，颇疑其冤情，思为平反。于是设计让珊柯和小卫玠住在同一间牢房，暗中监听他们的谈话，探知凶手口吃、狐臭。从郦翁处得知，此人叫金二朋。拘来金二朋，审出案情，冤情得以昭雪。邑宰草草断案，以致酿成冤狱。按察某公审案深入细致，授计狱吏，神妙莫测，最终使真相水落石出。

清代文言公案小说还揭露了那些草菅人命、收受贿赂、制造冤狱的贪官酷吏。袁枚的《书麻城狱》写麻城的涂如松与妻子杨氏不和。杨氏出走，隐藏在杨同范家里。杨氏之弟杨五荣诬告涂如松和陈文合谋杀死杨氏。麻城知县汤应求审案未果。一年后，湖广总督迈柱委派广济县令高仁杰审理此案。高仁杰是个试用的县令，正想谋取汤知县的职位。他将涂如松严刑拷打，又将麻城知县及其佐吏下狱。总督迈柱竟以涂如松杀死妻子，官员受赃的罪名，准备将他们杀头。后来杨氏暴露，被拘捕，真相大白，冤狱澄清。汤应求官复原职，杨五荣等人被处决。这是一起寻常的家庭纠纷酿成的骇人听闻的冤案。小说反映了流氓无赖的猖狂、官吏的卑劣无耻和刚愎自用。

清代文言公案小说故事情节曲折生动，引人入胜。《聊斋志异》中的《胭脂》写东昌牛医卞氏之女胭脂，才姿惠丽。偶遇秀才鄂秋隼，一见钟情，害了相思病。王氏得知之后，将此事告知情人宿介。宿介冒充鄂秀才潜入胭脂闺房求欢遭拒，强取胭脂绣鞋而去。毛大捡到宿介遗失的绣鞋，窃听到宿介求欢未果的情况，来到卞家，误入卞翁卧室，将其杀死。卞媪拾到绣鞋，知杀卞翁者是与女儿有关之人。卞家母女赴县告状。官吏拘捕了鄂秀才。鄂秀才受刑不过，诬服杀人之罪。济南府复审此案，知府吴南岱拘来王氏，王氏供出宿介冒充鄂秀才求欢之事。吴知府顺藤摸瓜，又将宿介拘捕到案，酷刑之下，宿介被屈打成招，承认自己是杀人的真凶。宿介听说学使施愚公最为贤能，便向他投了一张伸冤状子。施公利用人们迷信鬼神的心理，辨出真凶。毛大交代了杀害卞公的罪行，被处斩。

二、《龙图公案》成书内容简介

　　《龙图公案》是产生于明代的记述包公审案断狱的短篇小说集。又称《龙图神断公案》，全名为《京本通俗演义包龙图百家公案全传》。包拯曾经担任龙图阁直学士，所以，人们也称他为包龙图。《龙图公案》的"龙图"二字就来源于此。

（一）编者与版本

　　在《龙图公案》的一些版本中，有听五斋的评语。《龙图公案》的编者可能就是这位评点者听五斋先生。"听五斋"名，来自《周礼·秋官·小司寇》："以五声听狱讼，求民情：一曰辞听，二曰色听，三曰气听，四曰耳听，五曰目听。"五听，就是指辞听、色听、气听、耳听、目听，全是动词和宾语倒置，就是说对罪犯要察言观色，不放过任何一个细节。可见，听五斋的法律意味是极浓的。

　　我们认为听五斋很可能是《龙图公案》的编者，主要依据他在《金鲤鱼》《玉面猫》后的评语："此两宗公案，可谓幻绝。特摘而入之，志幻也。"他能够"摘而入之"这两篇，也就能选择其他篇目。一个"特"字强调了两则故事的与众不同：它们因其"志幻"而可以聊备一体，其他没有特别之处的故事，则不必一一指明是自己摘录的了。

　　有两处评语透露了编选的指导思想。一处是针对第二则《观音菩萨托梦》的评语："著述此事，大有深意。初视皮毛，若止为刑名家作津梁，而叩其精微，实念念慈悲，言言道德。治世可，度世可，超世亦可。盖儒而参元以禅玄者也。首叙弥陀观音感应，而结以玉枢三官经之效验。且特附孝烈贞节于后，以补其所未尽。此可见种种劝善苦思矣。"另一处是第一百则《三官经》后的评语："男子妇人，白叟黄童，止信得佛道两门，说了念佛看经，无不洗心易虑。然则兹编，用佛菩萨开场，而以玉枢三官经结束，意在斯乎？"这两处评语是互相呼应的，说明选编此书的原则和意图，不仅仅是讲述一个个断案故事，更在于劝人行善，洗涤心中的杂念，遵守道德准则。显然，编者十分强调小说的惩恶扬善、劝诫教化作用。

从评语中可知听五斋是一介穷书生。他说："余少时读书家祠中，有族叔将佣值三钱，助余油薪。余年二旬奇矣。头颅如故，补报何时？中心藏之，何日忘之？此情不报，愿随逝者！"作者是个好读书的人，但家贫，油薪尚需族叔来接济。从一些评语中的牢骚话，也可见他的"穷"。文中说他只有二十几岁，恐怕不确。他写在书中的五十余条评语，说明他是有一定阅历和识见的，不像是一个不谙世故的年轻人。

听五斋的政治态度很激进，对当时的政府颇有批判意见。如在《三娘子》《贼总甲》后评曰："剪络贼最难捉。如孝肃公，是能捉剪络者。虽然，豺狼当道，安问狐狸？今日剪络者，岂独街头光棍哉！"豺狼当道，即指政府中的胡作非为的败类。他借题发挥，把矛头指向当时的官府大员。

《龙图公案》中有三十多则故事是涉及鬼神的。一种情况，是那些在不公正的社会中受到冤屈的人，作者不敢让他们在现实环境中诉说，于是虚构了一个阴曹地府，让他们发牢骚、泄冤屈。怪诞的艺术形式，曲折地反映了当时社会无法调节的矛盾。另一种情况，是不是靠人智破案，而是以鬼神迷信的方式解决问题，诸如神仙鬼魂托梦显灵、谶语、字谜等揭示破案门径。编者不是在宣扬迷信，而是另有隐衷。在《善恶罔报》《寿夭不均》后，听五斋评曰："这等糊涂世界，没个出头日子。往往求报于冥间，原是无聊之计耳。况冥间又不可测如此！虽然，正以其不测也，犹能使人惧耳。不则愈赖子弟，不怕阳世尊官，说了地下阎罗便怕，此何以故？"一语道破书中鬼神故事的秘密，原来是为了规劝恶人，在现实的力量无法制止丑恶的时候，利用阴森恐怖的阴曹地府来使人害怕，不敢作恶。编者的心中十分清楚，这些神鬼显灵、冤魂报应都是

凭空虚构的假话，是不得已才这样写的。

听五斋还很可能是书中十三则地府故事的作者。这些故事未见有任何来源，纯系独立创作。它们虽然有案情，有判案，但缺乏故事而富于思想。作者不过是借公案小说之名，抨击杀边民冒功、科场弊病、受贿徇情等政治黑暗和官场腐败，文笔泼辣，见解深刻，思想、风格与书中评语酷似。

《龙图公案》有繁本和简本两种版本。《龙图公案》分卷不分回，所以每一个故事，我们称为一则。繁本与简本的区别是指书中则数的多寡，而不是每则故事文字的繁简。繁本系统分五卷本、六卷本、八卷本、十卷本，均为一百则；繁本又可根据有无听五斋评语分为两种，有评语的本子比没有评语的本子早出，后者可能是根据前者改编的。简本系统有六十二则本、六十四则本、六十六则本。较常见的版本有两个：一个是宝文堂书店1985年出版的《龙图公案》校点本（该书出版时，按民间口头通称，书名改为《包公案》），一个是群众出版社1999年出版的《龙图公案》校点本，两个版本均为一百则。

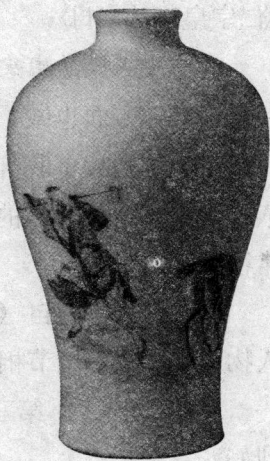

（二）故事来源

《龙图公案》一百则皆叙包公故事，除《割牛舌》一则有史实根据外，其余均为子虚乌有的虚构故事。

关于《龙图公案》的来源，有学者指出，百则故事的绝大部分都是书商请人用"剪刀加糨糊"的办法从诸多公案小说中移植过来的；尚不够数，又请编者补写了若干则，凑成百则。《龙图公案》的故事大多不属于作者自创，而是抄袭他书而成。抄袭的对象为明代的几部公案小说集，对原书的内容改动很小。具体为：有四十八则故事来自《百家公案》。其中三则故事在《百家公案》中是相连的两回，即第十八则《白塔巷》来自《百家公案》第七十六回《阿吴夫死不分明》和七十七回《断阿杨谋杀前夫》，第五十七则《红牙球》来自《百家公案》第九十三回《潘秀误了花羞女》和九十四回《花羞还魂累李辛》，第六十二则《桑林镇》来自《百家公案》第七十四回《断斩王御史之赃》和第七十五回

《仁宗皇帝认亲母》。

有二十一则故事来自《廉明公案》。将《廉明公案》中的各色判官一律改为包公，其他方面也做了一些改动。

有十二则故事取自《详刑公案》。两书中的同题材故事，均有着基本相同的人物形象和大体一致的故事情节，甚至连文字也大致相同，可见两书的关系非常密切。

有三则故事取自《律条公案》。编者对《律条公案》的故事改动很小。不仅人物形象和故事情节相同，文字上的差异也不大。

《龙图公案》第三则《嚼舌吐血》出自《新民公案》卷四的《和尚术奸烈妇》。

根据以上分析，《龙图公案》与明代的其他公案小说集有直接渊源的故事一共是八十五个。所以它的大部分故事，是抄撮、改编他书而成，这在版权意识淡薄的古代，属于正常情况。对其他小说集中的故事，往往仅仅是改换一些人名（包括主审官的名字）、地名。抄袭的小说集主要是《百家公案》《廉明公案》《详刑公案》《律条公案》《新民公案》。

另外，有十三则阴司断案故事可能出自作者的自创，即第二十四则《忠节隐匿》、第二十五则《巧拙颠倒》、第三十七则《久鳏》、第三十八则《绝嗣》、第五十九则《恶师误徒》、第六十则《兽公私媳》、第六十七则《善恶罔报》、第六十八则《寿夭不均》、第七十五则《屈杀英才》、第七十六则《侵冒大功》、第九十三则《尸数椽》、第九十四则《鬼推磨》、第一百则《三官经》。此即上文所说的十三则地府故事。

《龙图公案》尚有三个故事来历不明，即第十则《接济渡》、第九十五则《栽赃》和第九十七则《瓦器灯盏》。

三、《龙图公案》展现的市井乡村风貌

　　《龙图公案》除了塑造了包公的正面形象以外，也和其他的公案小说一样，专以社会和人性中的阴暗和丑恶为主要表现对象，着眼于人们之间的不和谐与矛盾冲突，展示了市井乡村阴冷、恐怖气氛的风情画。

（一）塑造了执法如山的包公形象

　　包拯是宋代一个真实的历史人物，官至枢密副使，为人公正无私、正直刚毅、清正廉洁。《龙图公案》中的包公，虽然以历史人物包拯做依托，却已经不是历史人物，而是小说中的人物，是历代作者虚构的艺术形象。我们讨论的，就是小说《龙图公案》中的包公形象。用胡适的话说，包公是一个"箭垛式的人物"。胡适说："这种有福的人物，我曾替他们取了个名字，叫作'箭垛式的人物'，就同小说上说的诸葛亮借箭时用的草人一样，本来只是一扎干草，身上刺猬似的插着许多箭，不但不伤皮肉，反可以立大功，得大名。包龙图——包拯——也是一个箭垛式的人物。古来有许多精巧的折狱故事，或载在史书，或流传民间，一般人不知道它们的来历，这些故事遂容易堆在一两个人的身上。在这些侦探式的清官之中，民间的传说不知怎样选出了宋朝的包拯来做一个箭垛，把许多折狱的奇案都射在他身上。包龙图遂成了中国的歇洛克·福尔摩斯了。"

　　所谓包公是一个"箭垛式的人物"，无非是说这一百则故事绝大部分不是历史上包拯的真实故事，而是将史书上其他人或民间传说的各种折狱故事归属到包公名下，塑造出包公这个侦探式的法官形象。包公形象，是经后人堆砌、作为精神楷模的人物，同原型有较大的差距，或者说原型不过是一个充当箭垛的符号。书中的包公洞悉人情物理，分析案情细致入微，断案神速、准确，所以胡适称他为"中国的歇洛克·福尔摩斯"。

包公是一个秉公执法、铁面无私的清官。在包公所断的案子中，涉案人员，既有平民百姓，更有达官显贵。他之所以无所畏惧，是因为胸中无私。清代李西桥在《龙图公案序》中说："《龙图公案》世传为包公所断之案，尝阅一过，灵思妙想，往往有鬼神所不及觉；而信手拈来，奇幻莫测，人人畏惧。所以然者，包公非有异术，不过明与公而已。……夫人能如包公之公，则亦必能如包公之明；倘不存一毫正直之气节，左瞻右顾，私意在胸中，明安在哉！故是书不特教人之明，而并教人之公。"指出包公的"明"源于其"公"，概括出《龙图公案》中包公形象的特点。

《狮儿巷》写潮州的秀才袁文正携妻张氏进京赶考。一日，同妻子入城游玩，曹国舅二皇亲见张氏貌美，便将他们请到府中。曹把袁文正灌醉，用麻绳绞死，打死三岁的孩子，强占了张氏。包公在回府途中，一阵狂风吹起，旋绕不散，直从曹国舅高衙中落下，包公想：此地必有冤枉事。曹家中间门上大书数字道："有人看者，割去眼睛；用手指者，砍去一掌。"包公向一老人询问曹国舅的所作所为，老人叹道："大人不问，小老哪里敢说。他的权势比当今皇上的还大。有犯在他手里的，便是铁枷；人家妇女生得美貌，便拿去奸占，不从者便打死，不知害死几多人命。"包公回衙，即令勾取旋风鬼来证状。曹国舅怕事情败露，欲将张氏杀掉，幸被张公搭救。不料张氏在开封街上被大国舅打昏，王婆将她救醒。张氏跪截包公马头叫屈。审勘明白，包公先设计捉了大国舅，又设计捉了二国舅。得知曹二国舅将被正法，先是皇后说情，后仁宗亲自到开封求情，要包公"万事看朕分上恕了他罢"。包公道："既陛下要救二皇亲，一道赦文足矣，何劳御驾亲临？今二国舅罪恶贯盈；若不依臣启奏判理，情愿纳还官诰归农。"最后，还是将二国舅处斩。皇后、皇帝等人都亲自来求情，包公面临的巨大压力可想而知。他能始终坚持原则，不徇私情，就是因为他不恋乌纱帽，所以才能做到无私无畏。

包公也是一个通达人情世故、恤弱悯善的忠厚长者。办案之后，对那些劫后余生的人，或撮合他们成为夫妻，或以银两资助那些遭到罪犯残害的孤寡者。《锁匙》中王朝栋与邹琼玉是父母指腹为婚。朝栋之父早逝，朝栋只知

读书，遂至贫穷。琼玉之父邹士龙做了参政。朝栋已十六岁，托父亲的朋友刘伯廉前去商议完婚之事。邹士龙看朝栋只是个穷儒，意欲退婚；如意欲完婚，必行六礼。一次，琼玉与朝栋相见，琼玉以父言相告。朝栋道："此亲原是先君所定，我今虽贫，银决不受，亲决不退。令尊欲将汝遣嫁，亦凭令尊。"琼玉道："家君虽有此意，我决不从。"当晚两人再次会面，琼玉将金手镯等物品赠给朝栋。贼人祝圣八到邹家偷窃，还杀死了婢女丹桂。邹士龙派家人梅旺到各处探寻作案人。梅旺在一个银匠店拿回一金手镯，经辨认，手镯是琼玉的，而金手镯是朝栋拿去换银子的。邹士龙认定杀人凶手就是朝栋，便将其告到官府。朝栋诉冤，说金手镯是琼玉给自己的。包公找来邹士龙询问，又找来琼玉对证。琼玉说金手镯是自己给朝栋的，但丹桂不是朝栋杀的。包公也认为杀丹桂者绝不是朝栋，并力劝邹士龙："你当时与彼父既有同窗之雅，又有指腹之盟，兼有男心女欲，何不令速完婚？"并保证七日内一定抓到凶犯。夜晚，鬼神托梦给包公，暗示杀人者是祝圣八。包公遣人拘来祝圣八，祝圣八抵赖。包公拿下他腰间的锁匙，差人到祝家，对他妻子说，你丈夫承认劫了邹家财物，我们来取赃物。邹妻信以为真。祝圣八无言争辩，一一招来。包公判道：审得祝圣八，恣行偷盗，杀侍婢劫财物；王朝栋非罪而受丛脞，合应免拟；邹琼玉永好而缔前盟，仍断成婚，使效唱随而偕老，俾令山海可同心。王朝栋择日成婚，夫妇和谐。次年赴京会试，黄榜联登，官授翰林之位。包公既惩处了罪犯，又说服了嫌贫爱富的家长，使一对有情人终成眷属。

《扯画轴》写顺天府香县的乡官知府倪守谦，家富巨万，嫡妻生长男善继，临老又纳梅先春为妾，生次男善述。守谦患病，告诉善继，契书账目家资产业，尽付与他；善述只分一所房屋、数十亩田即可。先春不同意。守谦道，日后，大儿善继倘无家资分与善述，可待廉明官来，将一轴画去告，自然使幼儿成大富。数月后，守谦病故。善述长了十八岁，求分家财，善继霸住，全然不予。先春闻听，遂将夫遗画一轴，赴官府告状。包公将画轴展开，见其中只画一倪知府像，端坐椅上，以一手指地。拆开视之，轴内藏有一纸，上写道："老夫生嫡子善继，贪财昧心；又妾梅氏生幼子善述，今仅周岁，诚恐善继不肯均分家财，有害其弟之心，故写分关，将家业并新屋二所尽与善继；唯留右边旧小屋与善述。其屋中栋左边埋银五千两，作五埋；右边埋银五千两，金一千两，作六埋。其银交与善述，准作田园。后有廉明官看此画轴，猜出此画，命善述将金一千两酬谢。"包公看出此情，叫来先春、善继、善述一起去勘察、挖掘，银两之数，一如所言。包公道："适闻倪老先生以一千两黄金谢我，我决不要，可与梅夫人作养老之资。"善述分得了家财，与母向前叩头称谢。当从地下挖出银子后，虽然这些银子是倪太守预先酬谢给包公的，包公却不像"三言"中"鬼断家私"的滕大尹那样，把上千两银子收归己有，而是留给了倪太守的遗孀作养老之用，说明他毫不考虑自己，一心想着普通百姓，体现了恤弱悯善的忠厚情怀。

包公还是一个能静观默察、慎思明辨，有着高超破案方法的法官。《龙图公案》对包公形象的塑造，主要集中在他对案件的审理上，展现其高度的智慧和断案技巧，使之成为一个集侦探、审讯、判决于一身的侦探式的法官形象。

（二）揭露了封建统治者的罪恶

《龙图公案》的批判对象，上至皇亲国戚、王侯世家，下至贪官污吏、豪绅恶棍，小说揭露了他们飞扬跋扈、胡作非为、荼毒百姓、横行霸道的行径。《黄菜叶》是以揭露皇亲国戚为内容的作品。西京河南府织匠师官受之妻刘都赛，于正月上元佳节出外观灯。人多拥挤，同伴失散，刘都赛也迷了路。皇亲赵王见她容貌美丽，就将她诓骗入府，强行霸占。赵王贴出告示，招织匠来府织造衣服。师官受以织衣为名前来打探妻子的消息。夫妻相见，相拥而泣。赵王见状大怒，将师官受同另外四个匠人一齐杀害。赵王恐有后患，又将师家大小男女尽行杀戮。只有张院公和师官受的儿子师金保因外出购物，才逃过一劫。师官受的弟弟师马都从扬州来到开封府告状，却被赵王派孙文仪打死。尸体被藏在黄菜叶下正要运走，被包公遇上，揭开菜叶，见内有一尸，就叫狱卒停在西牢。张院公抱着师金保到包公府喊冤，将师家受到的冤屈如实道来。师马都也很快复苏，哭诉了被孙

文仪打死的情由。包公假装卧病不起，推荐赵王接任开封府尹，目的是骗他前来受审。赵王来到开封，小说描写了他的不可一世与胡作非为："行过南街，百姓惧怕，各个关门。赵王在马上发怒道：'汝这百姓好没道理，今随我来的牌军在路上日久，久缺盘缠，人家各要出绫锦一匹。'家家户户抢夺一空。"来到包公府，包公把赵王等拿下，极刑拷问，赵王招出谋夺刘都赛杀害师家满门的情由。刽子手押出赵王等到法场处斩。

《侵冒大功》是以一般官吏为揭露对象的，这是一个地府断案故事。包公奉旨犒赏三军，马头过处，忽然一阵旋风吹得包公毛骨悚然，中有悲号之声。包公道："此地必有冤枉。"即叫左右曳住马头，宿于公馆，登赴阴床。见九名小卒状告游总兵夺人之功，杀人之头。这九名小卒曾经去劫鞑子的营寨，四面放火，三千鞑子均被烧死。不料游总兵不但不给他们论功行赏，还将功劳记在自己名下，并杀了这九个小卒灭口。包公唤来鬼卒拿游总兵来审问，游总兵招供。门外喊声大作，数千余边民一个个啼哭不住，山云暗淡，天日无光。包公让鬼卒引两名边民到公厅询问。得知，一日胡马犯边，被杀退。游总兵乘胜追赶，倒把边境百姓杀上几千，割下首级来受封受赏。包公判游总兵永堕十八重地狱不得出世。

在封建时代，统治者和人民的对立表现在政治、经济、文化等社会生活的各个方面，而这种对立，完全是统治者的恃强怙恶、为富不仁、蹂躏欺压百姓造成的。《龙图公案》揭露了统治者的罪恶，广泛反映了统治者和人民的矛盾，展示了一幅幅血淋淋的画面。而小说中这些作恶多端的坏人，最终都受到了包公的公正判决，是劳动人民善良而美好愿望的形象反映。

（三）反映了社会的各种病态现象

《龙图公案》中描写了大量的刑事案件和民事案件，主要目的是为了表现包公的断案能力和破案技巧，同时，也折射出明代社会的各种病态现象，反映了金钱侵蚀下的险恶世风。

1. 对金钱的疯狂追求

明代中叶以后，随着商品经济的发展，金钱的诱惑力越来越大，一些人为了获得金钱，便不惜一切，甚至不择手段，表现出对金钱的疯狂追求。《斗粟三升米》写河南开封府商水县梅敬少入庠序，后父母双亡，他也屡试不第，决定弃儒经商，对其妻说："吾幼习儒业，将欲显祖耀亲，荣妻荫子，为天地间一伟人。奈何苍天不遂吾愿，使二亲不及见我成立大志已殁，诚天地间一罪人也。今辗转寻思，常忆古人有言，若要腰缠十万贯，除非骑鹤上扬州，意欲弃儒就商，遨游四海，以伸其志，岂肯屈守田园，甘老丘林。"可见，传统的"万般皆下品，唯有读书高"的观念已经受到挑战，经商赚钱成为当时人羡慕的生活道路。

《鬼推磨》的开头，有一大段作者对金钱的议论："话说俗谚道：'有钱使得鬼推磨。'却为何说这句话？盖言凭你做不来的事，有了银子便做得来了，故叫作鬼推磨，说鬼尚且使得他动，人可知矣。又道是'钱财可以通神'，天神最灵者也，无不可通，何况鬼乎？可见当今之世，唯钱而已。有钱的做了高官，无钱的做个百姓；有钱的享福不尽，无钱的吃苦难当；有钱的得生，无钱的得死。"金钱日益成为社会各个领域的统治力量了。为了钱，可以风高放火，月黑杀人；为了钱，可以夫妻反目，兄弟成仇。传统的价值观念和伦理道德开始瓦解，人心浇薄，世风险恶。

《接迹渡》写的就是一桩为谋取钱财而杀人害命的案件。剑州徐隆，家甚贫困，终日闲游，日食不给，常遭母亲责骂。徐隆觉得很羞愧，便相约与好友冯仁同往云南做生意，一去就是十几年，大获其利，满载而归。天色将晚，来到本地接迹渡头，当年的船工张杰撑船接应。见徐隆背的包袱响声颇重，张杰知其云南做生意归来，包袱内必有银两，陡起歹意，将徐隆一篙打落到水中淹死，夺其银两。张杰一时富贵，买田造屋。其子张尤，年七岁，张杰为他请了塾师。端阳节请先生饮酒，先生出一上联：黄丝系粽，汨罗江上吊忠魂。让张尤对出下联，张尤不能答对，假装上厕所。那冤魂变作一老人，给他对出下联：紫竹挑包，接迹渡头谋远客。张尤回到席间，说出下联。张杰闻听骇然失色，逼问对对子者为何人，张尤

如实告知。张杰心中自疑：此必是渡头谋死冤魂出现。吓得胆战心惊，胡言乱语，把谋杀徐隆的事都告诉了先生，不料被堂侄张奔窃听。张奔与张杰有宿怨，遂将张杰告到官府。张杰伏法，受到应有的惩处。

2. 都市中的偷窃、行骗

明代中叶，商品经济的发展促进了城市的繁荣，也使得私欲膨胀，流氓、恶棍等社会渣滓泛起，他们从事偷窃、拐骗等不法行为，败坏了社会风气。《贼总甲》写流氓团伙的偷窃案。平凉府有一术士，在府前看相，众人围观。卖缎客毕茂揣着十余两银子，也夹杂在人群中观看。流氓罗钦将银子坠于地。两人为银子发生争执，闹到包公堂上。包公判道：毕茂不知银子多少，此必他人所失，理应与罗钦均分。遂当堂分开，各得八两而去。包公发现此案错判，叫来任温和俞基，让他们带上银子去东岳庙看戏。俞基的银子不知何时被偷。任温也发现有人在偷自己的银子，正要动手抓贼，因两旁二人拥挤，贼人溜走。任温让这二人到包公处做证人。包公审出他们身带的假银，而这正是俞基带去引诱窃贼的。二人见事情败露，只得如实供出：这个盗窃团伙共有二十余人，为首的就是贼总甲。包公将其抓获归案。

《裁缝选官》是一桩行骗案。山东监生彭应风携妻许氏进京候选，住在王婆店里。王婆家对面的浙江举人姚弘禹，窥见许氏长得漂亮，便让王婆为他谋划，企图奸占许氏。王婆思量彭应风既无盘费，又欠房钱，遂支使他到午门外写字，一个月不要回家。王婆得了钱财，在姚弘禹赴任陈留知县那天，把许氏骗到船上，说彭应风已把她卖给姚官人。一个月后，彭应风不见许氏，遂问王婆。王婆连声叫屈，说那天有轿子接走许氏，如今彭应风来要人是诈骗，还做出要告官的样子。彭应风无奈，只得含泪而去。又过半年，身无所倚，遂学裁缝。一次，在吏部邓郎中衙内做衣服，邓郎中得知他是山东候选监生，妻子被拐，身无盘费，学艺度日，便径选他做陈留县县尉。在姚弘禹安排的筵席上，彭应风与妻子相见，得知原委，便将姚弘禹告到开封府。包公将姚弘禹判武林卫充军，王婆被押赴刑场处决。夫妻团圆。

四、《龙图公案》中的破案技巧

形形色色的犯罪案件，有抢劫盗窃案、谋财害命案、强奸杀人案、通奸谋夫案、遗产纷争案、拐带人口案、诈骗案等。这些案件，有的案情复杂，头绪纷杂；有的案件由于作案人的掩饰而疑团重重；有的案件由于昏官误判，给澄清事实真相带来困难。包公面对种种疑案，是如何及时、准确地破案的呢？

（一）亲临现场，实地勘察

实地勘察是获取罪证的重要手段，也是断案的必要程序。包公除了在公堂断案之外，为了更准确地断明案情，往往需要走出公堂，实地勘察，以弄清事情的真相。

1. 乔装改扮，微服私访

包公实地勘察，调查案情，多是采用乔装改扮、微服私访的方式，或扮作商人，或化为公差，穿行于市井村寨，以便掌握可靠的第一手资料。《厨子作酒》写包公在陈州赈济饥民时，遇到一个姓吴的妇人喊冤，一问方知，其丈夫张虚的好友孙仰，一次趁张虚外出，欲调戏吴氏，被吴氏叱退。张虚知道此事，便与孙仰断绝了往来。一个月后，重阳节这天，孙仰谎称有事商议，骗张虚到开元寺饮酒。孙仰在酒中下了毒，张虚饮酒三天后丧命。未过一月，孙仰要强娶吴氏。孙仰是一个横行乡里、奸宿妇女的恶少，不时带着妓女到开元寺饮酒，包公心生一计，扮作一个公差模样，从后门出去，密往开元寺游玩。包公看到了孙仰的飞扬跋扈，得知张虚中毒那天做酒的就是跟随孙仰的那个厨子。回府后，包公拘捕了那个厨子。厨子招认为孙仰调制毒酒的事实。包公找来孙仰询问，当初他还想抵赖，押来厨子对证，孙仰才供认了自己的罪行。孙仰受刑不过，气绝身死。吴氏为夫伸了冤。

2. 实地查寻，获取赃物

《夹底船》写苏州府吴县船户单贵、水手叶新，

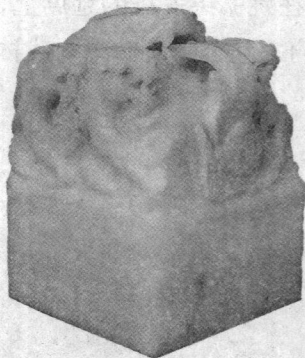

专门谋害客商。徽州商人宁龙买了一批缎绢，雇单贵船只运货。单贵见财起意，将宁龙和仆人季兴灌醉，趁夜色丢入水中。季兴被水淹死，宁龙幼识水性，得以活命。包公巡行吴地，宁龙上告包公。包公派人拘捕了单、叶二人，但他们已经在作案的当晚就将赃物转移，还扬言自己的空船被劫。因为无赃可证，所以两人百般抵赖。第二天早上升堂，包公将两人分别审问，结果他们的口供不一，露出破绽，但没有物证，仍难以定罪。于是，包公亲自乘轿前往船上勘察，船上皆空，仔细查看，见船底有夹层，打开之后，获取衣物器具及两皮箱银子。经辨认，正是宁龙的物品，银子是单贵、叶新处理货物所得。二犯招出实情，被判秋后斩首。

（二）深入细致，剖析案情

包公断案，之所以非常神奇，是因为他凭着明察秋毫、细致入微的眼光，能够在常人不易察觉的地方抓住破绽，发现蛛丝马迹，从而正确断案。

1. 善于发现和利用物证

《木印》写包公巡行到河南的横坑，忽有蝇蚋将其团团围住。包公断定，蝇蚋恋尸体，此处必有冤枉之事。后果然在一岭畔松树下掘出一尸体，系被人谋杀，衣袋上系着一个木刻的小小印子，是卖布的记号。包公令取下，藏于袖中。他要凭着这一物证来缉拿凶手。当晚在陈留县歇息。第二天升堂，包公想，路上尸体离城郭不远，且死者只在近日，所以罪犯一定没有离开此地。包公于是吩咐官吏把本地卖布的都叫来。包公让布商张恺将众人卖的好布各选一匹交来。包公逐一看过，最后一匹与前小印字号暗合。此布系太康县李三带来。叫来李三并同伙三人。在证据面前，李三等招认了谋杀布商的犯罪事实，受到了应有的惩罚。发现和利用了木刻的小小印子这一物证，帮助包公准确断案。

2. 随时随地发现异常情况

《乳臭不瑚》中潞州的韩定，家道富裕，与许二自幼相交。许二家贫，与弟弟许三为人运货物。一日，许二说咱们做买卖缺少本钱，许三让他向韩定借。

韩定本想借钱给许二，但得知是和他弟弟合伙做买卖时，便推托眼前没有余钱，不能从命。许二兄弟俩都很生气。一日许二兄弟路过兴田驿半岭亭子，见亭子上睡着一人，许二认出是韩定的养子韩顺。许三恨其父不肯借钱，怒从心起，取斧将韩顺劈死。搜检身上碎银数两，尽劫夺而去。木匠张一路过案发现场，吃了一惊，吓得跑回家。韩定前来认尸，其致命处是斧痕，跟随血迹搜寻，到了张一家。韩定认定韩顺就是张一所杀，遂将张一夫妇告到官府。张一夫妇被屈打成招。包公到潞州审理疑案，亲自询问张木匠夫妇，两人悲泣呜咽，自觉冤屈。包公心想：如果是张木匠杀人，会极力掩饰，血迹不会落在他家。次日，又提审问，张木匠所诉如前。包公正疑惑间，见一小孩与狱卒私语。经追问，小孩承认有两个人雇他来打探张木匠案子的进展情况。包公捉来那两人审问，正是许二兄弟。两人招供。包公在审理此案时，从张木匠的冤屈中，从小孩的私语中，随时随地发现异常情况，推进了案件的审理。

（三）审问案情，正确分析推理

推理的方法，是包公审理案件时经常使用的。在这类案件中体现了包公超人的智慧。

1. 分析受害者心理

《夺伞破伞》写罗进贤雨天擎伞出门访友，行至后巷亭，有一个叫邱一所的后生请求共同打伞同行。谁知行到岔路口，邱一所竟夺伞在手，不想还他。二人相争，扭打到包公衙门。包公问伞有没有记号，答没有。再问有证人否，答未有。又问伞值几个钱，罗进贤道新伞值五分。包公假装生气说："五分钱的东西也来打扰衙门。"令左右将伞扯破，每人分一半，将二人赶了出去，暗中让门子打探二人的动静。门子告知罗进贤骂老爷糊涂不明，邱一所埋怨罗进贤争他伞。包公命皂隶拿二人回来，告诉他们，是故意扯破雨伞试探真伪：因罗进贤见判案不明，又将伞扯破，心中愤恨，所以骂老爷糊涂不明。于是，将邱一所打十大板，追银一钱以偿罗进贤。

2. 分析作案者心理

《三娘子》写广东潮州府揭阳县赵信与周义相约同往京城买布，租了艄公张潮的船只。次日四更，赵信先到船上。张潮见四周无人，将赵信推入水中淹死，又回到船上假装睡觉。黎明，周义到，叫艄公，张潮方起。周义久等不见赵信来，乃叫张潮去催。张潮来到赵信家门口，连叫赵妻三娘子开门。三娘子说丈夫早已出门。张潮回报周义。周义与三娘子遍寻四处，三日无踪。周义到县衙报案，知县审案。知县问周义："一定是赵信身上带着银子，你谋财害命，特意假装报案。"周义据理分辨，赵妻也为其辩解，称是张潮谋害了自己的丈夫。张潮辩称，周义到船时尚在熟睡，且附近船户也未见赵信到来，排除了自己杀人的可能性，反诬三娘子害死亲夫。知县将赵妻严刑拷打，赵妻招架不住，遂招认是自己谋杀亲夫。包公巡行此地，重新审理此案。拘来张潮问道："周义让你去催赵信，该叫三官人，缘何便叫三娘子？你一定是知道赵信已经死了，所以才叫他的妻子。明明是你谋杀了赵信，却反诬其妻。"张潮终于承认了自己杀人的罪行，得到应有的惩罚。包公从张潮在叫喊时无意留下的破绽，分析罪犯的心理，找到了案子的突破口，将真正的凶手绳之以法。

3. 利用罪犯家属心理

《血衫叫街》写肇庆附近宝石村的黄长老家颇富足，长子黄善，妻陈琼娘。一日，陈家的仆人进安来报，说琼娘的父亲染了重病。琼娘跟丈夫说要回去看看，丈夫不许。琼娘只好悄悄与进安一起回去。半路上，与张蛮等三屠夫相遇，张蛮等见琼娘头上插戴金银首饰极多，就劫了她的首饰，并砍伤了她的左手。黄善吩咐家人请医生为琼娘疗伤，一面与进安入府哭诉包公。包公从进安口中得知凶犯为屠夫，且推断凶犯尚未回城。他让值堂公皂黄胜等人带着陈琼娘的血衫满街叫喊，说今天早上三个屠夫在城外被劫，一个屠夫被杀死。张蛮的妻子闻讯，连忙出门询问。黄胜等人在他家对门的酒店中守候。午后，张蛮回来，被黄胜一把抓住，押来见包公，随即搜出金银首饰数件。张蛮供出同伙。人赃俱获，凶犯抵赖不过，只好低首就范。包公凭着对罪犯家属心理的洞悉而顺利破案。

4. 分析利用动物的习性

《骗马》写开封府南乡有一大户，叫富仁，家蓄上等骡马一匹。一日，富仁骑马上庄收租，到庄遂遣家人兴福骑马回家。走到半路，下马歇息。遇到一个叫黄洪的汉子，骑着瘦骡一匹。黄洪自称识马，想借兴福的马试一试。兴福不知是计，遂将马交给他骑。黄洪加鞭策马跑得没了踪影。兴福追之不及，回家被主人痛骂一顿，富仁命他牵着骡子到包公那里报案。包公让人将骡子牵入马房，三天不给草料，饿得那骡子嘶叫嘶闹。三天后，把骡子牵到黄洪骗马的地方，放开缰绳，任其奔跑，一直跑到四十里外黄泥村的一间茅屋。这家主人正是黄洪。黄洪牵着一匹骡马正要放在山中看养，被兴福认出，当即连人带马押回官府。至此，案件告破。

（四）巧设诱饵，获取证据

在没有先进的取证技术的古代，如何对付狡猾的罪犯？没有证据，即使罪犯被抓到了，也会隐瞒抵赖，给断案带来困难。包公的高明之处，在于能够巧设诱饵，诱使罪犯进入圈套，从而获得确凿的证据。

1. 以"信任"诱出赃物

《包袄》中宁波府定海县高科之女季玉和夏正之子夏昌时是父母指腹为婚。夏正为官清廉，家无余财，后死在京城；高科则资财巨万。夏昌时托人去高岳丈家求亲，高科嫌其贫，有退亲之意。季玉窃取父亲的银两钗钿约值百两以上，约夏昌时夜晚到后花园交给他作为聘金。夏昌时的好友李善辅听说此事，心生一计，用毒酒将夏昌时药昏，冒充夏昌时前往高家花园，杀死侍女秋香，抢走银两钗钿。回来后假装睡在夏昌时的旁边。夏昌时醒来，如约来到高家花园，见到侍女尸体，惊慌而回。次日，高科发现侍女被杀，季玉道出曾暗约夏昌时。高科认定夏昌时就是杀人犯，将其告到官府。夏昌时也将高科告到官府，指控是他杀死了侍女。顾知府审案，判夏昌时为死罪。包公巡行天下来到定海县，得知夏昌时的冤枉，又了解到暗中约会之事只有李善辅知道。包公假装与李善辅亲热，时时召见，如此相处了近半年。一天，包公对他说，自己为官清廉，女儿即将出嫁，苦无妆资，让他代换些。并叮嘱他说："汝是我得意门生，外面须为我慎重。"李善辅深信不疑，数日后送到古金钗一对、碧玉簪一对、金粉盒、金镜袋各一对。包公叫季玉前来辨

认，果然是季玉想送给夏昌时的。物证面前，李善辅抵赖不过，只好招供承认。

2. 以"奖赏"诱出物证

《绣履埋泥》写开封府附近的近江，有个叫王三郎的，家境富足。妻子朱娟貌美贤惠。对门有个叫李宾的，好色贪淫。一天清早，李宾趁三郎出门，来到三郎家，见朱氏云鬓半偏，启露朱唇，不觉欲火中烧，想调戏她，被朱氏叱退。李宾羞愧难当，持利刃复来三郎家，刺死朱氏。李宾脱取朱氏绣履走出门外，和刀一起埋在近江亭子边。朱氏的族弟念六，来探望朱氏，见家中无人，又转回去。王三郎回家，发现朱氏被杀，门外一条血迹沿途滴至念六船中。三郎把念六押送到开封府，包公断定真凶一定不是念六。他想出一个缉拿凶手的办法：出榜文张挂，说朱氏被人谋害，失落其履，有人拾得，重赏官钱。一天，李宾在村舍中饮酒，与一村妇勾搭成奸。李宾把包公榜文的内容说与村妇，称这是个发财的机会，并说自己知道朱氏之履在什么地方。村妇的丈夫到李宾说的地方去找，果然找到妇人绣履一双、刀一把。将此交给包公。包公给了赏钱，也问明了物件的来源。顺藤摸瓜，把李宾和村妇捉来。李宾供出谋杀朱氏真情，得到应有的惩处。

3. 以便宜货物诱出赃银

《毡套客》写江西南昌府的宋乔，带着白金万余两前往河南开封府贩卖红花。过沈丘县住在曹德克家。隔壁的赵国桢、孙元吉发现宋乔身上带了很多钱，顿生歹意，便跟他来到开封府。在宋乔住的龚胜家，把宋乔的银两一一劫去。宋乔怀疑龚胜与罪犯勾结，把他状告到开封府。包公仔细分析案子，认为龚胜是冤屈的。找来宋乔再审，得知他在曹德克家曾住过一晚。次日，包公扮作买毡套的南京客商，前往沈丘县投曹德克家安歇。在一家酒店，听酒客赵志道、鲁大郎说，赵国桢、孙元吉如今发了大财，正在省城买房置地。包公回府，即刻令赵虎带着数十匹花绫锦缎，往省城赵国桢、孙元吉家去卖。赵、孙两人分别要买五匹缎，赵虎要银子十八两，但他们都只给了十二两银子就买下了。赵虎把得来的银子交给包公。包公把这些银子和别的银子混在一起，让宋乔前来辨认。宋乔果然认出了那几锭银子。包公差人捉拿赵国桢、孙元吉和赵志道、鲁大郎，赵志道、鲁大郎直言赵、孙突然暴富的实情。在物证和人证面前，赵、孙两人俯首无词，如实招供。

五、《龙图公案》的艺术特色

限于加工改编者水平，《龙图公案》的文学价值不高，显得比较粗糙，但是它据以加工的那些小说蓝本尚有一定的文字基础，因此它在艺术上也显出了一定的特色。

（一）结构上的特异之处

从形式上看，《龙图公案》是用中心人物包公将各个破案故事串联起来，形成一个整体。全书 100 则，都在写包公如何破案，但每则的破案故事又不相同。

在则目的安排上，将案情性质相近的两则故事编排在一起，且这两则故事的标题是对偶的。如卷一的《阿弥陀佛讲和》与《观音菩萨托梦》均属于和尚奸情；《葛叶飘来》与《招帖收去》均是包公手下公差长途追查杀手；《夹底船》与《接迹渡》都写外出经商者被艄公谋害。卷二的《偷鞋》与《烘衣》是二字句；《黄菜叶》与《石狮子》是三字句；《龟入废井》与《鸟唤孤客》是四字句；卷三的《试假反试真》与《死酒实死色》是五字句；卷一的《阿弥陀佛讲和》与《观音菩萨托梦》是六字句；卷六的《移椅倚桐同玩月》与《龙骑龙背试梅花》是七字句。

每一则的标题也很别致，皆取自小说中的文字，或从小说中的文字提炼而出。如《锁匙》的则目便取自小说中的文字："包公见他腰间有锁匙二个，令左右取来。"《包袱》的则目也取自小说中的文字："至花亭果见侍女持一包袱在手。"而《咬舌扣喉》的则目是从小说中的文字提炼而出："身已被污，不如咬断其舌，死亦不迟。遂将弘史舌尖紧咬。弘史不得舌出，将手扣其咽喉，陈氏遂死。"

（二）对比手法的运用

　　《龙图公案》中的一些故事，常常运用对比的手法，以无能昏官来突出包公的明察善断。在这些故事中，往往一开始先写其他官员草率断案，造成冤狱，最后由包公明察秋毫，发奸摘伏，昭雪冤屈。《借衣》写赵士俊之女阿娇与沈良谟之子沈猷结为秦晋之好。因遭水患，沈良谟家事萧条，赵士俊欲退亲。一天，趁赵士俊外出，阿娇之母约沈猷前来，将银两给他做迎娶之用。沈猷衣着破旧，便去姑姑家向表兄王倍借衣。谁料王倍是个歹人，谎称要去拜访朋友，第二天回来再借给他。王倍冒充沈猷来到赵家，诱奸了阿娇，骗走了银两、金银首饰、珠宝等。两天后，沈猷来到赵家，言辞文雅，雍容有大家风范，始知前者是骗子。阿娇悔恨万分，自缢身死。王倍之妻游氏见他做出如此缺德之事，便与他离婚。赵士俊得知女儿已死，凭着有财有势买通官府，叶府尹听信原告的一面之词，将沈猷定为死罪。包公巡行此处，重新审理此案，发现疑点。于是扮作卖布商人，到王倍家卖布，王倍用从赵家骗来的银子和首饰购得布匹。包公获得赃证，王倍无法抵赖，只好供出实情。在小说中，叶府尹收受贿赂，因而胡乱断案，与包公的深入调查、认真细致，形成鲜明的对比。

　　《三宝殿》写寡妇陈顺娥请龙宝寺僧一清到家诵经，追荐亡夫。一清欲调戏顺娥，未遂，将其杀死，把头藏于三宝殿后。外人都疑是死者的大伯章达德所为。死者的哥哥把章达德告到知府。知府信其言，便将章达德拘禁拷打，限期寻到陈氏之头，即可放人。累至年余，章达德家空如洗。女儿玉姬为尽孝道，自缢身死，死前嘱托母亲用自己的头送与官府结案。府尹见头大喜，认为顺娥乃达德所杀是真，即坐定死罪。包公复审此案时，见头是新死之人的，便推知一定不是顺娥的头。经讯问，得知此头乃玉姬自缢救父所献，又得知命案当天和尚一清曾到过死者家。包公让章达德之妻黄氏去僧寺祈告许愿，与一清假装调情，骗得藏在三宝殿中的人头。案件告破，冤案得以昭雪，一清被斩首。在小说中，知府主观断案，胡乱判决，造成无辜百姓蒙冤屈死。包公接手案子后，能够查微知变，略施巧计，使案件的真相水落石出，还蒙冤者以清白。

（三）故事情节大多错综复杂

《龙图公案》中的故事情节错综复杂，主要表现在两个方面：第一个方面是破案过程曲折，第二个方面是案情复杂。

《石碑》是一则破案过程曲折的故事。浙江杭州府仁和县的柴胜，奉父母之命外出经商，去开封府卖布。来到开封府后，住在吴子琛的店中。不几日，布匹被吴子琛的邻居夏日酷盗走，柴胜却一口咬定是店主吴子琛所为，将吴子琛告到包公台前。捉贼见赃，方好断案，但并未获赃物，如何来断？审理此案，颇费周折。包公唤左右将柴胜、吴子琛收监听候审问，自己前往城隍庙行香，求神显灵，接连行香三日，毫无结果。为了获取物证，包公设下一计：开庭审判府衙前的石碑，要石碑取布还客。围观者众多，包公将挤在最前面的、擅入公堂的四个人扣押，罚没财物，其中一人交上一担布。包公提唤柴胜，让他如实辨认，柴胜指认这正是自己丢失的布。包公问有何凭证，柴胜指出布匹上自己做的暗记。包公拘来被罚布的汪成，问他布匹的来历，汪成供认是布商夏日酷所卖。包公捉来夏日酷审问，夏日酷一一如实招供。

《地窖》是一则案情复杂的故事。河南汝宁府上蔡县人金本荣的妻子江玉梅花容月貌。金本荣在街市上算了一命，道有百日血光之灾，与父母商议后，便与妻子携带珠宝前往河南洛阳，投奔房兄袁士扶。一天晚上，他们入住一家酒店，遇到一个全真先生，赠给他们两丸丹药，告诉他们：两人各服一丸，自然免除灾难；如果有难，可奔山中来寻雪涧师父。他们夜宿晓行，不一日将近洛阳县，听到往来的人纷纷传说西夏国王兴兵犯界，居民各自逃生。他们于是改变主意，投奔汜水县的朋友李中立。李中立在上蔡县做买卖时，多次得到金本荣的帮助，欣然收留了他们夫妇。李中立见色动心，见财起意，暗地吩咐家人李四将金本荣杀死，务要刀上见血，并以金本荣的宝物和头巾为证。李四将金本荣骗到无人处，拔出利刀向前来杀，金本荣苦苦哀求，李四心软，答应饶他一命，只用金本荣的舌头血喷在刀上，取下金本荣的

头巾为证，带回财物，放走了金本荣。李中立大喜，设宴与江玉梅叙情，欲娶她为妻，告诉她金本荣已被杀死，有带血的利刀和头巾为证。江玉梅想，若不从他，自己也必遭毒手，只好假意答应，并告诉李中立说，自己已怀有半年身孕，可等分娩后再成婚。李中立答应了她的请求，让王婆领江玉梅到村中山神庙旁的空房安歇。金本荣父母因儿子、儿媳久无音信，便收拾金银，沿路寻找。江玉梅住了数月，生下一子。王婆要把孩子丢到水里，玉梅再三哀求待满月后再处置。王婆心亦怜之，只好依从。满月后，玉梅写了出生年月日，放在孩子身上，将孩子丢在山神庙，等着别人抱去抚养。金本荣父母来山神庙问卜吉凶，不料撞见江玉梅，玉梅诉说前事，公婆具状告到包公府。包公拘拿李中立审问。再说金本荣离开汜水县后，往山中找到雪涧师父，留在山中修行出家。忽一日，师父让本荣去开封府，说本荣的亲眷在此。本荣遂得与父母妻子相见。李中立不敢抵赖，一一招供，贪财谋命是实，强占玉梅是真。李中立被依法处斩。

（四）通过揭示人物心理刻画人物

描写人物内在的精神世界，把人物的思想感情、心理活动、思想矛盾的历程揭示出来，可以更真切地塑造人物形象。《龙图公案》中描写人物心理的方法主要有两点，一是直接描写人物的心理，二是通过语言、行动等间接方法去表现。

1.直接描写人物的心理

《箕帚带入》写河南登州府霞照县黄士良之妻李秀姐性妒多疑。弟弟黄士美，妻张月英。兄弟同居，妯娌轮流打扫。这天，只有士良和月英在家，月英将地扫完，便把畚箕、扫帚放到李秀姐房中。此时士良已外出，绝不知晓。李秀姐回家看见箕帚在自己房内，竟疑心丈夫与月英通奸，与丈夫大吵大闹。月英闻听，自缢而死。案子告到官府，知县认定黄士良强奸张月英，致使她自杀，就将黄士良定为死罪。包公重审此案。从李秀姐口中问明当天地已扫完，畚箕里也干干净净。包公推断说：地已扫完，渣草已倾，非士良扯她去强奸。若是士良扯她去强奸，未必扫完而后扯，畚箕必有渣草；若已倾渣草而扯，又不必带箕帚入房。可见其中绝无奸情。包公从箕帚干净地放在李氏房内这一细节，断明了这一错案。

小说中有两处心理描写较为突出，第一处是李秀姐回家见箕帚已在自己的房中，她心想："今日婶娘扫地，箕帚该在伊房，何故在我房中？想是我男人扯她来奸，故随手带入，事后却忘记拿去。"写出李秀姐生性多疑、无端猜忌的性格特点。第二处是张月英听到兄嫂吵闹，而吵闹的内容正同自己有关，小说写道："张氏闻伯与姆终夜吵闹，潜起听之，乃是骂己与大伯有奸。意欲辩之，想：彼二人方暴怒，必激其厮打。又退入房内，却自思道：适我开门，伯姆已闻，又不辩而退，彼必以我为真有奸，故不敢辩。欲再去说明，她又平素是个多疑妒忌的人，反触其怒，终身被她臭口。且是我自错，不合送箕帚在她房内，此疑难洗，污了我名，不如死以明志。"写了张月英想进去分辩，却怕激其厮打；不去分辩，自己开门的动作又被嫂子发现，不辩反倒被认为有奸情。张月英进退两难，内心矛盾。这处心理描写非常细腻，符合人物此时此际的特殊处境。

2. 通过语言、行动来揭示人物的内心隐秘

《栽赃》写永平县周仪，其妻梁氏，女玉妹，年方二八，姿色盖世，早已许配杨元，但为母丧所阻。土豪伍和，偶过周仪家门，见玉妹人物甚佳，顿生爱慕。便找魏良去说媒，遭到拒绝。伍和恼怒，要用计加害。周仪知道此事，遂择日送女至杨元家成婚。伍和使人砍数株杉木，浸于杨元门首鱼池内，乃到永平县主秦侯那里诬告杨元盗砍杉木，被秦侯识破，实因争亲未遂，栽赃报复。伍和阴谋败露，被打二十板。伍和发誓不致杨元死地，誓不罢休。一日，忽见一乞丐，伍和用酒肉、银两收买他，让他将一包首饰丢在杨元家的井里，之后以盗窃罪将杨元告到包公衙门。包公果然在杨元家的井中找到"赃物"，但不是伍和说的金银首饰，而是铜锡做的。包公便知此事有问题，于是放出伍和，让人秘密跟着他，观察动静。伍和行至市中，见到乞丐，问他为何以铜锡换取金银，这事已为首饰匠认出。乞丐无言。

乞丐被押到官府，如实招道："伍和托我拿首饰丢在杨元家井中，小人见财起心，换了他的首饰，其物尚在身上，即献老爷。"至此，伍和栽赃案告破。

小说通过语言、行动揭示人物内心隐秘的写法也较为突出。如伍和企图收买乞丐、陷害杨元那段对话："伍和道：'我再赏你酒肉，托你一事，肯出力干否？若干得来，还有一钱好银子谢你。'丐子道：'财主既肯用我，又肯谢我，即要下井去取黄土我也下去，怎敢推辞。'伍和道：'也不要你下井，只在井上用些工夫。'语毕，遂以酒肉与他。次日清晨，伍和遂以金银首饰一包付与丐者道：'托你带此往杨家，秘密丢在井中，千万勿泄机关，只好你知我知。'"这段对话入情入理，刻画了伍和阴险、歹毒的嘴脸，而乞丐的卑贱、势力、贪图小利、铤而走险的性格也凸显了出来。接下来的叙述，则进一步通过调换金银簪钗的行动，来刻画乞丐的这一性格特点："行至前途，见一卖花粉簪钗者，遂生利心。坐于偏僻所在，展开伍和包裹一看，只见金钗一对、金簪两根、银钗一对、银簪两根，心中大喜，将米二斗，碎银三分，买铜锡簪钗换了金银的，依旧包好，挤入杨元家看戏，将此密丢井中，来日报知伍和，讨赏银一钱。"两处描写互相呼应，真是入木三分。

《七侠五义》与中国古代武侠小说

　　武侠小说是中国古代小说的重要类型之一，长期以来由于其价值和成就受到了人们的广泛关注。中国古代武侠小说是指从先秦两汉至清代末年的武侠小说。中国武侠小说的发展，经历了由小到大，由简单到丰富，由娱乐性到审美性的发展过程。《七侠五义》是侠义小说与公案小说合流的代表作品，以历史上的一名清官为主，一些武艺非凡的侠客为辅，对中国武侠小说乃至文学艺术影响深远。

一、中国古代武侠小说概述

（一）小说的起源

　　"小说"一词最早见于《庄子·外物》："饰小说以干县令，其于大达亦远矣。""干"，追求；"县令"，美好的名声。这里所说的小说，即"琐屑之言，非道术所在"，与后世作为小说文体的"小说"完全不同。

　　桓谭在其所著的《新论》中，对小说这样说："小说家合丛残小语，近取譬论，以作短书，治身理家，有可观之辞。"由此可见，小说仍然是"治身理家"的短书，而不是为政化民的"大道"。

　　班固在《汉书·艺文志》中认为，小说是"街谈巷语、道听途说者之所造"，虽然他认为小说仍然是小知、小道，但从另一角度触及了小说讲求虚构又植根于生活的特点。

　　清末民初，维新派梁启超等大力倡导"小说界革命"，小说理论面目一新。小说地位空前提高，以至于被奉为"国民之魂""正史之根""文学之最上乘"，再也不是无足轻重的"街谈巷语""琐屑之言"了。

　　小说按描写的特定内容分为：武侠小说、言情小说、谴责小说、历史小说等，武侠小说在中国文坛算得上是一朵奇葩，它以独特的文学形式、风格、题材、命意及专门用语，勾勒出一幅又一幅充满传奇色彩的"江湖众生相"。它表彰世上的公平与正义，名正言顺地标榜着"替天行道"，强调着劫富济贫、惩强扶弱，其中更穿插了虚实相生的武功，曲折离奇的情节，娓娓诉说着江湖侠士、英雄儿女们可歌可泣的故事。武侠小说从内容到形式都与中华文化传统血肉相连，通篇都洋溢着中华儿女特有的生命情操感。

　　武侠小说是中国小说中的一个流派，这个流派从古至今经历了三次演变，它们分别是："中国古代武侠小说""中

国旧派武侠小说""中国新派武侠小说"。中国古代武侠小说是指从先秦两汉至清代末年的武侠小说；中国旧派武侠小说是严格意义上的武侠小说，它的兴盛期大致在辛亥革命至 1950 年左右，是相对继它以后出现的风靡全世界的香港和台湾地区的新派武侠小说而言的；中国新派武侠小说是指在中国旧派武侠小说的基础上，从 20 世纪 50 年代开始在香港和台湾地区兴起的小说，它的开山始祖是梁羽生和金庸。

(二)　"武侠"的内涵及武侠小说的起源

提到武侠小说，首先应对"武侠"有一个全面的认识。先秦的韩非子在《韩非子·五蠹》中第一次提出"侠"的概念，文中说："儒以文乱法，侠以武犯禁，而人主兼礼之，此所以乱也。"从这段文字中我们可以得知，韩非子站在统治者的立场上，对"侠"是否定的，也就是说在统治者眼里，"侠"和知识分子一样都是被人们所讨厌的，都是扰乱社会秩序的人。"儒者经常提意见，'侠'不提意见而直接捣乱，他们都属于社会的蠹虫，应该好好镇压的"。但是韩非子在文中对"侠"作了解释："其带剑者，聚徒属，立节操，以显其名而犯五官之禁"。第一个"侠"的形象就这样"诞生"了。从外在上看，是"侠"就得佩带剑；从内在上讲，是一种道德品德内涵。西汉历史学家司马迁在其著作《史记》中提到游侠的本质是"救人于厄，振人不赡，仁者有乎！不既信，不倍言，义者有取焉"。《史记·游侠列传》中说："今游侠，气象虽不轨于正义，然其言必信，其行必果，以诺必诚，不爱其躯，赴士之阸困。既已存亡生死矣，而不矜其能，羞伐其德，盖亦有足多者焉。"司马迁这段论述，是对武侠精神非常好的概括。主要是说，他们的言行是不合乎社会主流的，但是他们言必信、行必果；不过分爱惜自己的生命，而是帮助别人解决困难，"存亡死生"就是救别人的生命；救助了别人之后，又"不矜其能"——不夸耀自己，而是经常为别人办了好事之后，拂袖而去——用我们今天的话说，就是做了好事不留名。这段话中司马迁对韩非子完全从统治阶级意志出发的"侠义观"作了"反驳"，进一步勾勒出了"游侠"的精神面貌，"游侠"的"出场"成为世人崇尚的道德风标。从"侠"到"游侠"，其地位是不一样的，"侠"是被统治者看成危害社会治安的扰乱者，在社会上的认可度较低。而"游侠"已开始作为一种社会道德风尚，得到了人们的认可。

关于"侠"，有"游侠"也有"豪侠"，最初出现"豪侠"一词是在班固的《汉书》中，在《游侠传》中，郭解被杀后，"长安炽盛，街闾各有豪侠"。由"侠"到"游侠"再到"豪侠"，"侠"的行为开始由原来的社会道德崇尚变为平民大众的道德准则，由"崇尚"变为"风尚"。"豪侠"在实践中对"侠"作了进一步的阐释和补充。从《后汉书》起，不是不存在侠客了，而是史家不再为他们作传而已。魏晋南北朝的诗篇、唐代的传记、宋代的话本，其中侠客的形象不少都带有其生活年代的印记，只不过东汉以后游侠已经不再进入正统史学家的视野之内了。并且后代对"侠"所下的定义大都是对韩非、司马迁所下定义的解释和补充。

那么我们今天所说的"武侠"又是从什么时候开始的呢？其实武侠小说中"武侠"真正的由来，却出于日本明治时代后期通俗小说家押川春浪的《武侠舰队》，然后辗转由旅日文人相继采用，流传回国。1904年，蒋智由为梁启超的《中国之武术道》作序，引进了"武侠"的概念。1915年，包笑天把林纾创作的文言短片小说《傅眉史》命名为"武侠小说"。从此武侠小说以新的面貌登上文坛，又凭借其特有的内涵吸引了无数的读者。但这并不意味着中国之前没有类似的小说出现，魏晋南北朝时期的志人志怪小说，特别是刘义庆的《世说新语》已经有了侠义之士的精神内涵，虽然只是一些文人墨客的言谈举止，但内在追求精神自由狂放的实质却是相通的。从某种意义上来讲，《世说新语》为武侠的发展提供了内在的精神支持，而早期的民歌则为其提供了侠士的意象。到了唐代，传奇小说的发展将侠士从民歌、诗歌、散文、传记当中独立出来。《虬髯客传》被称为武侠小说的鼻祖。它表现的是豪情侠士的情结，当中的"风尘三侠"历来被人称颂。武侠小说发展到此，已从以往的文学片断发展到独立地展现客体，从以往的诗歌想象当中变为侠士主体的描述，从此侠士成为武侠小说中的主要描述对象，以其为载体去展现侠士的精

神。在表现手法上又超越了前人的创作，其可读性又丰富了市井文学。到了宋朝，武侠小说继续发展。宋代的话本及笔记中记载了许多武侠小说。在宋代，市肆繁荣、商业发达，为了娱乐市民，各种杂耍、伎艺也就应运而生了。话本，即为说书艺人的底本，话本小说大多采用白话写作，这也就更有利于吸引中下层的民众。其中有不少是写武侠的，例如有许多描写水浒英雄好汉的故事，如《武行者》《花和尚》等，这些民间流传的故事，后经施耐庵的加工整理，便成了侠义小说《水浒传》中的内容。

到了明清，武侠小说进入繁盛阶段，这一时期出现了著名的长篇小说《水浒传》。《水浒传》树立了当时白话武侠小说的一个典范，也开创了我国长篇武侠章回体小说的先河。

中国武侠小说的发展，是一个由小到大，由简单到丰富，由娱乐性到审美性的发展过程。从民歌到诗歌，从唐传奇到宋元话本，从明清公案小说到民国时期旧武侠小说，其渊源一直在流传、发展，从未间断过，并成为文学领域中的一支新军。

二、武侠小说的萌芽阶段

中国古代武侠小说是指从先秦两汉至清代末年的武侠小说。关于古代武侠小说的源起、发展与演变，向来有很多种不同的说法。

先秦两汉至魏晋南北朝时期为中国古代武侠小说的起源、萌芽和成长阶段，这个阶段的主要作品有无名氏的《燕丹子》，干宝《搜神记》中的《干将莫邪》《李寄斩蛇》，刘义庆《世说新语》中的《周处》，荀氏《灵鬼志》中的《外国道人》等。

（一）第一部武侠小说——《燕丹子》

《燕丹子》是中国武侠小说的第一部作品。《燕丹子》全篇所叙，乃是荆轲刺秦王的故事。其内容梗概为：燕太子丹，入秦为质，因秦王无礼，设法归燕后，罗致勇士，伺机报复。其傅鞫武劝阻无效，只得荐田光于丹。太子厚待田光。田光因自己已年迈，无法效力，又转荐荆轲，荆轲得太子丹三年的极度优厚礼遇，决心入秦为其谋刺秦王，以死相报。太子丹于易水为荆轲及其副手武阳送行。荆轲临行前，高歌一曲云："风萧萧兮易水寒，壮士一去兮不复还。"高渐离击筑，宋意和之。其时，"为壮声则怒发冲冠，为哀声则士皆流涕"。入秦后，荆轲以秦之仇人樊於期的首级与燕督亢地图作进身之阶，获得秦王信任。于是，他借献图之机，"左手把秦王袖，右手揕其胸"，拟杀秦王。后来误中对方缓兵之计，反受其害。临死，荆轲倚柱而笑，箕踞而骂，曰："吾坐轻易，为竖子所欺，燕国之不报，我事之不立哉！"

《燕丹子》最为人称道的是它为我们塑造了先秦时代的游侠群像。从这篇小说的具体描写来看，贯串全篇的中心人物无疑是燕丹子。小说从他"质于秦"的逆境生涯开

始，写他不甘忍受屈辱而逃归燕国，并发誓要报仇雪恨，乃至寻觅刺客对秦王行刺，最终由田光引出荆轲，两人从会面到相识相知，以至授以重任，最后不幸失败的全过程。在作者笔下，燕丹子是一个颇具正义感的少年英雄。为了雪耻，并实现灭秦的宏愿，在当时敌强我弱的形势下，只能实行"行刺"的极端手段，四处网罗能担此重任的游侠，从田光到荆轲，他都给予了优厚的礼遇。然而，他又是一个心胸褊狭、急于求成的青年统治者，血气方刚、不善忍耐、又较少心计。为了复仇，这类性格的弱点被他的礼贤下士、谦虚求士所替代了。小说较好地展现了燕丹子求贤若渴的任侠形象。他在逃归燕国后，先问计于麴武，得到了田光。小说描写他见到田光时，"侧阶面迎，迎而再拜"，并安排他居以上馆，"三时进食，存问不绝，如是三月"。也正因此番盛意感动了田光，由他荐举，将荆轲推上了前台。燕丹子把荆轲奉为上卿，两人会面时，益发谦恭有礼。为了博其欢心，拼命迎合他的意志，不惜采用黄金投蛙、杀马进肝、断手盛盘等各种手段，以示厚爱。出现在我们视野中的燕丹子，完全是一个真实生动的"卿相之侠"的艺术形象。

《燕丹子》的内容是写侠客义士扶弱反暴、以武犯禁、行侠仗义之事。鲁迅在《中国小说史略》中说其主旨是"揄扬侠勇，赞美粗素"，这与后来的武侠小说是一脉相承的。虽然在游侠的形象塑造上有一定成就，但由于它故事构思、布局、剪裁及表现手法等方面还很欠缺，所以它只能算作武侠小说的雏形。

（二）魏晋南北朝时期侠义题材文学作品

魏晋南北朝时期侠义题材的文学作品，主要包括武侠小说和游侠诗两大类。武侠小说主要指《搜神记》《世说新语》等，志人志怪笔记小说中的侠义题材作品，共十五篇左右。例如《搜神记》中的《干将莫邪》《李寄斩蛇》，《世说新语》中的《周处》等。《干将莫邪》写的是赤比为父报仇的故事。不仅揭露了封建暴君残害人民的罪行，而且突出地表现了我国劳动人民反抗压迫的英雄行为。书中侠客见义勇为、自我牺牲为赤比复仇的豪侠气概，也反映了劳动人民在反抗压迫的斗争中的团结友爱。刘义庆的《世说新语》是写三国至两晋时期士族阶层的言行风貌和逸事琐语的笔记小说。此书不仅保留了大量反映当时社会生活的珍贵史料，而且语言简练、文字生动鲜活，是一部文学价值极高的古典名著。自问世以来，便得到历代文士阶层的喜爱和重视，至今仍在海内外广为流传。

《世说新语》在艺术上具有较高的成就，鲁迅评价它"记言则玄远冷俊，记行则高简瑰奇"，可以视作此书在艺术上的总的特色。《世说新语》善于通过富有特征性的细节描写勾勒人物的性格和精神面貌，使之栩栩如生。如《忿狷篇》描写王蓝田性急，几个小动作就把他的性急刻画了出来。它还善于用对比的手法，突出人物的性格。如《德行篇》记"管宁割席"的故事，通过管宁、华歆的对比，揭示了两人品格的优劣。篇幅虽短，但却很精彩。善于把记言记事结合，也是该书在艺术上的主要特色。如《雅量篇》描写晋孝武帝见了彗星后的心情，他深夜进入园中对星空举杯祝酒说："长星劝尔一杯酒，自古何时有万岁天子！"这种行动和语言，把他在见到彗星后故作达观的心情完全表现了出来。此外，该书语言精炼含蓄，隽永传神。

上述作品都体现出了很高的艺术水平，由此可见武侠小说在当时已纳入了文学家创作的视野。在它们身上已经初步形成了武侠小说所独有的叙述主体和审美风格。

魏晋南北朝时期侠义题材的游侠诗，主要出现在郭茂倩所编的《乐府诗集》中，另外，这一时期的文人五、七言诗中也有侠义题材的描写。这一时期游侠诗进入繁盛时期，以曹植、陶渊明、鲍照、庾信等为代表的诗人，创作了大量的吟咏游侠的诗歌作品，诗人根据当时的社会环境和自己的理想，重新塑造了侠的形象，他们笔下的游侠在国家危亡、人民有难时挺身而出、奋不顾身，救国家人民于水火之中。他们武艺高超而又个性奔放，喜欢名马、美酒、宝刀、美人，这是与这一时期小说中侠客形象截然不同的另一形象。

虽然这一时期作品中武侠小说的数量很少，但是其自身具有叙事特征，对后来武侠小说的发展产生了深远的影响。而游侠诗则对这一时期侠义题材的文学创作起到了补充的作

用，二者相辅相成、相互补充，共同构成了魏晋南北朝时期的侠文化。而且在魏晋南北朝时期，随着文学意识的觉醒，武侠小说开始出现了相对成型的叙事主题，这一时期武侠小说主要有夺宝、复仇、行侠和成长四个主题。

1."夺宝"主题

"夺宝"，即使用暴力获得不属于自己的宝物。其特点是"暴力获得"和"非己之物"。这一时期武侠小说中最早的夺宝主题小说应该是《列异传》中的《干将莫邪》，后来又出现了同一题材的小说《三王墓》。而这两篇小说的素材是《吴越春秋》中记载的有关干将莫邪铸剑的故事。这一时期出现的夺宝主题的小说对后世武侠小说的影响是巨大的，以夺宝为情节线索和叙事主题的作品层出不穷。

2."复仇"主题

这一时期最有名的"复仇"主题小说当推《干将莫邪》和《三王墓》，这两篇小说中复仇的故事是从夺宝开始的，复仇者为实现目的，采取了一系列的手段，宝物在复仇过程中起到了关键作用。在《三王墓》中，赤比的复仇之路就是先询问父亲死因，继而解谜寻剑，最后进行复仇。复仇主题的出现，大大丰富了武侠小说的表现内容。

3."行侠"主题

"行侠"，简而言之，就是指侠客使用自己的力量来无私地帮助他人，使之克服困难、达成愿望的行为。由于行侠主题狭小，内容很难展开，并且缺少悬念，所以行侠主题并不具有吸引力，这就需要小说家对这一主题加以改造，他们用渲染侠客行侠过程的曲折、对行侠过程的细节描写等方法，来克服这一主题自身的弱点和缺陷，通过小说家的改造，侠客行侠由短小无趣变得紧张刺激。魏晋武侠小说中对"行侠"主题的改造只是刚刚开始，后代又延续和发展，深化了这一改造，使之成为了武侠小说的永恒主题之一。

4."成长"主题

"成长"主题是指主要内容讲述主人公成长经历的小说。这一时期武侠小说中的"成长"主题已经很完备了，主要作品有《周处》《戴渊》，值得一提的是，这一时期武侠小说中的"成长"主题与后来武侠小说中的"成长"主题是截然不同的，因为这一时期的"成长"主题主要表现的是侠客的浪子回头，向儒家传统回归。

魏晋时期武侠小说中夺宝、复仇、行侠和成长主题的出现标志着武侠题材正式从历史叙事中分离出来，并走向文学叙事。同时这一时期的武侠小说叙事主题，满足了武侠小说本身的文学发展需要，为后来唐代豪侠小说的繁盛提供了准备。

先秦两汉至魏晋南北朝时期，为中国古代武侠小说的起源、萌芽和成长阶段，这个阶段武侠小说的艺术特点主要是受"志怪小说"的神奇、夸张等浪漫主义创作手法的影响，同时也吸收了一些荒诞、幻化等消极的东西。

三、武侠小说的形成阶段

中国小说发展到了隋唐时期，进入了一个新的阶段。鲁迅说："小说亦如诗，至唐代而一变，虽尚不离于搜奇记逸，然叙述婉转，文辞华艳，与六朝之粗陈梗概者较，演进之迹甚明，而尤显者乃在是时则始有意为小说。"唐代小说家在继承魏晋时期志怪小说的基础上，广泛吸取了汉赋、史传、诗歌和散文的精华，在前代杂记体小说的基础上开创了全新的杂记体小说形式——传奇小说。这一称谓始自晚唐裴铏的《传奇》一书，后来人们便把它概称为传奇小说，这其中存有大量武侠小说。

（一）唐传奇——武侠小说的始祖

唐代传奇根据它的历史发展情况，可分为三个时期：

初唐时期，是传奇小说发展的萌芽时期。这一时期作品数量很少，仅存《古镜记》等三篇。王度的《古镜记》是现存唐代小说中最早的一篇，虽然小说故事主要宣扬迷信和天命无常的消极思想，但该书在结构上比以前有了很大的进步。这一时期的小说，在艺术上虽然注意到描摹形象和整体结构，但总的说来还不够成熟。可以说是由六朝志怪小说到成熟的唐代传奇小说之间的一个过渡阶段。

盛唐至中唐，是传奇小说的黄金时期。出现了许多著名的作家和作品。从内容上说，反映现实生活的作品占据了主要地位，即使谈神说怪，也往往具有社会现实内容。沈既济的《枕中记》，作品写卢生在邯郸逆旅中，借道士吕翁的青瓷枕入睡，梦中经历了他生平热烈追求的"出将入相"的生活。一梦惊醒，还不到蒸熟一顿黄粱饭的工夫。于是他大彻大悟，万念俱息。李公佐的《南柯太守传》，作品除受《焦湖庙祝》的启示外，还受《搜神记》《卢汾梦入蚁穴》

的影响。小说写一个人在梦中的所见所闻，梦醒后，从此深感人生虚幻，于是出家为道，不问世事。

这一时期传奇小说成就最高的是以爱情为主题的作品，如沈既济的《任氏传》、李朝威的《柳毅传》、蒋防的《霍小玉传》、白行简的《李娃传》、元稹的《莺莺传》，许尧佐的《柳氏传》等。《任氏传》和《柳毅传》都是具有神怪色彩的爱情小说。《任氏传》是中唐沈既济的一部狐女美情小说。作者结合传奇和现实主义的创作原则，以蕴涵人性和神异性的女性为主体描写，塑造了一位既具有独立顽强个性，又具有传统美德的女性形象，狐女形象就任氏而发生了一次质的飞跃，"开后世赋予狐精以美好形象的风气"。李朝威的《柳毅传》，写的是一个爱情的神话故事。在唐代仪凤年间，有个落第书生柳毅，在回乡途中路过泾阳，遇见龙女在荒野牧羊。龙女向他诉说了受丈夫泾川君次子和公婆虐待的情形，请求柳毅带信给他父亲洞庭君。柳毅激于义愤，替她投书。洞庭君之弟钱塘君闻知此事，大怒，飞向泾阳，把侄婿杀掉，救回了龙女。钱塘君深感柳毅为人高义，就要龙女嫁给他，但因言语傲慢，遭到柳毅的严词拒绝。其后柳毅续娶范阳卢氏，实际是龙女化身。他俩终于成了幸福夫妇。本篇虽以神话作题材，但从整篇看，既富于浪漫气氛，同时表现出的现实意义又极为深刻。它所概括出的问题，如家庭矛盾、封建社会的矛盾以及现实生活中所存在的其他具体矛盾，处处都和现实生活的发展、变化分不开，是具有一定进步意义的一篇作品。蒋防写的《霍小玉传》则纯写人间爱情悲剧。小玉是一个没落贵族的爱女，后沦为歌妓，同书生李益立下婚誓。后李益别娶卢氏，小玉因此忧愤而死。情节虽较简单，然文笔翘楚曲折，生动深刻。作者以最大的同情，把霍小玉塑造成一个温婉美丽，受尽凌辱而不肯屈服的悲剧形象。该篇结构严谨、形象完美、富有典型意义。白行简是白居易之弟，《李娃传》是他的杰作。传中述荥阳公子某生恋一娼女，名李娃，后因穷困为女所弃，遂流落为歌童。其父为显官，见之，怒其有辱门楣，鞭之几死，抛弃路旁。后李娃感其情，与之结婚，从此努力读书，得登科第，授成都府参军，恰值当时其父为剑南采访使，因此父子和好如初。《李娃传》的情节较复杂，富有戏剧性，波澜曲折，布局谨严，表现了很高的

小说技巧。其中几个主要人物的形象，刻画得非常真实而又生动。语言精简工细，叙事很有条理，富于组织和表现能力。在这篇作品里，市民的生活气息反映得颇为鲜明。但书中也显现出了作者的思想局限，它为后世的戏剧、小说提供了一种廉价的俗套。

晚唐时期，文人对传奇小说这一文体更加重视，出现了大批传奇专集。代表作品有牛僧孺的《玄怪录》、李复言的《继玄怪录》、牛肃的《纪闻》、薛用弱的《集异记》、袁郊的《甘泽谣》、裴铏的《传奇》、皇甫枚的《三水小牍》等。这些专集中虽有可喜之作，但总的来看，倾向于搜奇猎异、言神志怪，六朝遗风浓重，现实主义内容受到削弱。然而这一时期的传奇也表现了一些新的题材，描写剑侠的作品，便属此列。杜光庭的《虬髯客传》中讲述了唐贞观十四年（640年），李靖的妻子张出尘因病去世。这时李靖已经70岁了，晚年丧妻令李靖老泪纵横、痛不欲生。他似乎意识到，自己的生命也将走到尽头了。张出尘是李靖的结发之妻，也是李靖的红颜知己。数十年来，他们同甘共苦，两情不渝。如今，妻子先自己而去，又怎不令李靖悲从中来、不能自已！张出尘虽然在正史中默默无闻，但在民间传说中，却是一个奇女子，是隋末"风尘三侠"之一。她慧眼识英雄的故事乃千古佳话。

张出尘本是隋朝权臣杨素的侍妓，常执红拂立于杨素身旁，因此她又被人称为红拂妓、红拂女。红拂女初识李靖的时候，李靖还是一个毛头小伙子。由于杨素当时执掌朝政，每天前来拜谒杨素的达官贵人、英雄豪杰非常多。忽然有一天，一个身着布衣的青年来见杨素，向杨素畅谈天下大势。此人身材伟岸、英姿勃勃、神态从容、见解非凡。红拂阅人无数，还从未见过这样的人物，不禁一见倾心。红拂女打听到这个布衣青年名叫李靖，住在长安的某旅馆中。于是，当天夜里，红拂女便找到李靖的住所，以身相许，与李靖私奔了。一个妙龄少女与自己梦中的白马王子一见钟情，相约私奔，这在今天的人们看来尚能理解，但在当时被视为是伤风败俗的淫荡行为，红拂女风尘之中识李靖，真可谓惊世骇俗之举！李靖与红拂女在私奔途中，又巧遇想来中原建功立业的大侠虬髯客。三人惺惺相惜，决心在乱世中成就一番事业……

篇中故事情节和两个主要人物红拂女、虬髯客均出虚构，主旨在表现李世民为真命天子，唐室历年长久，非出偶然，由此宣扬唐王朝统治的合理性。描写人物颇为精彩，对红拂女的勇敢机智、虬髯客的豪爽慷慨刻画尤为鲜明突出，文笔亦细腻生动，艺术成就在唐传奇中属于上乘。正如武侠小说大家金庸所说，这篇故事，"有历史的背景而又不完全依照历史；有男女青年的恋爱，男的是豪杰，而女的是美人；有深夜的化装逃亡；有权相的追捕；有小客栈的借宿和奇遇；有意气相投的一见如故；有寻仇十年而终食其心肝的虬髯汉子；有神秘而见识高超的道人；有酒楼上的约会和坊曲小宅中的密谋大事；有大量财物的慷慨赠送；有神气清朗、顾盼炜如的少年英雄；有帝王和公卿；有驴子、马匹、匕首和人头；有弈棋和盛筵；有海船千艘甲兵十万的大战等等，所有这些内容，在现代武侠小说中都是可以时时见到的"。金庸称《虬髯客传》是中国武侠小说的鼻祖是很有道理的。

虽然晚唐传奇数量不少，但无论从思想内容或艺术成就上看，都远逊于中唐时期的作品。

（二）唐传奇兴盛的原因

上面我们简要叙述了唐代传奇小说的发展，不难发现，唐传奇得到了充分的发展，那么唐传奇兴盛的原因是什么呢？其实唐传奇兴盛的原因是多方面的。概括起来主要有以下两个方面：第一，是唐代社会提供的条件。唐朝是中国历史上一个强盛的时代，政治经济的发展，促进了文学的发展，这是唐传奇兴盛的原因之一。另一方面，唐代社会的进步、都市的出现，使人与人之间的来往密切了，出现了各种悲欢离合的故事，还有人生得失的反省，政治上尔虞我诈的斗争、宗教的流行等，这些都可以在小说中出现，所以丰富的社会生活是唐代小说蓬勃发展的主因。

第二，是文学本身的条件。

1. 小说体裁的发展。魏晋南北朝的志人志怪小说为唐传奇的出现提供了基础，例如一些志怪的作品成为唐传奇创作的题

材；而志人小说由写鬼怪的风气转而写人事，这对文人的创作也有很好的启示。唐传奇的发展，由初期的神怪故事，如《古镜记》，到后来的半人半鬼，如《离魂记》，到纯人事的描写，如《李娃传》，可以看到这种发展的痕迹。

2. 其他文学样式的配合。宋人赵彦卫《云麓漫钞》评价唐人传奇说："盖此等（指唐传奇）文备众体，可见史才、诗笔、议论。"如传奇写人物与史传有关系，传奇和"古文运动"有关系，传奇篇后的议论与史评有关系，例如《长恨歌传》之于《长恨歌》。

2. "变文"和"说话"两种文艺形式对唐代传奇的影响。变文以讲唱佛经故事为主，音乐成分很重，主要是《游仙窟》这类作品。说话是中国本土发展而来的一种说故事的技艺，如《李娃传》、元稹《酬翰林白学士代书一百韵》等。

总之，唐传奇兴盛的原因，一为记叙文学的发展：唐传奇是在魏晋南北朝志人志怪小说的基础上，在史传文学的基础上发展成熟起来的。二为社会的发展：复杂的社会生活为传奇创作提供了丰富的题材。这二者是唐传奇兴盛的主要原因。

（三）唐传奇的艺术成就

唐传奇丰富的思想内容，是通过优美的艺术形式表现出来的。

1. 唐传奇创作方法上的两种基本倾向

唐代传奇继承和发扬了史传文学现实主义的传统，也汲取了神话、志怪小说的浪漫主义精神，使唐传奇小说在创作上发展到一个新的水平。唐传奇中有不少描写现实生活的作品，比较注意对人物生活环境真实的描写，不加雕饰。作家抱着积极干预生活的态度，对生活的观察相当深刻、细致。表现在创作中，不但细节描写上是真实的，塑造了典型环境中的典型人物，并且通过情节发展表现出来的倾向性也较鲜明。《霍小玉传》中对霍小玉形象的塑造，就是一个较好的例子。作者通过对人物生活环境及个性化的语言、行动、神态的描写，真实地塑造了霍小玉这一温婉美丽、受尽封建社会压迫凌辱而不肯屈服的悲剧形象。她本是霍王死后以庶出被逐，沦落为娼。这种不幸的经历，使她深刻地认识到封建家族的冷酷无情。因此，即使在李益最迷恋她的时候，霍小玉也总是涕泪盈眶，相信被弃的命运是必然的。然而现实比想象还冷酷，连她那希望欢爱八年之后，即永遁空门的最低要求也终归破灭。她不甘心就此罢休，连年变卖服饰，嘱托亲友，到处探寻李益。此时，一个受尽封建社会压迫而不甘屈服的形象已跃然纸上。进而又通过韦夏卿对李益的规劝、黄衫客的打抱不平，极其鲜明地表现了作者爱与憎的思想倾向。当霍小玉的希望一旦幻灭，缠绵的爱便立刻转化为强烈的恨。作者这样描写她和李益的最后见面：

玉沈绵日久，转侧须人。忽闻生来，欻然自起。更衣而出，恍若有神。遂与生相见，含怒凝视，不复有言。羸质娇姿，如不胜致；时复掩袂，返顾李生。感物伤人，坐皆歔欷。顷之，有酒肴数十盘，自外而来。……因遂陈设，相就而坐。玉乃侧身转面，斜视生良久，遂举杯，酹地曰："我为女子，薄命如斯。君是丈夫，负心若此。韶颜稚齿，饮恨而终。慈母在堂，不能供养。绮罗弦管，从此永休。徵痛黄泉，皆君所致。李君李君，今当永诀！我死之后，必为厉鬼，使君妻妾，终日不安！"乃引左手握生臂，掷杯于地，长恸号哭数声而绝。

在生动的性格冲突中，故事被引入了高潮，完成了人物形象的塑造，这正是唐传奇现实精神的体现。

2. 严谨完整、波澜起伏的艺术结构

唐传奇篇幅一般较短，但结构严谨完整、波澜起伏、曲折有致、富于悬念，颇具长篇小说的规模。唐传奇的作者们借鉴《史记》《汉书》等史传散文和《大人先生传》《桃花源记》等文人作品的传记写法，同时汲取了六朝志怪小说和稗官野史在情节处理、艺术构思上奇异新颖、富于变化的特点，创立了小说领域内的传奇体。如《莺莺传》，叙述了崔莺莺和张生的爱情故事。通过崔莺莺对张生始而峻拒，继而委身，终于哀求的过程，成功地塑造了一个既矜持又多情的女子形象。整个始乱终弃的爱情故事，一波三折，环环相扣，极富故事性。再如《霍小玉传》，结构颇具匠心，全文以霍小玉临终前与李益相会为悲剧冲突的高潮，"在高潮前有层层烘托，高潮后有余波尾声，使故事波澜起伏、

曲折有致。作品对人物描写也层次井然，极为出色"。

3.丰富多样、栩栩如生的人物描写

大多唐传奇以人物及其故事作为描写对象，注重个性化描写，塑造了大量个性化的人物和独特的艺术形象。例如，李益和张生都是负心薄行的士人，而他们的个性却截然不同。李益的好色、虚荣、轻狂，是外露的。辜负盟约后，自感心虚理亏，对霍小玉采取欺瞒躲匿的方式。张生则表面上摆出正人君子的面孔，无耻地然而又是理直气壮地为自己的行为辩护。霍小玉和李娃同是忠于爱情的妓女，小玉显得痴情、善良、单纯；李娃则深于世故、老练沉着。再如，任氏和龙女都属"异类"女子，基本上是神话形象，而任氏的形象性格近乎风尘女子，龙女则更像现实生活中的名门闺秀。

总之，在唐传奇所塑造的同一类人物中，有共性，更有鲜明的个性，每个人物的性格都与他们的地位、身份、经历相关，是独特的个体。

4.精警华丽、通俗易懂的语言艺术

唐传奇继承了古代散文和骈体文以及诗歌、民间俚语俗谚中有生命力的词汇，也汲取了前人在语言结构方面严谨而又灵活、精炼而又准确的优良传统，形成了唐传奇独特的语言风格。

张文成的《游仙窟》充当了由志怪小说过渡到传奇小说的先锋角色，艺术手法上由粗略质朴演化为繁复细腻。文章不拘一格，既有骈文、散文，又有诗歌及俚语俗谚，不仅为早于它的六朝志怪小说所没有，就是后来续出的许多传奇中亦不多见。在这一点上，张文成很有独创性，敢于闯出自己的道路。而且他把诗歌谚语糅杂在这一篇作品中，也比较适合，令人有活泼洒脱、浅显清新之感。所以，尽管《游仙窟》的内容只是写一次偶然发生的艳遇，但语言艺术上却有一些成就。正如鲁迅所说："其实他的文章很是轻佻，也不见得好，不过笔调活泼些罢了。"

继《游仙窟》之后的唐传奇，语言"入于文心"，汲取了"文"的长处，大量运用描写性质的形容词和骈偶句，使语言显得华艳。与汉魏六朝的笔记小说相比，唐代传奇中的形容词已大大增加。以有关描写女性容貌的词汇来说，有

些汉魏六朝小说根本不用形容词，有些虽然偶有采用，但往往只有"美""美丽""甚美"等寥寥数字。传奇小说形容女性的容貌往往不厌其烦，争奇竞艳，或"妖姿媚态，卓有余妍"，或"琼英腻云，连蕊莹波，露濯姿舜，月鲜珠彩"，或"露出琼英，春融雪彩，脸欺腻玉，鬓若浓云，娇而掩面敝身，虽红兰之隐幽谷，不足比其芳丽也"。除此之外，唐传奇还大量运用了骈丽的文句。像《柳毅传》《南柯太守记》《长恨歌传》等就间杂了很多四言和六言的对句，与叙述故事的散文相互辉映，雅俗交融。

同时，唐传奇的语言也日趋通俗化，这主要是由于唐传奇更加广泛地运用了市井间的俗言口语。在唐传奇中，人称代词往往直接用"我""你""他"。《云溪友议·蜀僧喻》中称呼和尚用上了俗而又俗的"尿屎袋"。《柳氏传》中称妓女为"章台柳"。"古老""颜面""眼皮""手子""腰肢"等流行于中原地区城市居民的口头语，更在《游仙窟》中层出不穷。另外，唐传奇还大量引用民间歌谣，如《东城老父传》中"生儿不用识文字"的民谣，《云溪友议·真诗解》中"当时妇弃夫"的俚语。华艳与通俗这一对矛盾在唐传奇中奇妙地结合起来。

四、武侠小说的成熟阶段

武侠小说，经历了唐代的繁盛后，在宋元时期进入了积淀和整理期。这一时期的武侠小说分为文言短篇武侠小说和白话武侠小说。文言短篇武侠小说继承了唐代的发展，在传奇的路上继续演进；话本体也开始被应用到武侠题材中，出现了少许白话短篇武侠小说，为明清白话长篇武侠小说的产生奠定了基础。从此，以文言短篇小说为主流的宋以前小说史，逐渐转为以白话小说为主流的小说史；中国小说史自此由文言、白话两条线索交互发展，它们既有各自的特点，又相互吸收、相互渗透、千姿百态、高潮迭起，在中国文学史上小说所占的分量越来越重，地位也越来越高。

（一）宋代文言短篇武侠小说

宋代文言短篇武侠小说继承了唐代传奇等的格调。这一时期，文言短篇小说大体分为三种类型：一是传奇体，这是唐人小说的余绪；二是笔记体短篇小立，它是童年期志人小说的演化；三是志怪体，这是童年期志怪小说的延续。宋人传奇小说的成就远不如唐人。"唐人大都写时事，而宋人则多讲古事；唐人小说少教训，而宋则多教训"。"大概唐代讲话自由些，虽写时事，不至于得祸；而宋时则忌讳多，所以文人便设法加避，去讲古事。加之宋时理学盛极一时，所以小说也多理性化了"。总之，宋代传奇多写历史题材，总体成就不高，但也有一些作品是值得注意的，如奏醇的《谭意歌伟》、无名氏的《李师师外传》等。宋人笔记很多，其中不少为小说或近似小说。北宋初期，大多写唐、五代的事，如孙光宪的《北梦琐言》；北宋中期以后，多记本朝事，如司马光的《涑水纪闻》；而南宋人则多记北宋之事，如周辉的《清波杂志》等。宋代的志怪小说，为记历史琐闻的笔记，但也有几部颇有影响的作品，如洪迈的《夷坚志》、吴淑的《江淮异闻录》等。宋人的文言短篇小说的成就虽然不是很高，然而数量与种类繁多，在小说史上占有一席之地。而宋人对文言小说的最大贡献，在于编辑了一部卷帙浩繁的《太平广记》，北宋初年以前的许多文言短篇小说，大都收录在此书当中。

虽然后世的武侠评论者对这一时期的小说评价不是很高，但还是出现了一些优秀的作家作品，其中成就较高、影响较大的有吴淑《江淮异人录》中的《洪州书生》《李胜》《张训妻》《虔州少年》等，洪迈《花月新闻》《侠妇人》《郭伦观灯》《解洵娶妻》《霍将军》等，刘斧《高言》《李诞女》等。《洪州书生》讲述了洪州参军成幼文的一段见闻，小说中书生除恶行善，令人称赞，尤其是杀人于谈笑间，并且用药水焚化头颅的描写，对后代武侠小说产生了深远的影响。洪迈的《花月新闻》讲述了一个剑侠与普通人的爱情故事。

洪迈的《侠妇人》讲述了北宋宣和六年进士董国度，调任莱州胶水县。当时金兵侵占中原，于是董国度留下家人，独自一人赴任。不久，中原大片国土沦陷，董国度身陷敌占区，弃官避入农村，与居所主人很好，主人见他贫穷，为他买了一个妾。这女子性聪慧，有姿色，见董国度贫穷，便尽力操持。她卖掉家中一切可卖之物，买了七八头驴子和几十斤麦子，磨成面粉出卖，后来还买了田地和住宅。董国度怀念故乡，妇人通过他人的帮助先把董带回故乡，后来自己也靠此人，回到南方和董过着美满的生活。在这篇小说中作者没有直接描写侠妇人和虬髯兄长的武功，但是读者仍然能感受到二人的侠义精神。

以上我们对宋代文言武侠小说的创作情况作了简要的介绍，从中可以发现，这一时期武侠小说没有太多的创新，大多是因袭唐代的创作思路，这就使得宋代的文言武侠小说略逊于白话武侠小说。

(二) 宋代白话武侠小说

宋代话本被应用于武侠小说的创作中，宋人话本的产生带有革命的性质，鲁迅认为其积极意义有以下三点：1.由文言到白话，既增强了小说的表现力，又扩大了读者面，因而提高了小说的社会功能。2.作品描写的对象由表现封建士子为主转向了平民，尤其是市民，因而作品的思想观点美学情趣随之发生了变化。3.奠定了白话短篇和长篇小说的基础。枕头人话本的兴起，"实在是中国小说史上的一大变迁"。

1. 话本的产生与体制

"话本"是说话艺人表演时所用的底本，"话"就是故事的意思。"说话"是唐宋以来一种表演的名称，就是说书或讲故事。从事"说话"表演的人，称为"说

话人"。作为一种表演的专业名称，"说话"始见于唐代，但我国的说唱艺术在唐代以前就存在了。而后随着"说话"艺术的不断发展，逐渐成为宋代一种崭新的文学样式。

宋代的"说话"，上承唐代"说话"而来。又因为城市经济的发达、瓦舍勾栏的设立、说话艺人的增多、市井观众的捧场，民间说话呈现出职业化和商业化的特点。他们学有专攻，分工很细，属于"说话"范围的，就分为四家：一为小说，二为讲史，三为说经，四为合生。其中以小说、讲史两家最为重要。小说以讲胭粉、灵怪、传奇、公案等故事为主；讲史是说前代兴废、争战之事。

（1）小说话本

宋元话本数量很多，据《醉翁谈录》《也是园书目》《宝文堂书目》等书记载，约有 140 多篇小说话本的题目，但从前人的记载和小说的内容、表现形式等方面考察，基本上可判定为宋时遗留的话本小说约有 40 余种。

小说话本取材广泛，内容丰富，突破了六朝小说和唐代传奇以上层社会或士大夫生活为描写对象的藩篱，广泛地反映了宋元时期现实生活中错综复杂的矛盾与世态人情，充分体现了市民的生活情趣和审美意识。

现存的小说话本，其题材和内容大致可以分为三类：一是爱情，二是公案，三是神仙鬼怪。其中以描写爱情婚姻和诉讼案件的作品数量最多、成就最高、影响最大。

宋元小说话本中的爱情故事，通过对妇女在爱情婚姻问题上的种种遭遇，揭示反封建的社会主题，表现她们为争取婚姻自由、追求幸福生活所作的反抗和斗争，作品往往突出女性对爱情生活的主动追求，如《碾玉观音》《闹樊楼多情周胜仙》等都是这类题材的优秀作品。

小说话本的另一个突出内容是公案故事。以讼狱事件为题材的这类故事，直接反映了当时复杂的社会矛盾，揭露和鞭挞了腐朽的封建吏治。《错斩崔宁》《宋四公大闹禁魂张》等都是这类题材作品中的代表作。此外，《合同文字记》《三现身龙图断案》《简帖和尚》等篇，也从不同侧面反映民间纠纷和社会矛盾，人们还可以从中见到当时的世态民情和社会风纪。

宋元小说话本在艺术上很有特色。首先，追求情节曲折、故事性强，这是小说话本的显著特点。小说话本还注重故事情节结构的完整性，讲究开头，注重结局，严谨完整，以适应市民群众的心理要求和欣赏趣味。其次，运用生动的白话口语叙事状物。再次，小说话本也很注重人物形象的刻画，并善于通过对人物的内心活动以及人物言行等的细致刻画来表现人物，塑造出了许多生动鲜明具有个性的人物。总之，宋元小说话本描写细致、生动逼真，字里行间留存着说书艺人的风致，表现出叙事的口语化、声口的个性化和谈吐的市井化等特点。

（2）讲史话本

宋元的讲史话本，又称"平话"。现存宋编元刊或元人新编的讲史话本，大多标明"平话"，如《三国志平话》《武王伐纣平话》等。"平话"的含义，指以平常口语讲述而不加弹唱；作品间或穿插诗词，也用于念诵，不施于歌唱。另外，称之为"平"，强调讲史虽脱胎于话本史书，而语言风格却摆脱艰深的文言而趋于平易。

现存宋元讲史话本中，宋人编的有《梁公九谏》《五代史平话》《宣和遗事》等。《梁公九谏》是讲史话本的早期作品。元人编刊的讲史话本，今存《全相平话五种》，即《武王伐纣平话》《七国春秋平话后集》《秦并六国平话》《前汉书平话续集》《三国志平话》等。这些讲史话本，实际上是传统的史传文学与民间口传故事结合的产物，在体制结构方面大致有三个特点：一是篇幅较长，分卷分目，因为讲史内容丰富、复杂，必须有较大的篇幅才能讲完。最长的如《五代史平话》有十余万字，一般也有四五万字左右。由于篇幅长，为了讲说与阅读方便，大都分卷分目，通常标出故事情节内容，成为后来章回小说回目的滥觞。二是每部讲史话本，开端都有一二首七绝或七律诗，称为"开场诗"，或概括全部历史，或交代该部讲史话本的内容，或以评论发端。在话本的末尾都有一首七绝或七律的"散场诗"，用以总结全书的内容。三是采取断代编年的叙事方法，叙述时标出故事发生的年号、月份，按时间发展顺序讲述故事情节。此外，在讲述故事本事之前、"开场诗"之后，往往先讲说一段前代的历史，以与讲史话本的本事相衔接。此外，讲史话本以讲述为主，语言多为半文半白，在叙事之间常常穿插诗词、书传、表章、信柬，以便引起兴趣，增加读者或听众的历史知识和文学知识。

2. 宋元话本中的白话武侠小说

在宋元话本中，有一些内容就是写武侠的。罗烨在《醉翁谈录》的"小说开辟"里，按题材，把小说分为八大类，即灵怪、烟粉、传奇、公案、朴刀、杆

棒、神仙、妖术。其中公案、朴刀、杆棒、妖术等四类，有许多作品属于武侠小说。比较突出的作品如《杨令公》《十条龙》《石头孙立》《青面兽》《花和尚》《武行者》《拦路虎》《西山聂隐娘》《严师道》《红线盗印》《红蜘蛛》等。在这些作品里主要赞美了路见不平、拔刀相助的侠义行为。

取材自唐代裴铏短篇小说集《传奇》里的《聂隐娘》一篇，讲述了聂隐娘幼时被一尼姑掳走，过了五年被送回时已是一名技艺高超的女刺客，一次她奉命刺杀刘昌裔，却被对方气度折服转而投靠，后又化解精精儿、空空儿两次行刺，为名噪一时的传奇女侠。

《拦路虎》为明洪梗刊刻，收入《清平山堂话本》。讲述的是杨令公之孙杨温，一日出街市闲行，买卦卜出凶事来。为避灾祸，杨温与妻子冷氏离家赴东岳进香还愿，祈禳灾难。行至仙居市时，忽然遭到强盗抢劫，冷氏被掠，财物尽失，杨温一气之下，病倒客店。稍后，到一茶坊饮茶，遇热心的茶坊主人杨员外，杨温得他帮助，得以赴东岳神会与"诨名私山东夜叉"的使棒能手李贵会面，并将李贵打败。李贵弟子欲来替李贵报仇，又赖杨员外之力，杨温免去一场是非。这时，杨员外父亲使人催其速归，杨温认出来人是那夜抢劫自己时打火把的，于是执意要随杨员外同去，杨员外却之不过，只好带他同行。在杨员外父亲处，杨温得知了妻子的音信，于是跟踪到北侃旧庄，经历了一番周折，终于在他人的帮助下杀败强人，救出妻子，并因此立功做官。

《青面兽》《花和尚》《武行者》等，这些民间流传的故事，后来经过施耐庵的加工整理，成为了侠义小说《水浒传》的内容之一。

宋元小说话本直接影响了明清文人白话短篇小说的创作，造成"拟话本"的空前繁荣。宋元的讲史话本成为明清长篇小说的前驱。如《全相三国志平话》之于《三国演义》，《大宋宣和遗事》之于《水浒传》，《大唐三藏取经诗话》之于《西游记》，《武王伐纣平话》之于《封神演义》，都可以看出题材上的渊源关系。

宋元时期的武侠小说打破了传统文人对其的束缚，武侠小说形式的多样化、作家群体的广泛化以及小说的通俗化，在这一时期成为趋势，对后代产生了深远影响。

五、武侠小说的繁荣时期

（一）明代武侠小说

明代是武侠小说的继续发展时期，这一时期
的武侠小说大体上分为短篇武侠小说和长篇通俗
武侠小说，其中短篇武侠小说又分为文言短篇武
侠小说和白话短篇武侠小说。

1. 文言短篇武侠小说

明代的文言短篇武侠小说虽不能与同时代的
白话长、短篇武侠小说相比，但在文言短篇武侠小说发展史上占有重要的地位。
这时期出现了"情侠类"小说的名称。这一名称出现于明代著名文学家冯梦龙
的《情史》一书，该书一名《情史类略》，又名《情天宝鉴》，是一部选录历代
笔记小说和其他著作中的有关男女之情的故事编纂而成的文言短篇小说集，全
书共包括"情贞""情缘""情私""情侠""情豪""情爱""情痴""情
感""情幻""情灵""情外""情通""情迹"等二十四类。其中"情侠类"
为武侠小说，比较有代表性的作品有：慧眼识英雄，到底成就一桩美满婚姻的
《红拂妓》；以智斗奸，终于使丈夫在危难当头"安然亡命无患"的《沈小霞
妾》；"以情发愤"，救人于水火的《荆十三娘》《冯燕》等。除此之外，一些
武侠小说也是非常有价值的，如宋濂的《秦士录》、李绍文的《僧兵抗倭》、宋
懋澄的《刘东山》等。

2. 白话短篇武侠小说

明代文言白话短篇小说也取得了可喜的成就，明代文言白话武侠小说主要
集中在拟话本中，拟话本是中国古典小说的一种，是由文人模仿话本形式编写
的小说，它们的体裁与话本相似，都是首尾有诗，中间以诗词为点缀，词句多
俚俗。但与话本又有所不同，其中以"三言二拍"最为著名。冯梦龙编选的
"三言"代表了明代拟话本的成就，是中国古代白话短篇小说的宝库。这三部小
说集相继辑成并刊刻于明代天启年间。"三言"分别为《喻世明言》《警世通

言》和《醒世恒言》，总收小说一百二十篇，每书四十卷，每卷一篇。这是冯梦龙从大量家藏古今通俗小说中"抽其可以嘉惠里耳者"精选出来的。三言中比较有代表性的作品有《宋四宫大闹禁魂张》《赵太祖千里送京娘》《临安里钱婆留发迹》《任孝子烈性为神》《汪信之一死救全家》等。

《赵太祖千里送京娘》出自《警世通言》卷二十一，讲述了一个名叫赵匡胤的青年，能力敌万人，是个路见不平拔刀相助、好管闲事的侠客。由于在开封闯下大祸，触犯王法，被迫从都城远逃他乡。一路上赵匡胤继续惩治各地恶棍。当他来到山西太原时，遇到了叔叔赵景清。当时赵景清在本地一座叫清油观的道观中出家当道士，于是赵匡胤在那里停留下来。一次偶然，看见道观中一座紧闭着的殿房里有一个美丽的少女。一打听，原来这位少女是蒲州人，被强盗抢到这里。一身侠义心肠的赵匡胤听了这位少女的悲惨遭遇，毅然决定把她送还家里。途中遭到抢夺姑娘的那伙强盗的袭击，但大侠赵匡胤将之一一击退，最后终于平安地将姑娘送回家乡。姑娘的父母亲喜出望外，热情地款待了赵匡胤，希望他长久地留在那里，并表示要把女儿嫁给他。但赵匡胤毅然拒绝，当即离开。姑娘的父母亲未能如愿，十分纳闷：一个少男与一个少女同行千余里，两人的关系理应十分密切，可这个青年却抛弃自己的女儿，自顾自地走了，这是一个多么无情无义的人！于是责问女儿，要她如实说出和这个青年的关系。女儿反复说明赵匡胤是一个正直纯洁的青年，属于柳下惠式的正人君子，父母却始终不肯相信。姑娘感到十分悲痛，为了表示她与赵匡胤之间的关系洁白无瑕，便投井自杀了。

从书中所描写的赵匡胤的言行中，我们可以看到豪侠身上传统侠义精神的光辉美德，赵匡胤做好事不图回报的行为说明了侠客仗义行侠、施恩不图报的高尚品格一直存在于武侠小说当中，这也是武侠小说受欢迎的根本原因。

"二拍"是拟话本小说集《初刻拍案惊奇》和《二刻拍案惊奇》的合称。作者凌濛初，刊于明代崇祯年间。每集40篇，共80篇，内有1篇重复、1篇杂剧，故实有拟话本78篇。作品多是取材于古往今来的一些新鲜有趣的轶事，敷演成文，以迎合市民的需要，同时也寓有劝惩之意。"二拍"中有六篇武侠小

说，分别为《乌将军一饭必酬 陈大郎三人重会》
《神偷寄兴一枝梅 侠盗惯行三昧戏》《李公佐巧解
梦中言 谢小娥智擒船上盗》《王大使威行部下
李参军冤报生前》《程元玉店肆代偿钱 十一娘云
冈纵谭侠》《刘东山夸技顺城门 十八兄奇踪村
酒肆》。

3. 长篇通俗武侠小说

宋元话本中的白话武侠小说，在明代发展成为
长篇章回小说，其特点是分章叙事，分回标目，形
成既有短篇连缀，又有长篇框架的小说体制，将一个个艺术单元排列有序地组
合成为长篇故事整体结构的有机部分。其中"讲史演义"方面的内容所占甚多。
在这类长篇历史演义中，往往把"讲史""灵怪""豪侠"三者熔于一炉。侧
重于灵怪方面的，便成了神魔小说；侧重于豪侠方面的，便成了侠义小说。这
两类小说均有锄强扶弱、诛除奸恶的内容，均可列入武侠小说的范围。

施耐庵的《水浒传》是中国古代武侠小说的巅峰之作，它首开长篇武侠章
回小说之先河，对后代小说产生了深远的影响。《水浒传》对于后世武侠小说
的深远影响有以下五方面：（1）以章回体、白话文为其外在形式，古典文言退
而为点缀之用。（2）以"乱自上生""替天行道"为其内在思想题旨，主持社
会正义，为民请命。（3）表彰先秦游侠精神而不惜以武犯禁。（4）其穿针引
线笔法及复式结构为后世所宗，长垂典范。（5）江湖豪杰群相结义、统一取绰
号由此开始。

与此同时，罗贯中《三遂平妖传》上承唐人传奇《聂隐娘》余绪，亦发为
剑侠长篇章回小说之嚆矢。初成四卷二十回，后由冯梦龙增补为十八卷四十回。
其故事玄奇，有飞剑跳丸、降妖伏怪、斗法斗智等情节。此书与稍晚出现的
《西游记》《西游补》《四游记》《飞剑记》《禅真逸史》及《封神演义》等
"神魔小说"，对民初糅合豪侠、剑侠内容的武侠小说如《江湖奇侠传》《蜀山
剑侠传》等巨制，影响极大。是故《水浒传》与《三遂平妖传》在中国武侠小
说发展史上，均居于枢纽地位，而确有奇峰并插、锦屏对峙之妙。

（二）清代武侠小说

清代为古代武侠小说的繁荣时期，这一时期的武侠小说大体上分为三类：

1. 神魔小说而有武侠精神者

以《济公传》和《绿野仙踪》为代表。康熙年间先有王梦吉《济公全传》三十六则故事，继而有无名氏《济公传》十二卷。该书以济颠和尚游戏风尘、度世救人为主干，穿插剑客、侠士锄强扶弱英雄事迹及正邪斗法、捉妖降魔等情节，文字白描，生动有趣，为后世武侠小说演、叙风尘异人重要渊源之一。

李百川的《绿野仙踪》，全书共一百回，笔墨奇恣雄放，亦庄亦谐，写剑侠求仙、除魔卫道、官场黑暗、人情世故均能曲中筋节，尤其擅长用四六文写景，引人入胜，堪称"说部中极大山水"。

2. 儿女侠情小说

以《好逑传》《绿牡丹全传》及《儿女英雄传》为代表。明清之际，名教中人写以《好逑传》，又名《侠义风月传》，共十八回。主要描写才子铁中玉之武勇、佳人水冰心之坚毅，打破历来才子佳人，男皆文弱、女皆懦怯之庸俗窠臼，而以侠骨柔情贯穿全篇。清中叶无名氏撰《绿牡丹全传》，又名《四望亭全传》，亦称《龙潭鲍骆奇书》，全书共六十四回，以骆宏勋、花碧莲之情缘为主线，赞颂侠客见义勇为、为民除害的精神，而反复申述"江湖有义终非盗"之旨。

3. 侠义公案小说

以《三侠五义》《施公案奇闻》及其续书为代表。早在明代时即有杂记体《包公案》，又名《龙图公案》。清道光年间名说书人石玉昆的唱本《龙图耳录》则由此发展而来。光绪初年无名氏据此润饰而改名《忠烈侠义传》，后又改名《三侠五义》，讲述了南侠、北侠、双侠及陷空岛五鼠行侠仗义之事，豪情壮采，笔意酣恣。

六、侠义与公案的合流——《七侠五义》

清代为古代武侠小说的繁荣时期，这一时期的侠义小说，往往与公案故事连在一起，形成为侠义公案小说。这类小说每以历史上的一名清官为主，一些武艺非凡的侠客为辅。如《七侠五义》中的包拯，《施公案》中的施世纶(小说中作施仕伦)，《彭公案》中的彭鹏(小说中作彭朋)，在历史上都颇有名声。这些清官要能顺利地办成大事，自然需要一些侠客的帮忙，武艺高强的南侠展昭等人，自然是最好的帮手。作为中国最早出现的武侠作品之一，《七侠五义》对中国近代评书、武侠小说乃至文学艺术影响深远，称得上是开山鼻祖，由此掀起了各类武侠题材文学作品的高潮。此后武侠公案、短打评书盛极一时，例如《五女七贞》《永庆升平》《三侠剑》《雍正剑侠录》等纷纷问世。清末民初也有大量知识分子投身武侠小说创作，写了很多脍炙人口的佳作。比如王度庐的《卧虎藏龙》，还珠楼主的《蜀山奇侠传》等，一直到港台的金庸、古龙的武侠小说都是在它的影响之下创作的。

(一) 《七侠五义》作者、成书过程和主要内容

《七侠五义》前身是《三侠五义》。《三侠五义》原是说书艺人石玉昆的说唱本，这部小说是民间创作和文人创作相结合的产物。有关包公治狱的传说，早在南宋就有流传。元杂剧中的包公戏有近二十本。到了明代，既出现了专写包公故事的传奇剧本，又有专写包公故事的长部汇编杂记小说《包公案》，而章回体的《龙图公案》则渊源于明末杂记体的《包公案》。《三侠五义》则是由清代章回体的《龙图公案》演变而成。《龙图公案》为石玉昆的一部说唱本，后来有人在听石玉昆说唱时，删去唱词，保留了说词，将该书改编成为章回体的长篇小说《龙图耳目》，因为是在说唱时记录而成，所以称为"耳目"。不久，

问竹主人、入迷道人等又对《龙图耳录》进行艺术加工，改写成了一百二十回的《三侠五义》，又称《忠烈侠义传》。1878年，著名文学家、教育家俞樾又将此书修改一番，删去第一回的"狸猫换太子"，"援据史传，订正俗说"，并认为书中有南侠、北侠、双侠四人，加上小侠艾虎、黑妖狐智化和小诸葛沈仲元共七人，遂改书名为《七侠五义》。这样，这部书现在共有三种本子流传，即《龙图耳录》《三侠五义》和《七侠五义》，其中《龙图耳录》是直接从石玉昆说唱时记录下来的，因此最能保留说唱本的特色。

《龙图耳录》讲述了北宋真宗时期，李、刘二妃均有娠，刘妃为争宠，与总管都堂郭槐密谋，用狸猫偷换了李妃之子，李妃被贬入冷宫。寇珠、陈林冒死救出李妃之子，交八贤王抚养，寇珠因此遇难，李妃避出京城。李妃之子长成人后，接替皇位，是为仁宗。江南庐州府合肥县包家村包员外，年近五旬添了三子包公。包公出生后，二兄二嫂屡加危害，皆因狐精相助逢凶化吉。

包公中进士后，任凤阳府定远县知县，到任后正直无私，料事如神，屡断疑案，又得丞相王芑举荐，入宫镇邪，遂升开封府尹，继而加封龙图阁大学士。为正法纪，包公制龙头、虎头、狗头三口铡刀。包公受命前往陈州查赈，在谋士公孙策、南侠展昭以及张龙、赵虎等人的协助下，于天昌镇捕获当朝太师庞吉之子庞昱派遣的刺客，刀铡了克扣赈粮、抢夺民女的安乐侯庞昱。随后，包公稽查户口，秉公放赈，民心大快。归途中遇李妃，包公乃夜审郭槐，巧取口供，李妃冤狱大白，仁宗母子相认，刘妃畏罪而死，圣上加封包公为丞相。经包公举荐，南侠殿上面试武艺，被封为四品带刀护卫，赐号"御猫"。包公又刀铡了无恶不作的戚烈侯葛登云。南侠告假回乡祭祖，结识了双侠丁兆兰、丁兆惠兄弟，又在茉花村丁府订了亲。陷空岛五鼠之一锦毛鼠白玉堂，不服"御猫"称谓，赴东京寻事，于途中结识赶考举子颜查散，结为金兰。白玉堂入东京，留刀寄柬，内苑杀人，宫墙题诗，盗取"三宝"。其余四鼠卢方、韩彰、徐庆、蒋平寻至京城，韩彰负气出走，卢方、徐庆、蒋平献艺受封，归附包公。南侠只身赴陷空岛寻三宝，误中埋伏，被囚在通天窟中，卢、徐、蒋等人和丁兆惠一同赶来，生擒白玉堂，拿回三宝，救出南侠，白玉堂归顺受封。蒋平出寻韩彰，途遇

中国古代著名小说

北侠欧阳春与丁兆兰，众侠客大战邓家堡，力擒采花贼花冲，解往东京正法。韩彰在蒋平劝说下归附受封，五鼠团聚。

新任杭州太守倪继祖微服私访，被霸王庄马强锁入地牢。适逢北侠路过，与智化、艾虎，沈仲元等里应外合，救出太守，活捉马强。马强家中恶奴见事败，劫取财物而逃，马强倚仗叔父马朝贤是朝中总管，反告北侠抢劫，为伸张正义，智化等人合谋，盗出御物珍珠九龙冠，暗藏至马强家中，而后艾虎上开封府告发，终于扳倒奸佞，马强叔侄被正法，倪继祖上任。颜查散奉旨前往洪泽湖勘查水情，兼理河工民情，公孙策、白玉堂随行。蒋平展神威，消灭了襄阳王指使冒充水怪、扰国害民的郐泽等人。洪水治好后，圣上得知襄阳王欲造反，旱路有金面神蓝骁，水路有飞叉太保钟雄，形成鼎足之势。钦命金辉任襄阳太守，颜查散巡按襄阳。蓝骁劫持金辉，北侠、智化、丁兆惠等人合力相救，生擒蓝骁。邓车盗走颜查散印信，抛入洞庭湖逆水泉中。白玉堂负气独闯冲霄楼盗结伙造反盟单，误中机关身亡，骨殖葬于九截松五峰岭。蒋平冒死潜入逆水泉捞回印信，众豪杰议取钟雄寨、堡军山，徐庆剜下邓车双目，和南侠前去祭奠白玉堂，落入陷坑，双双被擒。蒋平、丁兆惠夜闯军山，救出徐庆，盗回白玉堂骨殖。北侠、智化假作投诚，与钟雄结为异姓兄弟，在南侠等人配合下，于钟雄生日用熏香闷倒钟雄，负载而出，然后力劝钟雄归顺朝廷。随后，众豪侠齐赴襄阳讨逆。

（二）《七侠五义》人物简介

《七侠五义》中的"七侠"指南侠展昭，北侠欧阳春，双侠丁兆兰、丁兆惠，以及小侠艾虎、黑妖狐智化、小诸葛沈仲元，"五义"即"五鼠"，指钻天鼠卢方、彻地鼠韩彰、穿山鼠徐庆、翻江鼠蒋平、锦毛鼠白玉堂。这些如雷贯耳的英名，加上五鼠闹东京、智定军山等脍炙人口的掌故，杂以栩栩如生的北宋风俗，威风凛凛的包公断案，令人流连忘返，不忍释卷。

1. 南侠展昭

展昭，常州府武进县遇杰村人氏，字熊飞，人称"南侠"。这个人物形象的特点有三：

（1）"绿林高人"。展昭虽非出身绿林，但与绿林关系密切。第六回写包公罢官回京，在土龙岗被山贼王朝、马汉、张龙、赵虎掳掠上山，危急之际展昭无意中救了他。原来王朝素与他交好，但展昭却与他们不同。他充分认识到人生的价值，故他告别绿林的时候是准备投向帝王政治的怀抱，成为统治阶级的得力助手的。书中写展昭初期的侠义行为，如金龙寺杀凶僧、土龙岗逢劫夺、天昌镇拿刺客以及庞太师后花园冲破魔魇之事，均与包公有关，为他以后投奔官府为朝廷服务打下了良好基础。虽然他在行侠仗义时是那样的英伟洒脱、坦荡无私，然而面对皇上赐号"御猫"的美称沾沾自喜顾不得自我尊严，迫不及待地在房上给圣上叩头，当然如果没有皇帝及代表皇帝意志的清官对侠义的重用、提携、褒奖，就失去了绿林与朝廷合流的基本条件。第三十回写展昭颇为得意地向双侠叙说封赏之事道："至于演试武艺，言之实觉可愧，无奈皇恩浩荡，赏了'御猫'二字，又加封四品之职。原是个潇洒的身子，如今倒弄得被官拘住了。"这表明了他脱离了绿林，成了吃皇粮的四品官员，竟沾沾自喜、颇为得意地炫耀于人，然而他也失去了独立自由的人格。

（2）武艺超群。如金龙寺杀凶僧、苗家集窃银、安平镇寄柬、太师府偷换春酒、西湖畔夜探郑家茶楼等，都显示了南侠的高超武艺。包公对展昭的评价是："若论展昭武艺，他有三绝：第一，剑法精奥；第二，袖箭百发百中；第三，他的纵跃法，真有飞檐走壁之能。"

（3）忍让谦和。他在书中几乎是个完人，在杭州救周老时不与丁兆惠争功，茉花村与丁小姐比剑定亲不争胜负，都显示出他的谦让品格。他与白玉堂相反，非才高必狂、艺高必傲之辈，凡事都能做到谦逊有致，不露痕迹，成为最有修养、最有道德的侠客。如白玉堂与他合气，他立即表示谦让：

公孙先生在旁听得明白，猛然醒悟道："此人来找大哥，却是要与大哥合气的。"展爷道："他与我素无仇隙，与我合什么气呢？"公孙策道："大哥，你自想想。他们五人号称五鼠，你却号称御猫。焉有猫儿不捕鼠之理？这明是嗔大哥号称御猫之故。所以

知道他要与大哥合气。"展爷道："贤弟所说似乎有理。但我这'御猫'乃圣上所赐，非是劣兄有意称猫，要欺压朋友。他若真个为此事而来，劣兄甘拜下风，从此后不称御猫，也未为不可。"

展昭这样做并非表示他的软弱可欺或技不如人，而是对朝廷法律以及执法者的尊重，是对圣上尽忠的一种表现，而非为个人意气所能致。这展示出展昭性格特征的思想基础。可以说，在我国古代小说中，展昭是御用侠义人物中最成功的一个典型。他不失扶危济困的本色，如在榆林镇酒楼助王氏银两，为其丈夫婆婆治病，又为免除其夫疑忌扮成夜游神说明真相，可谓救人救到底了。但也更多地表现了他浓厚正统的帝王思想，却是以不反朝廷、不为非做歹为前提。他虽然失去了自由独立的人格，却换来维护名教纲常、建功立业的自身价值和仕途前程。作者的用意大约就是鲁迅说的"大旨在揄扬勇侠，赞美粗豪，然又必不背于忠义。"

2. 北侠欧阳春

欧阳春的武功在书中所有人中应该是最高的。《七侠五义》中他是唯一一个露了点穴功夫的人，而且点的是白玉堂这种高手。书中第七十八回有一场白玉堂和欧阳春的打斗描写。面对白玉堂的步步紧逼，北侠只是"将身一侧，只用二指看准肋下轻轻地一点"，白玉堂便"犹如木雕泥塑一般，眼前金星乱滚，耳内蝉鸣，不由得心中一阵恶心迷乱，实实难受得很"，一招之下，胜负已定。北侠虽然没有和南侠直接交过手，但是展昭和白玉堂曾经在开封府有过一场比试，二人的武功是在伯仲之间，所以，北侠的武功也远远高于南侠。丁兆惠一开始也不服北侠，盗去他的七宝刀想奚落他一番，却不料欧阳春已神不知鬼不觉地将刀取回。这也反映出欧阳春的武功修为已经达到了出神入化的境地。再看欧阳春的道德修养，面对白玉堂和丁兆惠的步步紧逼、轻视误解，欧阳春是点到为止，以德报怨。面对展昭、智化、艾虎众人，欧阳春一律谦逊相待，从不以自己的江湖资质显出半分傲慢。陈平原先生认为"侠客有不好色、不贪财、不怕死者，可几乎没有不爱名的，名是自我价值的实现和社会的普遍认可"。可对于行侠仗义，北侠的看法却是"凡你我侠义做事，不声张，总要机密。能够隐讳，宁可不露本来面目。只要剪恶除强，扶危济困就是了，又何必谆谆叫人知道呢"。可以说，欧阳春已经达到了"不矜其能，羞伐其德"的完美道德境界。

3.双侠丁兆兰、丁兆惠

双侠丁兆兰、丁兆惠为将门之子，他们的父亲是镇守雄关的总兵。既然生在将门之家，自然和朝廷脱不了关系，双侠的命运归宿，是从出生时就设定好了的，无法改变，所以，双侠身上的忠君纲常色彩最为浓厚。双侠虽然是官府的代表，但他们可以利用官家的特殊身份救助百姓，这样也许没有快意恩仇来得痛快自在，但却很现实，效果也更好一些。盗来银两资助周老丈人重开茶楼，盗取九龙冠绊倒恶臣马贤朝等事件中，二官人丁兆惠表现得当真是"妙手灵心，神光四射"。双侠的的确确为贫苦百姓做了很多好事，无愧侠之上品之名。

4.小侠艾虎

在所有侠客中，艾虎年纪最小，刚出场时只有 14 岁。他虽然年纪小，却是心机活变，气度不俗。论智慧，他是一教便会，一点就醒，是个练武奇才；论胆识，他不仅胆识过人，而且自身武艺不凡。无论面对包大人的狗头铡威吓，还是后来的大理寺五堂会审，他都是毫不介意、对答如流，其行为举止完全超出了一个 15 岁孩子的能力。

纵然艾虎智慧过人、胆识不凡，他毕竟还是个孩子，还有很多不成熟的地方。例如书中第八十六回，艾虎误入黑店，却完全没有防范心理，左一壶右一壶喝了个酩酊大醉，人事不醒。多亏蒋平及时赶到，制服恶贼，救下艾虎，不然小英雄真是死了都不知为谁所害。艾虎喜好杯中之物，因此而误事闯祸也不是一回两回的事情了。所以，相对于三侠来说，他还是太"嫩"了，江湖险恶，他还需要多多历练、成长。

5.东方侠黑妖狐智化

智化，黄州府黄安县人也，绰号"黑妖狐"，又称东方侠。智化为小侠艾虎之师。智化凭着自己的机灵头脑为众义士出谋划策，智服钟雄，为安定军山立下了汗马功劳，他的的确确是一个侠义为怀的人。根据书中叙述，君山是襄阳附近的一个重要军事基地。该基地（山寨）的最高指挥官名叫钟雄，号"飞叉太保"。此人文武双全，文中过进士，武中

过探花，是一个难得的人才。众人皆以为，要
战胜襄阳王，必须先收服钟雄。这同时，由于
徐庆、展昭为盗回白玉堂的骨殖，失手被擒，
正关押在钟雄的山寨中。智化本着"知己知彼"
的方针，先假扮渔郎去打探消息，见到君山水
寨里张贴的招贤榜文，于是携同北侠前去诈降。
他通过观察钟雄的起居环境准确地把握住了其
心思，一番谈论之后，钟雄对他大起知己之感。

智化遂利用钟雄求贤若渴的心理，骗取了他的信任，救出被囚禁的展昭、沙龙
等人，又借广纳贤才之机，安插了众多的己方人士在君山之内。其实这时已具
备里应外合、攻取君山的条件了，但智化却引而不发。他安排北侠执掌水寨，
展昭执掌旱寨，自己总揽大权，任辖统。到了这个时候，钟雄已是空有寨主之
名，而无甚实权了，众人本可以最小的损失夺取君山，但是，智化仍不下令进
攻。他慧眼识人，认定钟雄是个豪杰，有意要保全他和他的家人，甚至属下，
而他也知道，有着辉煌成就和丰富才学的钟雄雄踞君山，为一寨之主，不是那
么轻易就能够归降的。于是他巧妙布局，在钟雄生日这天将其灌醉，盗下山来。
这是为了防备他在寨中宁死不降，奋起顽抗，引发争斗。此后他又赶回山寨，
安抚住众人，并带伤追回钟雄一对外逃而被拐带的儿女，对钟雄施以厚恩。全
盘安置妥当，他才率领群豪跪请钟雄弃暗投明，逼得钟雄除了归降以外，再无
其他选择余地。至此，智化兵不血刃收复了君山。智化凭借的是出人意表的行
事方法。说得更明确一点，就是做事不择手段。智化行事，从不考虑其方法是
否符合社会规范，甚至不讲求是否符合江湖道义，他要的只是正义的目的和圆
满的结局。这是极其典型的道教"不受世俗礼法限制"思想的体现。智化的这
一思想底蕴，使得他逾越了北侠无法挣脱的拘束，成为一个活泼的人物。

　　6. 小诸葛沈仲元

　　小诸葛沈仲元是七侠里头最后才加入的人，原本是在襄阳王底下做事，但
后来看出襄阳王难成霸业，所以有意改投开封府，曾指引韩彰、徐庆两人擒贼，
原以为这两人会帮自己引荐包大人，但韩徐二人却自己顾着说话没搭理他，小
诸葛自负头脑聪明高人一等，几时受过这种气，于是一怒之下便把包公门生也
就是现任武昌府钦差大人颜查散给偷了出来，存心挫挫开封府众人锐气，也好

报这一箭之仇，这一举动搞得七侠五义加小五义为了追查颜大人的下落可是个个人仰马翻，这段故事从《小五义》初演到尾，可是好不容易才将这公案了结，而颜大人倒挺宽宏大量，沈仲元认错投武昌，此事也就善罢。

7. 钻天鼠卢方

卢方，为松江陷空岛卢家庄卢太公之子，自小生长在渔船上，有爬杆之能，每逢船上篷索断落，卢方爬桅结索，动作如猿猴，因此得绰号"飞天鼠"。身强力壮，粗汉子也，然而粗中有细，义薄云天，为五鼠的老大，与其他四鼠合称"陷空岛五义"。卢方在跟随包拯之前掌管陷空岛卢家庄，曾因为兄弟情长，与其他四鼠不服武功在展昭之下而大闹东京。后来被包拯招为属下，从此为朝廷尽心尽力，忠心耿耿，御封为六品校尉。

8. 彻地鼠韩彰

韩彰，为陷空岛五鼠之一，祖籍不详。排行老二，因善打毒药镖，会挖地雷，人称"彻地鼠"，与钻天鼠卢方、穿山鼠徐庆、翻江鼠蒋平、锦毛鼠白玉堂共称为"五义"。手使一把浑铁雁麟刀，五鼠中武功仅次于白玉堂。韩彰没有子女，只有一义子"霹雳鬼"韩填锦，人很实在、谨慎，能说到做到讲信用，但性格很倔强。后同众鼠归降开封府，辅佐包大人。在《白眉大侠》中被紫面金刚王顺用镖正中颈喉而亡。

9. 穿山鼠徐庆

徐庆，字泽莲，陷空岛五鼠之一，山西大同人。排行老三，人称"穿山鼠"，与钻天鼠卢方、彻地鼠韩彰、翻江鼠蒋平、锦毛鼠白玉堂共称为五义。徐庆手使大锤，力量很大，人很孝顺，后同众鼠归降开封府，辅佐包大人。

10. 翻江鼠蒋平

蒋平，字泽长，金陵人氏，擅长游泳，能在水中潜伏数个时辰，并且开目视物，在水中来去自由，因此得名"翻江鼠"，陷空岛五义之一，排行老四。他身材瘦小，面黄肌瘦，形如病夫，为人机巧灵便，是五鼠中的智囊，在殿试时蒋平跳入深海中捉到了皇上的心爱之物金蟾，被御封为六品校尉，在开封府供职。

11. 锦毛鼠白玉堂

白玉堂，字泽琰，因为展昭的一个"御猫"

称号而大闹东京，轰动江湖：寄柬留刀，忠烈题诗郭安丧命，盗三宝，机缘巧合下与其他四鼠入朝拜官，后来在镇压襄阳王的斗争中陷入铜网阵而死。性格高傲，年少华美，侠肝义胆，行事亦正亦邪。《七侠五义》中"五义"之一。为浙江金华白家岗人氏，武生员。因少年华美，气宇不凡，文武双全，故人称"锦毛鼠"。白玉堂于"五义"中为五弟。亦曾被御封为四品护卫，供职开封府。

白玉堂的性格，具有多个侧面，在原书人物中是最为复杂的。他英雄侠义，初登场，就显其慧眼，与有志有德的贫寒书生颜查散结为兄弟，并为其鸣冤，多方救助。最后，为探谋反朝廷的襄阳王的虚实，三闯冲霄楼，终于命丧铜网阵。正所谓以英雄侠义始，以英雄侠义终。他少年气盛，性情高傲。他闻听展昭受封"御猫"，便觉"五鼠"减色，遂专程赶赴京师与展昭一比高低，先于皇宫内苑中杀了意欲谋害忠良的总管太监郭安，又于忠烈祠内狠狠地戏耍并整治了奸太师庞吉，所干之事，均系无法无天的惊人之举，又都不离"侠义"二字。

（三）《七侠五义》的核心思想

小说把侠客义士的除暴安良行为，与保护官府大臣、为国立功结合起来，南侠、五鼠均被授皇家护卫，表现了宣扬忠义和维护封建统治秩序的思想。但是，侠客义士依附统治阶级中的正面人物，与邪恶势力对立，仗义除暴，为民申冤，反映了人民群众的某些思想和愿望。小说明显地表达了人们对清明政治的要求和对是非善恶的态度，具有一定的意义和认识价值。如小说揭露和抨击了太师庞吉恃宠结党营私，诬陷忠良；庞昱荼毒百姓，抢掠民间妇女；苗秀父子鱼肉乡里，重利盘剥；葛登云、马刚肆虐逞凶，为害地方等。同时，对嫌贫爱

富的柳洪、雪中送炭的刘洪义、嫁祸于人的冯君衡等，褒贬态度亦极鲜明。

（四）《七侠五义》的艺术成就及不足之处

1. 艺术成就

《七侠五义》是侠义小说与公案小说合流的代表作品，也是整个侠义公案小说的代表作品，对中国近代评书、武侠小说乃至文学艺术影响深远。其艺术成就有以下几方面：

（1）叙事技巧

《七侠五义》的叙事技巧很有特色，这是得到广大读者喜爱的重要原因。小说擅长编排故事，常常是故事生故事，故事连故事。大故事套小故事，小故事引大故事，近故事接远故事。几个故事次第发展，交互接续叙说，以此设置悬念。又常用偶巧连接故事，用巧合解套故事。随着关键案子的结束，相关案子一齐审结。这也是评话常用的技巧，吸引听众连听不辍。例如，在第二十三回至第二十七回，一共写了四个案子：一是赴京赶考的秀才范仲禹夫妇惨遭葛登云抢劫横死案；二是由范仲禹坐骑黑驴子被好酒贪利的屈生所占后，又被李保谋财害命案；三是道士苦修檐盗被逼勒自缢而死的范妻白氏棺材案；四是包公查访新科状元失踪案。此四个案子是相辅相成、相依相伏的。第一、第二个案子由驴子连接，第一、第三个案子以檐棺连接，纯属偶然，第二、第三个案子之间却由白氏与屈生互附灵魂来连接，第一与第四个案子有因果关系。在叙写的过程中还巧生枝叶、横起波澜，熟练运用巧合的艺术手段，故事连接而独立，线索繁多而不乱。小说故事情节的设计编排大抵如此。

（2）人物塑造

《七侠五义》在人物的塑造上也给后人有益的借鉴。

首先是塑造了包公这个典型的清官形象。包公是历史人物，也是艺术形象。虽然在此前的小说与戏剧里已经有包公这一人物，但成为老百姓口中谈资的包公，成为老百姓心中可依赖的惩恶扬善的象征的清官包公，《七侠五义》的着力塑造是功不可没的。

包公形象的方方面面都体现了老百姓渴望忠臣清官的愿望。第一是不畏权贵、刚正不阿。包公的对手常常是权臣高官，甚至是皇亲国戚。包公能报国以忠，执刑以法，体现忠臣的高风亮节。第二是不徇私情、执法如山。在假包三公子诈骗案中，虽系误传，但他"气的是大老爷养子不教，恨的是三公子年少无知……恨自己不能把他拿住，依法处治"，表明他对亲友犯法的鲜明态度，从而体现清官的形象。第三是重视证据、正确断案。在包公所断"吴良图财害死僧人案"中，他亲临伽蓝殿实地调查，取得证据，审得真凶。审判皮熊、铡庞昱、访李妃也是如此，从而体现能臣的形象。忠臣、清官、能臣正是老百姓所渴望的。

《七侠五义》中的侠客义士，侠义之风相似，而个性迥异，给读者留下深刻的印象。展昭忍让谦和、兢兢业业，白玉堂心高气盛、锋芒毕露，卢方忠诚笃实，蒋平机警幽默，等等。小说把展昭描写成完人与楷模，而白玉堂则塑造成失败的英雄，这种区别处理，也有它的合理之处与魅力。

(3) 语言特色

《七侠五义》的语言充满了口语特色，善用谚语、歇后语，语言幽默诙谐、清新畅白、干净爽洁、亦雅亦俗。

2. 不足之处

小说对明君的美化与对清官的歌颂有违现实主义的创作规范，也不能揭示社会的本质，只能迎合百姓的依稀的愿望与朴素的是非取向。而小说对韩彰、徐庆等四侠客劫取不义之财的肯定，对智化、艾虎师徒和丁兆兰、丁兆惠定计盗珠冠、出首作假证，以栽赃诬陷手法制伏权奸马朝贤叔侄的热情颂扬，则尤其符合底层百姓的情感倾向与价值判断。小说的基本思想倾向积极健康，浓厚的封建迷信意识及封建伦理道德观念，则应予以否定。

《封神演义》和神魔小说

    中国神魔小说来源于鲁迅的提法，该类小说在明清时期较为兴盛，有《西游记》《封神演义》《镜花缘》等优秀作品传世。然而在避讳宣传"怪、力、乱、神"的中国古代，该流派小说的作者或湮没无闻，或不知真名，或作品被禁止。其语言风格不拘一格，想象力丰富，背景或为虚幻或为海外某地假托，综合宗教、神话等民间喜闻乐见的形式，因此至今广为传颂。不少文人或依历史事件，或依流行的神魔故事，创作了大量名著。

一、神魔小说的起源

（一）神魔小说的历史变迁

神魔小说的发展经历了一个漫长的历程。在远古时期，由于人们对社会、自然及人类本身认识低下，无法解释很多现象，对世界万物都有一种神秘感，这直接促成了中国古代神话的萌芽，人们由此创造出了多种类型的神话传说。这些传说经过历朝历代人们的不断丰富，一直延续至今。下面，就让我们一起看看神魔小说在历史发展过程中的几个典型时期。

1. 远古神话

中国远古神话发源于"九州岛"，也就是中国文明的中心区域。就现存材料来看，中国上古神话的主题比较集中于灾难、救世、文化超人等方面。

中国神话中文化超人的材料真可谓汗牛充栋，不能胜记。如始画八卦的庖牺氏，发明用火的燧人氏，建筑居室的有巢氏，发展种植业的神农氏，发明丝织养蚕的嫘祖，创制牛车的王亥，发明弓矢的少昊之子以及创造不可胜数的黄帝。

关于中国神话的创世，有两种说法。一是女娲"创世"。女娲是中国上古神话中的创世女神。传说女娲用黄土仿照自己造成了人，创造了人类社会。还有传说女娲补天，即自然界发生了一场特大灾害，天塌地陷，猛禽恶兽都出来残害百姓，女娲熔炼五色石来修补苍天，又杀死恶兽猛禽。另传说女娲制造了一种叫笙簧的乐器，于是人们又奉女娲是音乐女神。至今中国云南的苗族、侗族还将女娲视为本民族的始祖加以崇拜。

还有一个说法就是盘古开天地。传说在天地还没有开辟以前，宇宙就像是一个大鸡蛋一样混沌一团。有个叫作盘古的巨人在这个"大鸡蛋"中酣睡了约 18000 年后醒来，发现周围一团黑暗，于是盘古张开巨大的手掌向黑暗劈去，只听一声巨响，"大鸡蛋"

搜神记

碎了，千万年的混沌黑暗被搅动了。其中又轻又清的东西慢慢地上升并渐渐散开，变成蓝色的天空；而那些厚重混浊的东西慢慢地下降，变成了脚下的土地。凭借着自己的神力，盘古终于把天地开辟出来了，此时，他已筋疲力尽。盘古临死前，他嘴里呼出的气变成了春风和云雾；声音变成了雷霆；他的左眼变成了太阳，右眼变成了月亮；头发和胡须变成了夜空的星星；他的身体变成了东、西、南、北四极和雄伟的三山五岳；血液变成了江河；筋脉变成了道路；肌肉变成了农田；牙齿、骨骼和骨髓变成了地下矿藏；皮肤和汗毛变成了大地上的草木；汗水变成了雨露；而盘古的精灵魂魄在他死后变成了人类。

2. 魏晋南北朝时期的志怪小说

志怪小说主要指魏晋时代产生的一种以记述神仙鬼怪为内容的小说，也包括汉代的同类作品。是在受当时盛行的神仙方术之说而形成的侈谈鬼神、称道灵异的社会风气的影响之下形成的。

志怪小说的内容很庞杂，大致可分为三类：炫耀地理博物的琐闻，如东方朔的《神异经》等；记述正史以外的历史传闻故事，如托名班固的《汉武帝故事》等；讲说鬼神魔异的迷信故事，如东晋干宝的《搜神记》等。志怪小说对唐代传奇产生了直接的影响。

魏晋南北朝时期是一个战乱频繁的年代，人们生活困苦，饱受压迫，只能从鬼事中寻求安慰。这一时期的志怪小说创造出了丰富多彩的志怪内容，它作为一种素材为以后的小说、戏曲提供了大量的形象和题材来源。

魏晋南北朝的志怪小说，数量很多，保存下来的完整与不完整的尚有三十余种。其中比较重要的有托名汉东方朔的《神异经》《十洲记》，托名郭宪的《汉武洞冥记》，托名班固的《汉武帝故事》《汉武帝内传》，托名魏曹丕的《列异传》，晋张华的《博物志》，王嘉的《拾遗记》，荀氏的《灵鬼志》，干宝的《搜神记》，托名陶潜的《搜神后记》，王琰的《冥祥记》，刘义庆的《幽明录》，南朝梁吴均的《续齐谐记》，北齐颜之推的《冤魂志》等。其中干宝《搜神记》成就最高，是这类小说的代表。

志怪小说的内容包含了很多远离佛、道宗教因素的善恶报应的内容，也有佛教宣传教义的因果报应的内容，这些小说客观上起到一定的劝惩作用。善恶报应蕴涵的道德价值是值得肯定的，只是在当时的封建社会，由于法纪不严明、法律不平等，善恶的因果报应往往得不到体现。

魏晋南北朝时期可以说是我国小说发展史上宗教感最强的时期。《搜神记·董永》中的董永自幼丧母，靠自己种地劳动养活父亲。父死，无钱安葬，永便自卖其身以葬父。后人传为佳话，拥永为孝子楷模，列为二十四孝之一。为宣传之需，将董永作为文学创作题材，并加以神化，遂有董永至孝、感动天地、仙女助织还债的故事。表面上是一个人仙结合的爱情故事，实际上则是董永的孝心感动了天帝，天帝派织女下凡帮助董永偿债，偿债完毕后，织女就"凌空而去，不知所在"了。

3. 唐传奇

唐传奇是指唐代流行的文言短篇小说，它远继神话传说和史传文学，近承魏晋南北朝志怪和志人小说，是一种以史传笔法写奇闻逸事的小说体式。唐传奇内容更加丰富，题材更为广泛，艺术上也更成熟。唐传奇"始有意为小说"，标志着中国古代小说创作进入了一个新的创作阶段。

唐朝时期，社会稳定，经济繁荣，人们安居乐业。这一时期的作品大多充满自信和浪漫的精神，内容上多为人们建功立业和追求浪漫奇遇生活。唐传奇在文学的想象、精神和题材方面，是和六朝志怪一脉相承的；在文体方面则继承了《史记》以来的叙事传统，在具有浪漫精神的同时，具有更完整的叙事、更婉转的情节、更细致的描写、更真切的人情。这一时期，产生了很多优秀的作品，唐传奇成为我国文言小说发展过程中的第一个高峰。

唐传奇在神魔小说的发展过程中起着关键的作用。在唐传奇中，仍然有很多神仙、鬼怪以及因果、宿命的元素。但是人们对现实的社会和人生倾注了更多的关注。

唐传奇除记述神灵鬼怪外，还大量记载了人间的各种世态，人物有上层的，也有下层的，反映面较过去更为广阔，生活气息也较为浓厚。在艺术形式上，"叙述婉转，文辞华艳，与六朝之粗陈梗概者较，演进之迹甚明"。唐传奇的出现，标志着中国古代短篇小说趋于成熟。

唐传奇对神魔世界的描绘主要是为了表现作家的现实情感。传奇中的人神相爱、人鬼（魂）相爱、人狐相爱、普通士子和闺中女子的相爱，已不再是宗教的善恶果报，而是表现了作家对美好爱情的憧憬和愿望，写出了青年男女获得真挚爱情艰难曲折的过程。

《古镜记》中主人公王度，自述大业七年从汾阴侯生处得到一面古镜，能辟邪镇妖，携之外出，先后照出老狐与大蛇所化之精怪，并消除了疫病，出现了一系列奇迹。后其弟王绩出外游历山水，借用古镜随身携带，一路上又消除了许多妖怪。最后王绩回到长安，把古镜还给王度。大业十三年古镜在匣中发出悲鸣之后，突然失踪。篇中以几则小故事相连缀，侈陈灵异，辞旨诙诡，尚存六朝志怪余风。但篇幅较长，加强了细节描写和人物对话，富有文采，代表着小说从志怪演进为传奇的一个发展阶段。

《柳氏传》讲述了寒士韩翊与富而爱才的李生为友。李生有个美貌如花的妾柳氏，爱慕韩翊的才华，李生得知柳氏的心意，便将柳氏嫁给韩翊。后来安史之乱，柳氏剪发毁形，寄身佛寺。两京收复后，韩翊让人去找柳氏，并寄以诗曰："章台柳，章台柳，昔日青青今在否？纵使长条似旧垂，亦应攀折他人手。"柳氏感泣，答以诗，希望早日团聚。不久，柳氏被人劫去。一日，柳氏偶于车中见韩翊并紧随其后，于是女婢将其处境告诉韩翊。后韩翊救出柳氏，两人团圆。许尧佐通过这一发生在动乱岁月中的悲欢离合故事，歌颂了坚贞的爱情，并从侧面透露了安史之乱及乱后番将跋扈给人民带来的灾难，成功地刻画了柳氏等人的鲜活形象。

4. 神魔小说

中国神魔小说来源于鲁迅的提法，该类小说在明清时期较为兴盛。其语言风格不拘一格，想象力丰富，背景或为虚幻或为海外某地假托，综合宗教、神话等民间喜闻乐见的形式，因此至今广为传诵。不少文人或依历史事件，或依流行的神魔故事，写了大量名著。

神魔小说主要有：《西游记》（吴承恩）、《封神演义》（许仲琳，一说陆西星）、《镜花缘》（李汝珍）、《绿野仙踪》（李百川）、《野叟曝言》（夏敬渠）、《女仙外史》（吕熊）、《三宝太监西洋记》（罗懋登）、《八仙全传》

（无垢道人）、《三遂平妖传》（罗贯中）、《后西游记》（天花才子评点）、《西游补》（董说）。

《西游记》是中国小说甚至中国文学、中国经史子集所有著作中知名度最大的著作，可谓妇孺皆知。《西游记》共一百回，以唐玄奘西天取经途中发生的故事为主干，记述了三藏法师一行四人，历尽千辛万苦，经过九九八十一难，最终扫尽沿途妖魔鬼怪、取回真经的故事。这是一部充满浪漫主义色彩的中国古代神话幻想小说，它神幻离奇、浪漫诙谐、雅俗共赏，人物性格刻画鲜明，堪称文林独秀。

《西游记》着重表现了孙悟空斩妖除怪、不畏艰险、勇往直前、积极乐观的斗争精神和美好品德，突出地表现了他在跟妖魔作斗争中显示出的坚强的斗争决心和高超的斗争技巧，例如，他善于透过迷人的假象认清妖怪的本来面目；他总是除恶务尽，从不心慈手软；斗争中注重了解敌情，知己知彼，克敌制胜，根据不同的斗争对象，变换不同的策略和战术等等。凡此，都是现实生活中人民群众长期社会斗争经验的艺术概括。

《西游记》创造了神奇绚丽的神话世界，具有强烈的艺术魅力。天上地下，龙宫冥府，为人物的活动开辟了广阔的天地，可以无拘无束地充分施展其超人的本领。情节生动、奇幻、曲折，表现了丰富大胆的艺术想象力。

另有《镜花缘》，为嘉庆朝李汝珍在海州（今连云港市）所作，受《山海经》《红楼梦》影响颇大，内容不仅光怪陆离，且充满才华，乃千古奇作。又有《封神演义》，受《西游记》《三国演义》影响，（杨戬斗袁洪、黄飞虎过五关）在神魔小说中影响力仅次于《西游记》。《野叟曝言》亦曾红极一时。

（二）神魔小说产生的原因

任何小说流派的繁盛都与其所处的社会文化背景有着或隐或显的关系，然使其真正发光却是来自民间的魅力。神魔小说的产生和发展正是受到古代人们心理上普遍存在的神秘感的影响。

神魔小说是文学史上年代最为久远、数量最为丰富的，以神魔鬼魅等非人世、非现实事物为描写对象

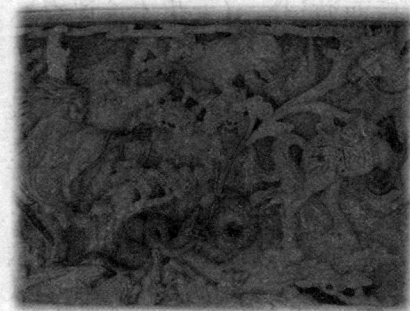

的作品，历代许多文人学士如曹丕、张华、干宝、陶潜、刘义庆、祖台之、牛僧孺、段成式、洪迈、罗贯中、吴承恩、蒲松龄、袁枚、纪昀、王韬等，都曾满怀艺术激情，创作了大量神魔小说的不朽之作。

1. 神魔小说的产生根源于唯物主义

远古时期，人类开始关注天地万物，对很多自然现象无法正确解释，于是在头脑中产生一种神秘感，创造出很多鬼神形象。这种神秘感来源于原始思维和远古的鬼神信仰，来源于对未知世界的探求和思索，而道教的出现和佛教的传入，又使神秘感进一步强化。神秘感影响下的作家的创作心理和读者的接受心理，对神魔小说的繁荣起到极大的推动作用。

被称为"古今语怪之祖"的古老典籍《山海经》是中国先秦古籍，全书共十八卷，其中《山经》五卷，《海经》八卷，《大荒经》四卷，《海内经》一卷，共约31000字。该书涵盖了民间传统地理知识，包括山川、地理、民族、物产、药物、祭祀、巫术等；保存了不少远古的神话传说；记载了一百多邦国，五百五十座山，三百水道以及邦国山水的地理、物产和风土人情。

《山海经》最重要的价值在于它保存了大量神话传说，记录了祖国的山川及其中蕴藏的"珍宝奇物"以"类物善恶"，反映了先民对于"外物"的高度重视。这些神话传说除了我们大家都很熟悉的如夸父逐日，鲧、禹治水等之外，还有许多是人们不大熟悉的，是今天我们研究原始宗教的难得材料。同时神话传说在一定程度上又是历史。

2. 神魔小说与宗教的关系

中国早期出现的神魔小说，宗教色彩是相当淡薄的，这与当时宗教未兴的社会状况相关。而随着宗教在社会生活中的出现和发展壮大，如佛教天竺东来、道门中土勃兴，宗教特含的那种丰富的想象力和虚构的幻想世界正与神魔小说所追求的趋向相契合，则神魔小说中引入宗教文化成分也就是势在必行了。宗教自身为了发展壮大，也在积极催生甚至直接创造着小说，如此之下几百年，到了明清长篇幅大部头的神魔小说出现之时，可以说已经没有一部作品中不存在或佛或道的宗教影子了。

明代中叶以后，整个文化思潮趋向于儒、道、佛三教归一。

宣扬"三教合一"是神魔小说出现的社会和思想环境，但神魔小说本身却不是宣扬宗教的教义。神魔小说出现的背景，是在宗教的影响下，人们对神秘未知世界的揣度，之所以"幻惑故遍行于人间""妖妄之说自盛"，是在人们的意识当中存在着另外一个和人世并行共存的神秘世界和空间，那里是神仙和魔怪生存的地方。

在六朝志怪小说中，处处可以感受到宗教对小说的巨大影响，佛、道两教方士的自神其教及求仙得道、善恶报应随处可见。佛、道两教为争夺教众，通过小说自神其教的作品比比皆是，这些宣教作品的目的自然是宣扬其宗教的神秘性。

《神仙传·张道陵》就是讲述张道陵得道的经过。张道陵生性聪明，悟性极佳，7岁便能通读《道德经》，对天文地理、经书谶纬一点就通，举一反三。建武中元（56年）四月光武帝举贤良方正，张道陵被荐入太学学习，明帝永平年间授以江州令。因厌于官场，毅然辞官修道，拜魏伯阳为师，入阳羡山中修炼长生之道。后到天目山设坛讲道，声名远播。出浙江后，沿淮河、黄河、洛河游历，在洛阳北邙山修炼三年，功力大进，揩弟子王长、赵升赴桐柏太平山、贵溪云锦炼天神丹。丹成之后，云锦山上时有龙虎之形显现，故人们改称此山为"龙虎山"。后又在河南嵩山石室之中寻得《三皇内经》《黄帝九鼎经》《太清丹经》等秘籍符录，道业已出神入化。闻知巴蜀之地疹气为灾，遂带二徒急急赶去，解民困苦。汉顺帝永和六年（141年）著成《道书二十四篇》；汉安元年（142年），在鹤鸣山中正式倡立道教，奉老子为"太上老君"，自任教主。因凡初入教者需交五斗米为本，故称之为"五斗米教"，对当时和后世都产生极其深远的影响。汉桓帝永寿二年（156年）正月初七日，张道陵在众人目睹之下白日升天，时年123岁。

《西游记》便是这种宗教大融合思潮下创作出的神魔世界的杰出之作，是我国古代神魔小说的压卷之作。书中多有关于佛、道的描写，以唐僧取经作为贯穿全文的线索，弥漫着对于佛教极乐世界的向往。但来自民间的作者吴承

恩似乎对民间传统和道教方术更为熟悉，他认同道教的内丹派，常常使用如心猿意马、金公木母、灵台方寸一类的比喻性术语，甚至将"三藏真经"中的三藏用民间道教的"谈天说地度鬼"来解释。而当评判世道人心时，又自然以儒学作为衡量的标准。《西游记》的出现，是佛教题材成功融入神魔小说的划时代标志，它最突出的成就是第一次将观音从顶礼膜拜的符号变成了集真、善、美于一身的艺术形象。

《封神演义》也体现了很浓重的宗教元素在其中。这部作品描绘了一场规模宏大的神魔战争，也塑造出了一个包容庞大的神魔阵营。正如中国古代的其他神魔小说一样，这些神魔大多是取自佛道二教，身上带有宗教文化的影子，而许多宗教观念和宗教意识在书中也随处可见。从"老子""元始天尊""接引""准提"等主要人物的姓名，逍遥超脱、生死轮回等宗教观念意识中我们都可以体会得到。《封神演义》表现出中国文化中明显的"合一"思想。在《封神演义》中除了有着明确教派归属的阐教、截教、西方教派的众神，还有相当数量的无教派分子，例如"武夷山散人"萧升、曹宝，"西昆仑闲人"陆压，"白云洞散人"乔坤等。燃灯道人似乎也是一位不列于教宗之中的散人，他道行甚高，每逢阐教有难，他就会自动跑来帮忙，他的立场是鲜明地站在阐教这一边的。

纵观各种宗教在中国的发展史，许多外来宗教都曾在不同阶段煊赫一时，但从长远来看，真正反映了中国民众的生活情趣、吸收了中国文化的渊源、给予中国人最深远影响的还是道教。佛教虽然在充分汉化后也已经融入了华夏文明之中，但相比道教对中国文化影响之深，其仍是差距难免。

鲁迅在《中国小说的历史的变迁》中提到中国的宗教斗争时说道："历来三教之争，都无解决，大抵是互相调和，互相容受，终于名为'同源'而后已……思想是极模糊的。"用这段话来解释《封神演义》中纷乱芜杂的道释文化交融现象似乎正得要义。许仲琳的《封神演义》与同时期其他形形色色的神魔小说一起，构成了我国历史上幻想文学的最辉煌的阶段。书中所展现的文化汇合更成为明代文化交流与融合的一面镜子，具有一定的文学和社会学价值。

由此可见，"三教同源"的文化背景对神魔小说具有极大的催生作用。然鲁迅在某种程度上对所谓"三教同源"是持否定态度的，认为这种情况实际上也反映了中国国民性中"无特操"的一面，从本质上讲就是无坚定的宗教和文化信仰，而只是在一种鄙俗的自私的心态下随世俯仰，毫无定见的精神状态。

3. 神魔小说的产生与侠文化有着密切关系

受明中叶以来个性解放思潮的影响，明代作品中人物的侠意识较多受主体自由人格的支配，行侠仗义多出于个人意志，不受外界左右，表现了人类主张个性的张扬。

神魔小说多角度地展示了侠文化的影响，体现了侠义精神的文化本质。神魔小说与侠文化的不解之缘是由这个流派产生的社会历史环境决定的。明清时代已步入封建社会的衰落期，生产关系与生产力的不适应性更加突出。内忧外患、天灾人祸、兵匪盗贼、贪官污吏，地痞恶霸构成了苦难百姓凄惨的生活图景。仅以神魔小说发生与鼎盛期的万历年间论，即可窥斑知豹。明中叶以来，皇帝无不昏庸荒淫，任由宦官专权，兼并土地，为所欲为。神宗万历皇帝更有过之而无不及。这位被臣下称之为"酒色才气"四全的帝王，曾三十年不临朝视政，每日沉湎声色。明代社会形势的急剧恶化便是从他开始的，兵变、民变、边患，加之自然灾害，整个社会可谓暗无天日。据《万历邸钞》记载，万历十五年，南北各地旱、涝、蝗灾并起，"处处皆荒，饥民抢掠四起，不可胜数，疫死者以万数……"上述情形在神魔小说中都有曲折反映。

有关济公的故事传说，在南宋时代即已开始流传。在济公故乡天台一带流传的多是他的出世、童年生活、戏佞、惩恶、扶困济贫的故事，其中如"济公出世""小济公芥菜叶泼水救净寺""利济桥""棒打寿联""赭溪救童""修缘出家"等广为流传。而在杭嘉湖一带流传的故事内容更为广泛，因为这里是济公出家后的主要生活和活动场所，其中以"飞来峰""古井运木""戏弄秦相府"等故事最为脍炙人口。直至明末清初，一部描写济公传奇事迹的著作《济公传》问世了。

《济公传》主要讲述济公济困扶危、惩治强梁、与为富不仁者作对的故事。济公原名李修缘，系"罗汉转世"，27岁出家灵隐寺。他不戒酒肉，佯狂似颠，故称济颠。该书目多由济公降世、十度说起，

至三探娘舅、九僧擒韩殿、西天朝佛缴法旨止。其中有淫贼华云龙盗走相府珠冠，济公三擒华云龙；金山寺八魔炼济颠，太乙真人、长眉罗汉助济公降魔；小西天盗贼狄之昭杀人移祸，狄小霞、谭宗旺错配夫妻，济公点化狄小霞共破小西天；五云阵斗法等主要回目。

　　哪吒闹海是人们熟悉的神话故事。传说托塔李天王在陈塘关做总兵时，夫人生下一个肉蛋。李天王认为是不祥之物，一剑劈开，却蹦出一个手套金镯、腰围红绫的俊俏男孩，这就是后来起名为哪吒的神童。哪吒自幼喜欢习武，有一天，他同小朋友在海边嬉戏，正好碰上东海龙王三太子出来肆虐百姓，残害儿童。小哪吒见此恶徒，义愤填膺，挺身而出，打死三太子又抽了它的筋。东海龙王得知此讯后，勃然大怒，降罪于哪吒的父亲，随即兴风作浪、口吐洪水。小哪吒不愿牵连父母，于是自己剖腹、剜肠、剔骨，还筋肉于双亲，借着荷叶莲花之气脱胎换骨，变作莲花化身的哪吒。后来大闹东海，砸了龙宫，捉了龙王。人们借助这个神话故事，发泄对造成水害的龙主王（最高封建统治者）即"真龙天子"的怨恨。

　　神魔小说的侠意识突出表现在对于忠孝节义的宣扬上，这与清代统治者推行的文化政策密切相关。清人入关以来就注意以程朱理学恢复对人们的思想的约束，且大兴文字狱，终清一代文祸不断。明中叶以来宽松的人文环境复为主流传统所侵占，文化失控状态回归于伦理轨道。在理学再行主导的文化环境中，神魔小说的侠义精神不可能不染上忠孝伦理色彩。《济公传》《八仙全传》笼罩全篇的观念是"孝"，济公扶助的对象如樵夫高广应、手工业者董士宏等都是"事母至孝"者，而凡是遇到不孝者，济公无不予以惩处，令其改过。如此神道设教在该期的神魔口中比比皆是。

二、神魔小说的特点

（一）神魔小说体现了对外物的关注

一提起神魔小说，人们就会想到神与神之间、魔与魔之间或神与魔之间的故事。其实除了对神魔的描写外，神魔小说还十分关注外物，这些对外物的描写可以烘托气氛，增强小说的趣味性，使读者有身临其境的感觉。

东方朔的《神异经》中就记载了许多异物，高千丈、围百丈、本上三百丈的樟树；高八十丈、叶长一丈、广六七尺的桑树；其子径三尺二寸、食之令人益寿的桃树；昼夜火燃、得暴风不猛、猛雨不灭的"不昼之木"；三百岁作花、九百岁作实、食之不畏水火、不畏白刃的"如何树"；重千斤、毛长二尺、居火洞中、以水浇之即死的火鼠；居于百丈厚冰下、重千斤的蜍鼠；高千尺、飞时其翼相切如风雷的大鸟；昼在湖中、夜化为人、刺之不入、煮之不死的横公鱼；生在蚊翼之下、藏于鹿耳之中、既细且小的蜚虫等等，这些异物看似不可思议，却符合神魔所生活的世界。再如任昉的《述异记》，也记录了许多殊方异域的珍奇动植物，如"吐绶长一尺、须臾还吞之"的吐绶鸡，"春生碧花，春尽则落；夏生红花，夏末则凋；秋生白花，秋残则萎；冬生紫花，遇雪则谢"的长春树之类。这些遐想的动植物，由于与人们的日常经验相距甚远，故被视之为"异"。

到唐代后期，出现了又一部神魔小说集即张读的《宣室志》，该书也不无例外地对外物进行了大量的描写。青蛙、蚯蚓、蜘蛛、蛴螬、蛇、犬、鼠、兔、狐、猿、驴、马、柳、槐、杉、丹桂、葡萄、蓬蔓、梨、人参、水银等等，都衍生出许多曲折动人的故事。

编成于太平兴国三年的《太平广记》是宋人编的一部大书，全书按题材分为九十二类，其中神魔故事所占比重最大。而这部书的重大价值，在于它第一次以自己独特的眼光对丰富的小说遗产进行了新的分

类，指明了神魔小说的本质特征乃在对于"物"亦即大自然的重视。此书将"神仙"和"女仙"置于全书的开头，紧接其后的是与道释两家有关的内容，但这并不意味着编者有"宣传宗教迷信"的用意，只不过是为了适应世俗的习惯罢了。"神仙"实际上是"仙"，而"神"则是由世上的万物（也包括人）生发变化而成的，《太平广记》将二者明确区分开来，具有特殊的意义。尤其重要的是，山、石、木，是一切生物（包括人类）必要的生存环境，是一切生命存在的前提，这一列目的建立，本身就是一大突破。草木（又分为木、草、草花、木花、果、菜、五谷、茶、芝、苔、香药等）、畜兽（又分为牛、马、骆驼、骡、驴、犬、羊、豕、猫、鼠、鼠狼、狮子、犀、象、狼、鹿、兔、猿、猕猴、猩猩、狨及专门列目的狐、虎）、禽鸟（又分凤、鸾、鹤、鹄、鹦鹉、鹰、鹘、乳雀、燕、鹧鸪、鹊、鸡、鹅、鹭、雁、雀、乌、枭等）以及水族和昆虫等类别的分立，包容了众多的以生物为主角的故事，可以说已经将中国古代神魔小说的精华囊括无遗，真正起到了"以尽万物之情，足以启迪聪明，鉴照古今"的作用。

（二）神魔小说体现了人与自然的关系

我们所在的现实世界，就是由人类社会和自然界双方组成的矛盾统一体，两者之间是辩证统一的关系。一方面，人与自然相互联系、相互依存、相互渗透，人由自然脱胎而来，其本身就是自然界的一部分。随着生产力水平的提高，人类认识自然、改造自然的能力不断增强，现在的自然已经不是原来意义上的自然，而是到处都留下了人的意志印迹的自然，即人化了的自然。另一方面，人与自然之间又是相互对立的，人类为了更好地生存和发展，总是要不断地否定自然界的自然状态，并改变它。而自然界又竭力地否定人，力求恢复到自然状态。人与人之间的关系，在一定程度上可以说是建立在人与自然关系的基础之上的，或者说是由人与自然的关系派生出来的。正因如此，中国传统的文学作品，除了重视反映人与人之间的关系，还十分重视反映人与自然之间的关系，而后者则是神魔小说所独擅的领地。

体现人与自然之物（神魔正是物的变形）之间的沟通和理解的《搜神记》中，有一篇《感应篇》。叙述的是：晋魏郡亢阳，农夫祷于龙祠，得雨，将祭谢之。孙登见曰："此病龙雨，安能苏禾稼乎？"嗅之，水果腥秽。龙时背生大疽，闻登言，变为一翁求治，曰："疾瘥，当有报。"能呼风唤雨的龙，反过来要求弱小的凡人为之诊治，这种人神本领倒置的现象，在《搜神记》中并不是孤立的。卷二十《黄衣童子》写杨宝救出为鸱所搏的黄雀，《隋侯珠》写隋侯救出被砍断的大蛇，都是历来为人熟知的故事。

祖台之的《志怪·陈悝》也反映了人与自然之物之间的关系。水中之神江黄误落陈悝设下的鱼网之中，失去了生存所必需的水，还遭到小人的凌辱。但对于陈悝，江黄并不表示怪罪，因为那是他为了维持生计的正常生产活动，唯独对于凌辱自己的小人，却要进行惩罚，集中表达了弱小动物也需要得到人的尊重的深刻内涵。

戴孚《广异记》中此类故事更多，如：张渔舟结庵海边，有虎夜间突入，举左足以示，张渔舟见其掌上有刺，乃为除之，"虎跃然出庵，若拜伏之状"（《张渔舟》）；莫徭于江边刘芦，有大象奄至，卷之上背，行百余里，见有老象卧而喘息，举足以示，足中有竹丁，莫徭以腰绳系竹丁为拔出，脓血五六升许（《阆州莫徭》）。

在古神魔小说中，多数神魔都是某种自然之物的化身，他们远不是永恒的、万能的、至高无上的神灵，他们有自己的弱点，也都可能陷入困顿的境地，因而需要人类的帮助。而在多数场合，他们都能得到人的理解和救援。这和西方哲学家伊壁鸠鲁所认为的神是"达于完善之境的人形的东西""人总是想把人类的美德联系到他们关于神的观念上"是完全不同的。

前面所讲的都是仅动物要求助于人类，其实人也时时需要动物的帮助，他们之间是可以成为好朋友的。《聊斋志异》中的《蛇人》，讲述的是某甲以弄蛇为业，对蛇相当体谅爱惜，"每至丰林茂草，辄纵之去，俾得自适"。等到蛇长大，不能再表演节目了，但蛇人并不无端舍弃甚至加以杀害，而是饲以美饵，祝而纵之，让

它回归大自然中；这蛇亦恋恋有故人之情，既去而复来，蛇人挥曰："世无百年不散之筵，从此隐身大谷，必且为神龙，笥中何可以久居也？"完全是从蛇自身的利益着想。陶潜《搜神后记》的《熊穴》讲到：有人误坠熊穴，须臾有大熊来，人谓必以害己，而大熊取藏果分给熊子，另作一份置此人前，于是双方转相狎习，此人赖以延命不死。其后熊子长大，熊母一一负之而出，寻复还入，坐人边，人解其急，便抱熊足跃出。这两个故事中的人与自然的关系被体现得淋漓尽致。

人与自然在相互联系、相互依存、相互渗透的同时又相互对立，这一点在神魔小说中也多有体现。

如李朝威的《柳毅传》，叙述了柳毅历尽曲折终与龙女结亲之时，龙女犹反复叮咛的一句话："勿以他类，遂为无心。"小说结尾议论道："五虫之长，必以灵者，别斯见矣。人，裸也，移信鳞虫。"作为"裸虫"的人，与作为鳞虫的龙，终于排除了包括心理上的种种隔阂，取得了相互之间的真正沟通。再如《孙恪传》中讲述秀才孙恪与由猿化成的丽人袁氏的感情纠葛，孙恪与袁氏成亲之后，共同度过了十余年的幸福生活，正当她促成孙恪进入仕途，并随其南康赴任，读者期待着一个喜剧结局的时候，事情却发生了大的转折：袁氏每遇青松高山，凝睇久之，若有不快意；乃至于路上看到野猿数十连臂下于高松，悲啸扪萝而跃时，顿时唤醒了她的野性，遂裂衣化为老猿，追啸者跃树而去。袁氏的离去，不是因了"缘分已尽"，也不是由于男方的负心，驱使她抛撇人间真情，决然而去的根本原因，是对于大自然自由生活的怀恋和向往。

神魔小说在描绘人与异物的融合沟通的同时，对虐杀野生动物的行为也予以特别严厉的谴责。《搜神记》卷二十《猿母猿子》讲述：某人入山得猿子将之归，猿母自后遂至其家，"此人缚猿子于庭中树上，以示之。其母便搏颊向人，欲乞哀状，直谓口不能言耳。此人既不能放，竟击杀之。猿母悲唤，自掷而死。此人破肠视之，寸寸断裂。"

刘义庆《宣验记》之《吴唐》篇讲到：吴唐春日将儿出射，正值牝鹿将麑，鹿母觉有人气，呼麑渐出。麑不知所畏，径前就媒，唐射麑，即死。鹿母惊还，悲鸣不已，唐又射鹿母，应弦而倒。至前场，复逢一鹿，上弩将放，忽发箭反激，还中其子。唐掷弩抱儿，抚膺而哭。闻空中呼曰："吴唐，鹿之爱子，与汝何异？"祖冲之《述异记》之《任考之》篇，讲到：任考之见树上有猴怀孕，便登木逐猴，腾赴如飞，猴知不脱，因以左手抱树枝，右手抚腹。考之擒得杀之，割其腹，有一子，形状垂产。是夜梦见一人称神，以杀猴责让之。后考之病狂，因渐化为虎，遂逸走入山，永失踪迹。这些故事带有浓重的报应色彩，一致强调：在尊重母亲对儿女的感情这一点上，人与动物本来应该是相通的，人为一己私利的驱使，竟漠视这一种神圣感情，是决然应该受到谴责的。王仁裕《玉堂闲话》之《狨》篇，以极富感情的笔墨，揭露了猎人捕狨的残忍：狨者，猿猱之属，其雄毫长一尺，尺五者，常自爱护之，如人披锦绣之服也；极佳者毛如金色，今之大官为暖座者是也。生于深山中，群队动成千万。雄而小者，谓之狨奴，猎师采取者，多以桑弧榰矢射之。其雄而有毫者，闻人犬之声，则舍群而窜，抛一树枝，接一树枝，去走如飞；或于繁柯浓叶之内，藏隐其身，自知茸好，猎者必取之。其雌与奴，则缓缓旋食而传其树，殊不挥霍，知人不取之，则有携一子至十子者甚多。其雄有中箭者，则拔其矢嗅之，觉有药气，则折而掷之，颦眉愁沮，攀枝蹲于树巅。于时药作，抽掣手足俱散。临堕而却揽其枝，揽是者数十度，前后呕哕呻吟之声，与人无别。每口中涎出，则闷绝手散，堕在半树，接得一细枝，稍悬身。移时力所不济，乃堕于地，则人犬齐到，断其命焉。猎人求佳者不获，则便射其雌。雌若中箭，则解摘其子，摘去复来，抱其母身，去离不获，乃母子俱毙。

作者以充满同情的心绪，纪录了作为珍稀动物的狨受人残酷猎杀的不幸遭遇，以及对它们既懂得如何自我保护，又重视保护自己后代的精神的歌颂。

（三）用将人化为异物的艺术表现手段来展开故事

《广异记》中的《张纵》篇，讲述了张纵因好啖脍，被罚作鱼的故事。通篇妙就妙在其人虽然在小说规定的情境中已经化为异物，且获得了异物之遭受人的折磨的种种体验，但仍不脱人自身的本性：已经变化成鱼的张纵，"至堂前，见

丞夫人对镜理妆，偏袒一膊；至厨中，被脍人将刀削鳞，初不觉痛，但觉铁冷泓然"，这种心理感受，非人而又似人，文笔非常细腻。

再说李复言《续玄怪录》卷二《薛伟》，薛伟与张纵被罚为鱼不同，他是因爱鱼之乐，主动下水为鱼的。当他幻化为鱼，且充分体验到为鱼的无比自由所带来的快乐后，见到赵干所投之香饵，心亦知戒，曰："我人也，暂时为鱼，不能求食，乃吞其钩乎！"舍之而去；但终究敌不住饥饿的折磨，香饵的诱惑，思曰："我是官人，戏而鱼服，纵吞其钩，赵干岂杀我？固当送我归县耳。"但当他真的吞下了钓饵，被捉了上去，谁也不曾把他当作官人，按颈于砧而斩之。人和自然本是互为依存、融为一体的，以艺术的手法让人幻化为物，并尝试着从物的角度反观人的作为是否合理，是一种理性的反思，它对于正确处理人和自然的关系，无疑是极有启迪意义的。

《西游记》对自然界的细腻观察和出色描写，一向为读者所称道。它既写到了优美的山水胜景，如"一派白虹起，千寻雪浪飞"的水帘洞，"金光万道，瑞气千条"的五台山，"岩前草秀，岭上梅香"的万寿山，皆是婀娜多姿，充满生机，是人和千万生物繁衍栖息的最佳场所；又写到了许多恶山恶水，如"却有八百里火焰，四周寸草不生，若过得此山，就是铜脑盖、铁身躯，也要化成汁"的火焰山，"八百流沙界，三千弱水深，鹅毛飘不起，芦花定沉底"的流沙河，则是大自然对于人类，同时也是对于一切生物生存空间的限制和留难。还有那"夹道柔烟乱，漫山翠盖张，密密槎槎初发叶，攀攀扯扯正芬芳，遥望不知何所尽，近观一似绿云茫"的荆棘岭，从自然生态的角度看，本来是堪称为优美环境的，但"荆棘蓬攀八百里"的过分繁茂，使得只有蛇虫可伏地而行，而对于人则成了难以逾越的障碍，于是就转化为一种"有害"的存在；柿子本是极好的果品，八百里满山尽挂金色的柿果，亦可算得上是极好的景致，但听凭柿树自生自长，不加管理，每年熟烂柿子落在路上，将一条夹石胡同，尽皆填满，又被雨露雪霜，经霉过夏，作成一路污秽，遂成了环境污染之源，便朝着反面转化了。《西游记》的取经之路，从某种意义上可以说是一条在广阔的范围内巡视自然界生态平衡之路，而孙悟空所担负的则是改造恶劣环境的责任。他盗得芭蕉扇，行近火焰山，"尽气力挥了一扇，那火焰山平平息焰，寂寂除

中国古代著名小说

光；行者喜喜欢欢又扇一扇，只闻得习习潇潇，清风微动；第三扇，满天云漠漠，细雨落霏霏"，改善了八百里的生存环境，使万物得以自由滋长，"地方依时收种，得安生也"。他又使猪八戒拱开稀柿沟，"千年稀柿今朝净，七绝胡同此日开"，都属于这种性质。《西游记》还认为，这种人为的干预是应该有个限度的，并且应当采取正确的方法。面对八百里荆棘岭的拦阻，取经者怀有"直透西方路尽平"的愿望固然是正当的，但沙僧提出用"学烧荒"的方法，一把火将它烧了，便立刻遭到了务过农的猪八戒的反对："烧荒得须在十来月，草蓑木枯，方好引火。如今正是蕃盛之时，怎好烧得！"从"人学"的角度看，神魔小说还有一个鲜明而别致的主题：人类的精神世界，人类的智慧、情感、良知、爱心，离不开大自然的哺育；人与人之间的关系，可以在正确处理人与自然的关系中得到调适。

人与万物相比，人有意志，万物则大多没有明晰的意志；人能言，万物则大多不能以确定的声音表达自己的思想和感情。在处理与万物的关系的时候，人相对来说处于主动和支配的地位，因此，作为万物之灵的人，理所当然应该主动去关心它们的利益。在这个意义上，神魔小说则扮演了自然界代言人的角色，它着力宣扬人与自然之间的不可割舍的、无功利的崇高境界，倡导保护环境、爱护野生动植物的观念，至今仍不失其现实意义。

总之，神魔小说体现了对外物的关注，体现了人与自然的关系，采用将人化为异物的艺术表现手段来展开故事。我们沉浸于离奇故事的同时还要仔细体会其中所蕴涵的人与人、人与自然如何相处的深刻道理。

三、神魔小说的类型及代表作品

　　现代学者对神魔小说的分类存在着很多不同的观点，我们经常看到的是林辰、齐裕焜、刘世德、胡胜等人分别从不同的角度对神魔小说进行的分类。

　　一是林辰等编《中国神怪小说大系》中把神魔小说分为五类:1. 依附于历史故事的史话类；2. 依附于佛教故事的神佛类；3. 依附于道教故事的神仙类；4. 依附于人妖物怪的奇异类；5. 托神魔而寓世事的寓意类。

　　二是齐裕焜在《明代小说史》中把神魔小说分为三类:1. 由宗教故事演化而来的；2. 由讲史故事演化而来，即历史幻想化为神魔小说；3. 由民间故事演化而来。

　　三是刘世德按照主题的不同分为四类:1. 寻找、追求的主题；2. 斩妖、降魔的主题；3. 征战的主题；4. 修行成道的主题。

　　四是胡胜对以上观点进行了总结、归纳而分为三类:1. 依附于一定史事的史话类；2. 佛道类；3. 寓意讽刺类作品。

　　《西游记》之后，至明末短短的几十年间，涌现出了近三十部内容各异、长短不同的神魔小说，迅速形成了与历史演义等明显不同的小说流派。这些作品的风格类型主要有三种。

（一）和《西游记》题材相关的书

　　《西游记》三大续书为：《后西游记》《续西游记》《西游补》。

　　《西游记》之后，人们创造了大量的神魔题材的作品，这其中有很大一部分是与《西游记》相关的续书，或者仿书。《后西游记》就是其中的一部影响较大的作品。作者所设计的一系列地名或妖怪名称，如缺陷大王、解脱大王、阴阳大王、造化小儿、温柔村、十恶山、弦歌村、上善国、挂庵关竿，都明显带有寓意。而在具体展开情节时，作者以极高的兴致着力于寓意的揭示和发挥。比如造化小儿的描写，这造化小儿不过十三四岁，但本领高强，有个专用来套人的圈。这圈子分开来可有名圈、利圈、富圈、贵圈、贪圈、痴圈、爱圈、酒圈、色圈、财圈、气圈、妄想圈、骄傲圈、好胜圈、昧心圈种种。造化小儿先后取出名、利、酒、色、财、气、贪、痴、爱等圈，欲套住小行者，均告失败。

最后造化小儿取出好胜圈来，终将小行者牢牢套住。

影响比较大的还有《续西游记》，它是《西游记》的一部续书，其内容是写唐僧师徒第一次取经见如来佛后，在漫长的返回东土道路中发生的故事。主人公仍为唐僧与孙悟空、猪八戒、沙和尚。原书所叙妖魔大多以要吃唐僧肉为目的，给唐僧造成八十一难。本书之妖魔则是要抢夺经卷，因为经卷能消灾祛病、增福延寿。唐僧师徒东回时，如来佛因悟空等来时降妖灭怪，杀伤生灵，违背佛规，提出回东途中应以诚心化魔，兵器不可同行，强行收缴他们的武器。孙悟空很不满意，一气之下说出八十八种机心，于是，便在归途中遇上了八十八种魔难。因孙悟空等没有兵器了，无法战胜妖魔，如来佛又另派优婆塞灵虚子和比丘僧沿途护送，并赐他们二人菩提珠八十八颗和木鱼梆子一个，让其在途中净心驱魔。小说情节曲折，魔难丛生，引人入胜。

另外还有《西游补》，作者是明末清初董说，共十六回。叙述唐僧师徒离开火焰山后，孙悟空化斋为情妖鲭鱼精所迷，渐入梦境，当了半日阎罗天子，曾用酷刑审问秦桧。后在虚空主人的呼唤下，醒悟过来，寻着师父，化斋而去。作品情节荒诞，文笔诙谐，对晚明社会的世情世相作了深刻的批判和讽刺，在《西游记》的续书中最有特色。鲁迅于《中国小说史略》中对其赞赏有加，称其："其造事遣辞，则丰赡多姿……奇突之处，时足惊人，间以俳谐，亦常俊绝，殊非同时作手所敢也。"近来有学者认为《西游补》有西方意识流小说的风格。

（二）与神魔人物传记有关的作品

神仙在人们的心中有很重要的地位，所以民间对于各路神仙的出身始末，以及叙述其降妖除害、济世度人的故事颇感兴趣。在明代的神魔小说中出现了相当数量的为神仙立传的作品，例如达摩、观世音、许旌阳、吕纯阳、萨真人、天妃、钟馗、韩湘子、华光、真武、济颠、关帝、牛郎织女、二十四罗汉、八仙等。

作者在为某位神话人物立传之前，首先将与这个人物有关的古籍、传说及相关论说搜集到一起认真研究，待对这个人物基本了如指掌之后，再站在

世界神话的高度去衡量一下这个人物的价值，"鸟瞰"一下这个人物在世界神话领域所处的位置，从而决定立传的切入点、侧重点。

这一类作品由于迎合了大众的心理，所以具有很好的市场，深受人们欢迎。

（三）与历史故事有关的作品

明代的很多作品都是以历史故事为题材，比较有代表性的作品有《封神演义》《西洋记》《三遂平妖传》等。

《封神演义》全书一百回。它一方面把商纣王和周武王的斗争加以神化使一切正义之神都用他们的神通和法宝来帮助周武王，歌颂武王伐纣的斗争。这种反抗暴政肯定武王伐纣的观点，具有一定的进步意义。另一方面通过神魔斗法的描写，宣扬了宿命论和"三教合一"的思想观念，所谓"成汤气数已尽，周室天命当兴"的论调几乎左右了全书故事的发展。

《西洋记》全名《三宝太监西洋记通俗演义》。全书分二十卷，每卷五回，共一百回。这部长篇通俗小说通过对郑和下西洋故事的演义，展开人、神、魔之间的种种矛盾冲突，表现了正义与邪恶的斗争。按照鲁迅先生对中国古代白话小说的分类法，它与《西游记》一样应归于"神魔小说"一类。据向达、赵景深等学者考证，同郑和一起下西洋的马欢写的《瀛涯胜览》，费信写的《星槎胜览》和巩珍写的《西洋番国志》为作者的创作提供了史实基础。奇幻丰富的想象、诙谐幽默的语言、千奇百怪的故事，以及书中历史、天文、地理、军事、宗教、生产、生活、医学、民俗、文学、语言等五花八门的知识，形成了这部小说富有趣味性和知识性的鲜明特点，使其成为明代"神魔小说"的代表作之一。

《三遂平妖传》是中国小说史上第一部长篇神魔小说，可谓神魔小说影响下的小说流派的先声。作者罗贯中以宋代的王则起义为背景，根据民间传说、市井流传的话本整理改编而成。《三遂平妖传》多写人间妖异事件，少谈方外神仙鬼怪。小说中的人物不是冰冷无趣的神仙鬼怪，而是血肉丰满、充满人情味的活人，他们的喜怒哀乐与常人并无不同，只不过在必要的时候才施展一下法术。此书内容是反对人民起义运动和称颂宋王朝对起义的镇压的，但在叙述中，从某些角度也反映了当时封建统治者的凶暴贪婪和军队中的腐朽情况。

四、《封神演义》

《封神演义》又名《商周列国全传》《武王伐纣外史》《封神传》，是一部成书于明代的中国经典神魔小说，故事情节精彩，人物性格鲜明。《封神演义》作者发挥其丰富想象力，参考古籍和民间传说创作而写成此书，本书充满了法术、神仙、妖魔、传说等，是中国文学史上难得的神魔小说经典之作。

（一）　《封神演义》的作者与成书

在中国文学史上，对于《封神演义》的作者和成书问题，一直争议较大，研究者从多个视角展开论证，得出不同的结论。

柳存仁认为小说的作者为陆长庚。王沐指出《封神演义》的作者据晚近考证为江苏兴化人陆西星。章培恒对此持否定态度，他认为小说属民间文学性质的作品，由许仲琳等写定。封苇指出，因为小说文本既攻击了儒家的王道理论，又讽刺了道家的天道观，所以推断作者可能是一个弃道归佛的人。徐朔方根据小说反映的地理情况的误差，指出小说出于文化水平不高的民间艺人或书贩之手。陆三强从小说中地理方位的模糊性指出作者应生活在中原、秦陇以外的地域。他又指出，《封神演义》属于文学史上的"世代累积型集体创作"，其编著者为陆西星。

现在学界的观点大家比较认同的是《封神演义》是由明朝的许仲琳编辑的。许仲琳（生卒不详），也写作陈仲琳，增钟山逸叟，应天府（今江苏南京市）人，明朝小说家。其生平事迹不详。作者以宋元讲史话本《武王伐纣平话》为基础，以古代魔幻神话故事为线索，再参考古籍和民间传说创作而成。

（二）内容介绍

《封神演义》共一百回，作品自纣王女娲宫进香，题诗冒渎女神，神命三妖惑乱纣王开篇。

一天，纣王去女娲宫祭祀，刚好在女娲神像前刮起一阵风，将女娲娘娘的面纱掀起。纣王看到国色天香的女娲娘娘顿起淫心，同时又觉得自己文治武功，将国家治理得富饶强盛，是人间伟大的王，后宫之中竟没有如此美女，心里也觉得不舒服，因此就在墙壁上写了一首淫诗：杏眼圆睁眉微弯，桃腮粉面貌如仙。他年随我把宫进，夜夜通更伴朕眠。大概是说女娲娘娘的美貌天下无双，自己很爱慕她，有点希望染指她的意思。女娲回宫一看，勃然大怒，从而派下狐狸精来颠覆商朝天下。

从第二回至三十回，写纣王无道。描写了殷纣王这个暴君终日沉湎酒色，昏庸无道，炮烙忠臣，诛妻杀子，重用奸佞，残害忠良，挖比干之心，剖孕妇之腹，种种暴行，令人发指。还写了西伯脱祸、姜子牙出世的故事。

西伯侯也就是周文王姬昌，殷商时周族人的领袖。由于他笃行仁政，尊老爱幼，招贤纳士，深受周族人民的喜爱。同时，周围一些小部落也纷纷向他投靠，周族势力日益强大。殷纣王看到这一切，心里十分不安。他害怕周族人的强大，更害怕姬昌谋反。于是，就把他召到京畿，把他囚禁在了羑里（今安阳南 17 公里），使之与人民隔绝，后得释归。

姜太公姜子牙是东海上人士。在商朝时当过小官，商末民不聊生，纣王暴政，姜子牙辞官离开商都朝歌，隐居于蟠溪峡。并以长竿、短线、直钩、背身

而钓的奇妙方式去钓鱼。

姜子牙隐居十年，当他83岁时，周文王再度到访，在文王诚意请求下，姜子牙被拜为司马，辅佐文王。

接下来主要写战争，出现商、周交战的局势。

周文王死了以后，他儿子姬发即位，就是周武王。周武王拜太公望为师，并且要他的兄弟周公旦、召公奭做他的助手，继续整顿内政、扩充兵力，准备讨伐商纣。

这时候，纣的暴政越来越残酷了。商朝的贵族王子比干和箕子、微子非常担心，苦苦地劝说他别这样胡闹下去。纣不但不听，反而毫无人性地把叔父比干杀了，还叫人剖开比干的胸膛，挖了他的心，说要看看比干的心是什么颜色的。微子看见商朝已经没有希望，就离开朝歌出走了。朝中的大臣太师疵和少师强带了商朝的祭器乐器，纷纷投靠周武王。

有一天，武王得到探子的报告，知道纣已经到了众叛亲离的地步，认为时机已经成熟，就发兵五万，请精通兵法的太公望做元帅，周公旦、毕公高辅佐，渡过黄河东进。到了盟津，八百诸侯又重新会师在一起。周武王在盟津举行一次誓师大会，宣布了纣残害人民的罪状，鼓励大家同心伐纣。

周武王的讨纣大军士气旺盛，一路上势如破竹，仅用6天就打到距离朝歌七十华里的牧野。纣听到这个消息，只好仓促部署防御。但此时商军主力还在东南地区，无法立即调回，无奈拼凑了十七万人马，由商纣王亲自率领，开赴牧野迎战周师。在牧野战场上，当周军勇猛进攻的时候，他们就掉转矛头，纷纷倒戈，大批奴隶配合周军一起攻打商军。十七万商军，顿时就土崩瓦解。太公望指挥周军，趁势追击，一直追到商都朝歌。商纣逃回朝歌，眼看大势已去，纣王下令手下人把所有的金银财宝堆到鹿台上。当夜，就躲进鹿台，放了一把火，跳到火堆里自焚而死。

周武王灭了商朝，结束了殷商王朝近六百年的统治，把国都从丰邑搬到镐京，建立了周王朝。最后以姜子牙封神、周武王分封列国而告终。

（三）主题思想与艺术风格

《封神演义》的思想内容较为复杂，研究者们对故事的根源、作品中民本思想的体现及当时的社会背景等问题展开研究，并形成了相对成熟的体系。

现在我们来看看几种影响比较大的观点。胡胜论证了作者创作思想中有一种来自题材与主题的矛盾。作品虽然不遗余力地再造神谱，但并没有抛弃对周文王仁政的歌颂和对商纣横暴残虐的痛詈；作者增加神异描写，大肆铺张诸神斗法，却无法摆脱周、商之争的史实限制。作者肯定武王伐纣、肯定以有道伐无道，但又与自己所塑造的仁君形象周文王的"仁"有本质的冲突，最终将一切归于"天命"。

齐裕焜从多个方面对小说的主题思想进行探讨：首先，作品中反对暴政、歌颂仁政，反对愚忠愚孝、歌颂推翻暴君的正义之战，是民主思想的体现。其次，文王的愚忠，武王忠孝、仁厚与伐纣义举之间的矛盾是占统治地位的程朱理学主导作品思想的表现。再次，还批判了小说中的宿命论与天命思想。最后，他认为作品中三教同源思想和再造神谱的意图冲淡了其历史进步意义。

袁行霈指出，整部小说贯穿了以仁易暴、以有道伐无道的基本思想。但不论正义与非正义，笼统地歌颂忠君精神削弱了作品的积极意义。

综合以上观点，本书的主题思想可以分为以下两个方面：

一方面，《封神演义》的主要倾向是反对暴政、歌颂仁政。通过设炮烙、造虿盆、剖孕妇、敲骨髓等情节，描写纣王的残暴不仁，从而揭示了反商斗争的本质。武王伐纣，在传统的观念中，被认为是以有道伐无道，以仁政代暴政的正义之举，作者的立场明确地站在推行仁政的周武王一边，从而揭露残暴无道的纣王。历史上的商、周是两个部族，没有明确的君臣关系，作者把武王伐纣处理为"以臣伐君""以下伐上"，是"灭独夫"之举，姜子牙则以"天下者，非一人之天下，乃天下人之天下也"的主张，号召诸侯"吊民伐罪"，突出了双方的正义与非正义性质。哪吒剔骨还肉、黄飞虎反商归周等情节也进一步强调了"父逼子反""君逼臣反"而不得不反的精神。这些描写显然是与封建伦理规定的君臣、父子关系相背离的，具有一定的进步意义。书中对纣王沉湎酒色、久不设朝以及任意诛杀大臣等描写，与明代后期朝政腐败的一些事实有相合之处，而它表现出来的那些新观

念也显然与当时出现的社会思潮有着密切的联系。

另一方面，书中又充满着"成汤气数已尽，周室当兴"的天命观，在批判封建君主暴政和封建伦理观念的同时自始至终贯穿着宿命论观点。例如第五十九回纣王儿子殷洪说："纣王无道，天下叛之。今以天之所顺，行天之罚，天必顺之，虽有孝子慈孙，不能改其想尤。"这也是搬出"天命"的理论来为"不孝"行为披上华丽的外衣。而最后殷洪、殷郊因背叛扶周灭纣事业，落得个十分悲惨的下场，因为他们违背了天意。在这里，天命被置于封建伦理道德规范之上，成为一种更为神圣的标准。这种宿命色彩摧残了太多敢于抗拒天意的生命，当读者发现即便是那些勇敢的生命在非道德性的"命数"前也"渺沧海之一粟"时，就不得不产生悲歌式的震撼。小说中变幻无常的宿命悲歌触动了人作为"人"的觉醒意识，迫使人去反省人作为"人"的存在价值。作者的情节安排和人物刻画，都是为了要表现"成汤气数已尽，周室当兴"这一命定的主题，宣扬"三教合一"的思想。

因此，在小说的具体描写中经常出现矛盾。例如对闻仲、殷郊、殷洪等人的愚忠愚孝，小说虽以悲惨的结局作了批判，但同时又对他们表示同情和赞叹，说他们"如今屈指应无愧"。又如，描写阐教和截教之间的斗争，本是一场正义势力和邪恶势力之间的斗争，壁垒分明，但结果无论是为正义阵亡的人和神，还是倒行逆施的纣王和申公豹等截教中的神魔，却都一视同仁，皆大欢喜地"一道灵魂进入封神台去了"。许多人物在所谓"成汤气数已尽，周室天命当兴"的大结局下，几经反抗，也难逃命运悲剧。这就模糊了是非界限，调和了矛盾，大大削弱了它的积极意义。

《封神演义》作为明代神魔小说的代表作品，其丰富的艺术想象力和对读者的感染力历来为人所认同和称颂。古代神魔小说中，《封神演义》当是神仙数量最多的一部，且它赋予诸多神仙妖怪以奇形怪状的容貌和各有特点的法术。如杨任的眼睛，雷震子的肉翅，哪吒的三头六臂，在地底行走的土行孙，高明、高觉的千里眼、顺风耳，杨戬的七十二般变化等，这些都新奇有趣，给读者留下了深刻的印象。

《封神演义》和神魔小说

五、神魔小说的影响

在明清时期，由于工商业的发展和资本主义生产关系的萌芽，出现了数量众多的书坊，这在一定程度上促进了神魔小说的发展。明清时期神魔小说的创作之风非常盛行，甚至与志怪风行的六朝比起来都有过之而无不及。经过了数千年的变迁，神魔小说的作品不但没有减少，而是一直发展至今，并且还有着很强的生命力。

神魔小说的作者们有意识地利用读者喜欢新鲜事物、崇尚新奇的心理，宣扬神秘，追求新奇，寓规劝讽鉴于神秘的神魔世界的叙说描绘之中，成为作家们自觉遵循的普遍写作原则，这种创作之风一直影响后世。

胡胜在文章中曾指出，后代神魔小说中的一些群雄混战等场面的描写，大多是借鉴和继承了《封神演义》中诸神斗法、布阵的情节，可见《封神演义》对以后的神魔小说的写作有着深远的影响。

在神魔小说的发展历史中，影响最大的是《西游记》。《西游记》的出现，开辟了神魔长篇章回小说的新境界，是我国古代长篇浪漫主义小说的高峰。它是一部思想性和艺术性都臻于第一流的伟大作品，也是明代长篇小说的重要流派之一神魔小说的代表作。以后清代的神魔小说大致也是沿着这些路子发展下去，出现了《后西游记》《钟馗斩鬼传》《绿野仙踪》等作品，但其总体成就没有一部超过《西游记》。

在世界文学史上，《西游记》的影响也是巨大的，占有很重要的位置。《西游记》经过几代人的努力，不断将其推向国际，引起了世界文学界的广泛关注。许多国家纷纷引进翻译、发行，或者改编成电视剧。早在1758年，日本著名小说家西田维则就开始了翻译、引进的工作，前后经过三代人长达74年的艰苦努力，终于在1831年完成了日本版的《通俗西游记》。到现在，《西游记》在日本的译本已经超过三十多种，还有许多改编

本。在 1987 年 10 月，日本电视工作者把《西游记》搬上电视屏幕。

英国对《西游记》的最早译本见于 1895 年，是由上海华北捷报社出版的《金角龙王，皇帝游地府》，系通行本第十、第十一回的选译本。以后陆续出现了多种选译本，其中以 1942 年纽约艾伦与昂温出版公司出版的阿瑟·韦利翻译的《猴》最为著名。由安东尼（即俞国藩）翻译的全译本《西游记》四卷，在 1977-1980 年间分别于芝加哥和伦敦同时出版，得到了西方学术界的普遍好评，产生了巨大的影响，巩固了中国小说在世界文学史上的地位。

另外，法、德、意、西、世（世界语）、斯（斯瓦希里语）、俄、捷、罗、波、朝、越等文种都有不同的选译本或全译本。英、美、法、德等国的大百科全书在介绍这部小说时都给予很高的评价，认为它是"一部具有丰富内容和光辉思想的神话小说""全书故事的描写充满幽默和风趣，给读者以浓厚的兴味"。

神魔小说的出现和发展时间漫长，经历了不同时期的演变过程，逐渐成为在我国文学史上具有深远影响的小说流派。神魔小说的兴盛给明清文学在文学史上的地位画上了浓重的一笔，并且影响着后世文人的创作。同时，对世界文学的发展也起到了重要的作用。总之，神魔小说流派的出现在我国文学史上谱写了重要的一页。

《封神演义》和神魔小说

《金瓶梅》与世情小说

　　明代的白话长篇小说《金瓶梅》是中国文学史上第一部由文人独立创作的长篇小说，是中国文学史上一部具有里程碑意义的作品，大约在明代的隆庆至万历年间成书。全书共一百回，约九十多万字，其中大大小小的人物大概有八百五十多个，被清初著名理论家张竹坡称为"第一奇书"。就是这样一部作品，在历朝历代，多次遭受毁禁，命运多舛，而对于其作者的身份也是众说纷纭。

一、关于"世情小说"

（一） 《金瓶梅》 与世情小说

郑振铎在 《插图本中国文学史》 中曾说过这样一段话："《金瓶梅》 的出现，可谓中国小说发展的极峰。在文学的成就上说来， 《金瓶梅》 实较 《水浒传》 《西游记》 《封神榜》 尤为伟大……它是一部纯粹写实主义的小说。 《红楼梦》 的什么金呀、玉呀、和尚呀、道士呀，尚未能脱尽一切旧套。唯 《金瓶梅》 则是赤裸裸的绝对人性描写。在我们的小说界，也许仅有这一部而已。"

从中我们足以看出， 《金瓶梅》 这部小说对中国文学的影响以及它在整个中国文学史中不可取代的重要地位。

在明代万历年间，当时著名的文学家冯梦龙在苏州给自己起了一个别名"欣欣子"，与"笑笑生"相应和，他写在 《金瓶梅词话》 的"序"中的第一句话是：

窃为兰陵笑笑作 《金瓶梅传》，寄意于时俗，盖有谓也。

这句话非常明显地指出 《金瓶梅》 这部小说的最显著特点就是描写当时的"时俗"，也就是社会的种种现象和问题，即"世情"，以此来传达作者的思想感情。

鲁迅先生也说过："诸 '世情书' 中， 《金瓶梅》 最有名。"

许多学者都指出： 《金瓶梅》 不仅全面而深刻地揭露了封建社会尤其是明代社会中期的政治腐朽、世风日下的状况，与此同时，小说也生动鲜活地反映了明代社会市民这一类人群的生活和思想，特别注重写平凡人家的平凡事，从这一点上来说，正符合所谓"世情小说"的内容需要。

《金瓶梅》 写俗人、说俗事，处处时时都写得无比生动与逼真，甚至是对当时老百姓的生活细节、日常话语都

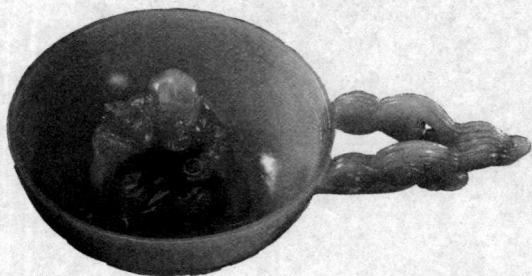

如镜子一样平实地表现出来，而这一点恰恰是世情小说的重要组成部分。比如说在小说的第一回中，描写9岁的潘金莲："描眉画眼，敷粉施朱，梳一个缠髻儿，着一件扣身衫子，作张做势，矫模作样。"这一细节描写了幼年潘金莲的容貌、打扮、衣着、动作，只是寥寥数语，就已经将生活在明代的一个最普通的小女子形象跃然纸上了。再比如"比甲"，这是明清时代才有的服饰，特指在青年妇女中流行的一种长外衣。例如在小说的第十五回写到元宵节，大家一齐到街上看灯，西门庆的各房妻妾也都去了，"李娇儿是沉香色遍地金比甲、孟玉楼是绿遍地金比甲、潘金莲是大红遍地金比甲……"还有"卧兔儿"，这也是明清时代在妇女中流行的一种类似于帽子的首饰，大多是毛皮做成的，只在冬天戴在头上，因为样子像一只小白兔趴在头上，所以叫"卧兔儿"，在小说的第二十一回中："西门庆灯前看见他（吴月娘）……头上戴着貂鼠卧兔儿，全满池娇娇心，越显出他粉妆玉琢争盆脸，蝉髻鸦鬟楚岫云，那西门庆如何不爱？"

《金瓶梅》还出现了一种食物名字叫"乳饼"，这是在宋明时代很流行的一种做菜的奶酪饼，小说的第二十回中写李瓶儿在陪西门吃饭时有"一瓯黄韭乳饼"，我们今天猜想这也许是用黄韭拌着乳饼做成的菜；第六十二回里有"然后拿上李瓶儿粥来……一碟蒸的黄霜乳饼"。还有"鞋杯"，在宋元时代的士大夫中，常常用缠脚的妇女的鞋斟满酒来喝，到了明代的中晚期，统治者越来越堕落，所以"鞋杯"这个现象就更加盛行。小说的第六回里写道："少顷，西门庆又脱下他（潘金莲）一只绣花鞋儿，擎在手内，放一小杯酒在内，吃鞋杯耍子。"

关于礼节，《金瓶梅》里也有提及。比如说"唱喏"，这是在宋明时代男子之间的一种礼节，即给人作揖的同时，出声致敬。比如小说的第二回中，西门庆被潘金莲的叉竿打中头巾，刚要发怒，却猛然看见一个美貌妖娆的妇人，便立刻把那怒气变成了"笑吟吟脸儿"，连忙对着妇人"把腰屈着地还喏"，而那妇人要他不要见怪，他又"在大的唱个喏"。还有一种礼节叫"万福"，这是在宋明时代的女子用的礼节，行礼的时候合手放在身体前面，口称"万福"，表示一种问好。小说的第三回写："这西门庆连忙向前屈身唱喏，那妇人（潘金莲）随即放下生活，还了万福。"

另外在明代，还有一种社会风俗，当时的人们一般称呼富贵人家的奴仆为"大官儿"。《金瓶梅》的第五十二回里，西门庆让琴童去叫谢希大，一会儿，谢希大满头大汗地来了，道："大官儿去迟了一步儿，我不在家了。我刚出门，可他大娘使了大官儿到庵里，我才晓得的。"

另外，世情小说主要是描摹社会生活、社会环境、社会观念等人情世态，以此来反映市民的日常生活，这自然要求作品的内容必须要具备极强的真实感。虽然我们说《金瓶梅》始终只是一部小说，而小说最主要的特点则是虚构，但我们也不应该忘记，文学作品来源于生活，也高于生活，更为重要的一点是：和描写社会现实状况的内容相比，《金瓶梅》虚构的部分要少得多了。

在《金瓶梅》中，作者用很多事例来描写当时社会对妇女的种种态度，特别是对女子的贞操观念，完全如实地反映了明代中期以后的社会观念。

通过诸多的事例和文学作品，我们可以了解到，在封建社会里，对妇女的婚嫁历来是有着相当严苛的标准和规范的，那就是所谓的"从一而终"。假如说真的有女子死了丈夫之后，产生了再婚的想法，那是一定会为其他人的言语所诟病的，还可能会遭受种种非人的折磨，甚至会失去宝贵的生命。到了明代，尽管上层的统治阶级荒淫无度，但他们最终还是要维护自己的封建统治，所以仍然要在思想上继续束缚民众，其中的一个手段就是继续大力宣传封建礼教，"烈女不事二夫"的思想更加强烈地禁锢着人们尤其是女子的头脑。不过，只要我们随便地翻阅一下《金瓶梅》，就会发现，"女子守节"这一封建制度的重要支柱在小说中根本就不存在，书中的女子完全是堂而皇之地、毫无顾忌地在满足着自己的欲望，而且更为反常的是，这些女子的改嫁、偷情等行为，根本就没有人来指责她们。

以西门庆的几个妾为例。首先还是看一下潘金莲，她最早是被张大户"收用"了，后来又嫁给了武大，再然后才成了西门庆的妾。西门庆对她一而再、再而三地和不同的男人生活这一点一点也不在乎，反而是"且说西门庆娶潘金莲一来家，住着深宅大院，衣服头面，又相趁二人女貌男才，正在妙年之际，凡事如胶

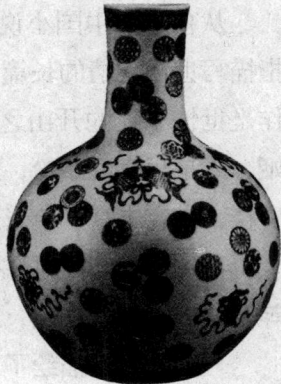

似漆，百依百顺"。我们可以看出，西门庆对潘金莲是百般宠爱。李瓶儿也是如此，先是蔡太师的女婿梁中书的小妾，梁中书死了之后嫁给了花子虚，花子虚死后又和蒋竹山搅在一处，当蒋竹山被西门庆赶走后，又嫁给了西门庆。而她进入西门府后，西门庆对她依然宠爱有加。甚至在李瓶儿死后，西门庆还要为她写"诏封锦衣西门庆恭人李工枢"，这"恭人"的意思是正夫人，直到别人极力劝阻，他才将"恭人"改为"室人"，即妾。不过所有的安葬过程和仪式，仍然是完全按照正妻的式样执行的。

通过以上几个例子，我们可以看出，作者在《金瓶梅》中对女子的再婚是允许的，对女子的贞操问题也是宽容的。虽然作者没有明确表示要反对女子的"从一而终"，但字里行间仍然透露出作者对封建礼教在这一问题上的否定态度。同时也应该说，在反映出当时社会现实的同时，《金瓶梅》也因此具有了进步的历史意义。

（二）　《金瓶梅》对于世情小说的影响

所说的"世情小说"，就是以"极摹人情世态之歧，备写悲欢离合之致"为主要特点的一类小说，也就是以描写日常生活为主的小说。究其起源，可以追溯到魏晋以前。但我们今天所称的"世情小说"，主要是指宋元以后出现的内容世俗化、语言通俗化的一类小说。

从鲁迅《中国小说史略》起，学术界一般又用世情小说（或人情小说）专指描写世俗人情的长篇。被鲁迅称赞为是"最有名"的《金瓶梅》，就常常被看作是世情小说的开山之作。在其之后的明清两代的世情小说，或是写爱情与婚姻，或是写家庭纠纷，或是描绘广阔的社会生活，或是专注于讥讽儒林、官场、青楼，内容丰富，色彩斑斓。

而明清的世情小说有很多，比如说《醒世姻缘传》《玉娇梨》《好逑传》等。其中的代表作品，就是《金瓶梅》。

《金瓶梅》描绘了大量市井生活的生动画面，但它绝不仅仅是一般的描摹，而重点在于暴露、凸显当时整个社会的政治、经济、商业、爱情、婚姻等多方面的矛盾，进而反映当时的时代特征。中国素有"重农抑商"的传统观念，本书却将商人西门庆作为主人公来描写，而且时不时地还显示他的精明强干，西门庆的发迹也是当时社会的一个缩影。而在书名中所提到的三个女性潘金莲、李瓶儿、庞春梅亦是当时社会生活中众多女性的代表，在爱情中的痴狂，在婚姻中的悲惨，都不只是其个人的遭遇，而是所有女性在当时的时代背景下，要过的所谓的"正常生活"。

由写一家而写尽天下世情，从暴露小家的矛盾进而剖析扭曲的人性，这都是《金瓶梅》这部小说的闪光点。可以说，《金瓶梅》为"世情小说"的写作开拓了新的空间。

二、《金瓶梅》的作者

自《金瓶梅》问世之日起，人们争论最多的就是关于它的作者究竟是谁的问题。因为毕竟这部小说开创了一个新的时代，所以它的作者最为人们所关注。

不过，很多版本的小说都只是留下了一个化名"兰陵笑笑生"，那他到底是谁呢？

"兰陵"是一个古地名，它所指的包括现在的三个地方，即江苏的武进、安徽境内和山东峄县。那我们也似乎可以知道，"笑笑生"只不过是一个托名。"托名"或者匿姓在明末清初的小说创作中非常常见，这种奇怪的现象与当时的文风和文坛情况有关。一直以来，在文学领域中，诗这种文体历来被认为是正宗，而且是相当高雅的文学体裁，而小说戏曲等通俗文学则被人们歧视，也毫不受人重视。这些文学作品的作者生活在社会中，备受压抑。自然，他们也就不愿，甚至不敢向世人告知自己的真实姓名，只好托一个假名署在自己的文章前。可是谁都想不到，当年"兰陵笑笑生"不得已的做法，却给后人带来了许多麻烦。多年来，有很多学者都殚精竭虑地追寻他的真实身份，考察他的生活、思想等等，但一直到今天，这一切都还没有得出一个比较能够让人信服的结论。

不过，我们还是可以从历史资料中查找到一些《金瓶梅》作者的蛛丝马迹，总结起来，大致有以下几种说法。

（一）王世贞说

这个说法在明清两代十分盛行，也是现在关于作者身份的一个最普遍的论断。

根据明末清初的说法，王世贞有一个仇人叫严世蕃，王世贞时时都想报仇，但严世蕃位高权重，他无法接近。有一次，王世贞打听到严世蕃十分喜爱看书，于是，王世贞创作了一部《金瓶梅》。同时，王世贞又打听到严世蕃在看书的时候喜欢用手蘸着唾沫翻书角，于是，他就在《金瓶梅》的书角下了剧毒。果然，当王世贞托人把书献给严世蕃后，严世蕃爱不释手，一口气把书读完了，结果毒发身亡。王世贞终于报了仇，但他没想到的是，一本复仇之作，竟然在后世有了这么波折的命运，而且还流传至今。

(二) 绍兴老儒说

首先提出这个说法的是袁中道。据称，很久以前，在京城，有一户人家十分显赫，复姓西门，而有一个识文断字的老先生，每天都把西门家的那些岁月之事记录下来，并用"西门庆"这个名字来影射那大户家的男主人。

(三) 贾三近说

贾三近（1534—1592 年），明代的文学家，山东峄县人。《金瓶梅》的成书年代大约是在隆庆二年至万历二十年之间，这一时间段与贾三近的生活年代非常吻合。另外，贾三近还是皇帝身边的近臣，官至正三品。所以，我们认为他的社会阅历、所见所闻和生活经验等等，都可以为创作小说提供必要的条件。而且贾三近是一个专门给皇帝进言的谏官，所以出于本能，他的一举一动都是从这一点出发的，那么他写这本小说自然也会有这一用意。不过，也有很多的研究学者觉得，贾三近的仕途非常顺利，而且在与他同时代的人眼中，他又是一位忠孝仁爱、品行端正的人，从这一点看来，似乎又与《金瓶梅》书中的表达和记述的思想和内容有些差距。所以这一说法也不太准确。

另外，还有比如丁纯父子说、赵南星说、李开先说等等，但也都缺乏有力的证据。

总的说来，关于《金瓶梅》的作者"兰陵笑笑生"的身份，还是一个谜，还有待探究。但不管怎么样，我们还是要感谢他，因为《金瓶梅》对于我们今天来说，仍然有其他作品无法取代的历史地位和文学价值。

三、《金瓶梅》故事梗概

《金瓶梅》这部长篇小说以恶霸、官吏、富商等多重身份集于一身的西门庆的家庭生活为中心，上至朝廷、官府，下到豪门大户、地痞恶棍，展开了众多人物之间关于政治、经济以及两性关系的描写，它广泛真实地揭露了明代后期政治的腐朽、官场的黑暗和在种种封建制度的压制下人们扭曲的甚至是变态的灵魂。作品中的人物不再是山寨中的草莽，也不再是天宫里的神仙妖魔，更不是战场上的将领士兵，而是生活在家庭、活动于闺房、穿梭于宴席、流连在妓院、出没于码头等地方的各色人物。作者以超常的清醒目光，洞察市井百姓的生活，冲破众多的封建传统观念，对惨淡的人生加以真实的毫不雕琢的描绘。

《金瓶梅》的主要故事情节是从《水浒传》的第二十二回"景阳冈武松打虎"开始，至第二十五回"供人头武松设祭"为止，借这三四回的故事，再加上作者的再创造和其他内容的穿插，发展成洋洋洒洒一百回的大部头。

小说由武松在景阳冈打虎开始，引出武大，再由武大引出潘金莲，进而引出西门庆。

西门庆本来是街市中的一个恶棍，整天游手好闲，不务正业，和一些小混混在一起胡作非为，自己已经有了一妻二妾，但他目睹了潘金莲的美色之后，竟与之合谋毒死了潘的丈夫武大。武松为兄报仇，却错杀他人被发配远地。西门庆趁机娶了潘金莲。后来西门庆又骗了有夫之妇李瓶儿，并把潘金莲的婢女庞春梅收入房中。《金瓶梅》即这三个女人的名字的结合。西门庆又贿赂了蔡京，做了山东的理刑副千户，从此，他更是勾结官吏，贪赃枉法，霸占民女。西门庆与李瓶儿都因为纵欲无度而亡。他们死了之后，西门庆的妻子吴月娘得知潘金莲、庞春梅与女婿陈经济有染，就把她们两个都卖了。结果潘金莲终于还是被武松杀死，庞春梅做了周守备的小妾，仍然还是死在了欲望上。这时候，天下大乱，金兵入侵，于是吴月娘带着儿子孝哥儿逃往济南，在普净和尚的指点下，悟到孝哥儿是西门庆"转世"，于是让孝哥儿出家做了和尚。

我们完全可以说，《金瓶梅》是一部暴露性的小说。从某种意义上说，西门庆家是明代宫廷的缩影，在西门庆的身上也体现出了整个封建统治阶级、剥削阶级的丑恶、凶残、狠毒的本质。而小说中的潘金莲、李瓶儿、庞春梅则是被侮辱、被伤害、被践踏的妇女，但是与之同时，她们也是在以极其残忍和恶毒的手段欺压着比她们还要弱小的人们。她们的种种行为明显地体现着封建社会的罪恶。

在这里，我们也可以试着比较一下《金瓶梅》与《红楼梦》两部作品，从中可以看到一些有意思并且值得我们思考的内容。

在人们惯有的想法中，《金瓶梅》是一部淫书，而《红楼梦》的地位要高出许多。那么它们之间有什么可比性吗？

首先，《金瓶梅》中的许多词语都可以在《红楼梦》里找到：比如说《金瓶梅》里说"千里搭长棚，没有不散的席"，而《红楼梦》中则是"自古道：千里长棚也没有不散的席"；再比如《金瓶梅》说"破得一身剐，便把皇帝打"，而《红楼梦》里说的是"舍得一身剐，敢把皇帝拉下马"。诸如此类，还有很多。

其次，在这两部小说中都有前言在后面的情节中得到验证的内容：《金瓶梅》的第二十九回是"吴神仙贵贱相人"，提示了西门庆一家人以后的命运，随着故事的展开，都一一发展成现实；而在《红楼梦》里也有一回"贾宝玉梦游太虚幻境"，在判词中我们可以看出金陵十二钗以及有关人物的命运，而这也在后面的内容里应验了。

说到底，最为重要的一点是：这两部小说都堪称是"世情小说"。《金瓶梅》是明代之冠，而《红楼梦》则是清代之首。我们从主题上看，《金瓶梅》是通过西门庆一家的兴衰变化，真实地再现了明代中后期的政治褒贬和道德沦丧；《红楼梦》也描写了一个封建贵族的大家庭贾府的荣辱，四大家庭的起落沉浮，揭示出清代由盛转衰的场景。在人物的安排上，《金瓶梅》着重塑造了"金""瓶""梅"三个女子以及其他女性的生活，从而展示出她们的凄凉遭遇与悲惨命运；而《红楼梦》则着重描写了"金陵十二钗"这十二个女性的命运，描写她们的悲欢离合，描写她们在感情里聚散生死，同时也反映了这些人在封建思想的压制下所遭受的巨大摧残与磨难。

四、《金瓶梅》中的男人与女人

《金瓶梅》从全书的第一回一直到第十二回，都只以潘金莲一个人为女主角；从第十三回开始，到第六十二回止，把李瓶儿和潘金莲一起描写塑造；从第六十二回到第八十七回，除潘金莲之外，作者还描写了庞春梅；从第八十八回到第一百回止，作者单独写庞春梅。从这一分析可以看出，作者在整部小说中都是以潘金莲、李瓶儿、庞春梅三个女子为主角，而且还从她们的名字中各取一字，配合而成为此书的名字，足以显示出作者对这三个人物形象的树立是很有深意的。当然，在这部伟大的世情小说中，除了这三位颇受争议的女性外，作者还写了其他的几位女子，只不过在书里她们所占的分量要轻得多。而这些女子大多数都与西门庆有着千丝万缕的联系，嬉笑怒骂、生死离别、悲欢离合，人世间种种奇事都发生在了这些痴男怨女的身上。

（一）西门庆

《金瓶梅》作为一部产生于 16 世纪的世情小说，将西门庆这个反面人物作为故事的主人公，然后在他的周围安排了许多形形色色的女子，一起活色生香地演出了一幕世情风俗画，应该说是极为成功的。

西门庆可以说是商场上的强者、官场中的贪吏、更是一个情场上的豪杰，尽管他是如此的要风得风、要雨得雨，但是好景不长，在他 33 岁的时候，也应该说是在他年富力强之时，却突然死亡，应该说兰陵笑笑生有着自己的一番用意：他要用西门庆因贪欲而死，向世人警告，不要学西门家的疯狂行径，一定要学会节制，在酒、色、财上面都要节制。另外，我们一再地强调，《金瓶梅》是一部世情小说，那么西门庆作为当时商人中的佼佼者，本应风光无限，作者却让他的生命在最鼎盛的时候戛然而止，应该说还是有一定的寓意的，西门庆作为一个商人，应该说他的死亡也宣告了在明代社会中，商业资本根本找不到出路。

我们来理清一下西门庆的生命轨迹，大体可以分成三个阶段。

首先，是西门庆疯狂敛财的过程。

西门庆最早是继承父亲的事业开生药铺的，同时又做着拐卖人口的不耻勾当，就是这样的一个小混混，没读过什么书，整天在街市上游荡。但他不同于其他混混的是他有一双势利眼，而且心里只有一个念头，那就是向上爬。虽然他也有了一定的钱财，但仍然想着如何让自己的钱能生出更多的钱来。即使是和潘金莲好得如胶似漆了，偶然听说那孟玉楼有上千两的现成银子，他立刻把潘金莲放在一边，"雇了几个闲汉，并守备府里讨的一二十名军牢"，连忙"扛的扛，抬的抬，一阵风"似的把孟玉楼的钱财搬回了家，而且马上娶了孟玉楼这个寡妇为妾。我们可以看出，他娶孟玉楼，一不图她的相貌，二不求她的人品，只不过是看中了她手里的钱。这个色欲滔天的人实际上还穿着一件贪婪的外衣，他色眯眯看向女子的眼睛虽然睁得溜圆，那眼仁却已经变成方的了，就和铜钱没有什么区别了。

当他在孟玉楼这样的女子身上尝到了财色兼收的甜头之后，自然会在这条道路上继续走下去，一个家产比孟玉楼多的女子进入了西门庆的视线，她就是李瓶儿。虽然此时她还是西门庆兄弟花子虚的妻子，但利欲熏心的西门庆早已将"朋友妻不可欺"的道义放在一边，甚至还怂恿花子虚在外面嫖娼过夜，而他趁机在花家和李瓶儿偷情。当花子虚入狱时，西门庆用尽全力营救他，这种做法让李瓶儿对他相当感激，不觉中已将大部分的财物都交给了西门庆。而花子虚出狱后，眼看着自己"人财两空"的处境，一气之下，病重不治而亡。那西门庆则顺理成章地把李瓶儿连同她的全部财产都收入囊中。西门庆甚至奢侈地用二百五十两银子买下了坟场隔壁赵寡妇的院子，要"开合为一处，里面盖了三间卷棚，三间厅房，叠山子花园，松墙，槐树棚，井亭，射箭厅，打场"，以此作为自己与妻妾们上坟时游玩的地方。而他更是听从了李瓶儿的建议，把

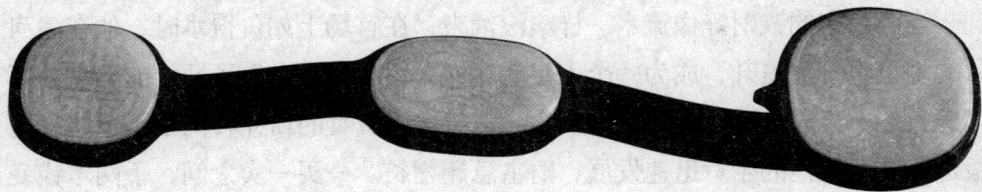

花子虚的家也买过来，打通之后，两家合成一家，然后再"在前面起盖山子卷棚，花园耍子去处，还盖三间玩花楼"。这么一番折腾后，西门庆的宅院已经变成一座深宅大院了：门面五大间，到底七进，楼院相接，亭苑相间，十分豪华。

自此，西门庆"又兼得了两三场横财，家产营盛，外庄内宅，焕然一新，米麦工仓，骡马成群，奴仆成行"，一跃而成为清河县的首富。

其次，是他在官场的收获。

西门庆本来与太尉杨戬的管家陈洪结成了儿女亲家，此时却传来了杨戬倒台的消息，他连忙四处寻找新的靠山。通过四处找关系，得到了蔡京的赏识，而太师爷恩赐的一顶乌纱帽更是让他欣喜若狂。同时，西门庆又加强了和其他各地官府的联系，他和在清河本县的刘、薛两个太监打得火热，又热情款待蔡太师的假子蔡状元，同时还把漂亮的韩爱姐送给宰相府的翟管家。一时间，西门庆威风八面，相当得意。而西门庆在做提刑时，更是包庇恶人而讨好刘太监。西门庆用钱来买官，然后用官继续来捞钱。从这一点上，西门庆是合格的商人，因为他的算盘拨弄得非常响，而且绝对只赚不赔。

在与日常的亲朋交往过程中，西门庆可是来了一个大变脸。本来是结拜的"十兄弟"，此时在西门庆的眼里一点儿用也没有了，所以"散就散了罢"，根本连眼睛都不眨一下。吴月娘自作主张要和乔大户结亲，西门庆就非常不满，因为乔大户这个人他一点儿也没看上，根本就不符合他拉关系的标准。不过乔大户毕竟还是清河县中的富户，还有那么一丁点儿可以利用的地方，所以西门庆才没有急着"退亲"。

西门庆的官场生活让他在商海中得以更好地发展，但在西门庆看来，还是慢了一些。

第三，西门庆终于成了一方恶霸。

当西门庆的钱财好像流水一样滚滚涌来，在官场上如鱼得水时，他在清河县的地位也日益提升，成为一个十足的恶霸。蔡状元升官做了两淮的巡盐，西门庆自然不会放过这个发财的好机会，他将自己贪婪的目光转向了干道的长途贩运，从而让他的生意迅速发展，财富急剧增长。一买一卖之间，千两本钱变成了拥有万两缎绢的铺子。这铺子是要五万两银子做本钱才开得起来的。另一方面，为了让自己的事业更快速地运转，他利用自己手里的钱和人际关系在全国各地打通关节，从而使事业顺风顺水。可是，任谁都想不到的是，正当西门庆要官升一级的时候，正当西门庆要财源广进的时候，却因为自己的纵欲无度而一命呜呼，从而结束了他罪恶的一生，死时33岁。

西门庆短暂的一生，坏事做尽。他利用各种手段谋取不义之财，由一个继承父业的生药铺老板，成为清河县的首富。最终逃不过短命的下场。在政治上，他更是由一个平民而成为山东提刑所带千户，相当于副五品武官的地位，后来又升至正千户掌刑，即正五品武官，甚至还做了蔡京的干儿子，跟许多的官吏称兄道弟。但不管如何荣耀，也没有办法掩饰他的种种恶行，欺压百姓，强占女子。他最终的下场，也算是罪有应得。

（二）潘金莲

潘金莲这个人物形象是作者从《水浒传》中借来讲故事的，不过她的性格、经历等等在《金瓶梅》这部小说中得到了多方面的拓展，可以说是作者在这本小说的一开始就非常用心描写的一个美人。她的性格十分特殊，是一个聪明伶俐、美丽风流，同时又心狠手辣、善于搬弄是非、需索无度的典型。

潘金莲本来是清河县南门外一个姓潘的裁缝的女儿，她排行第六，小名六姐。长得非常漂亮，又缠了一双好看的小脚。可是，潘裁缝却染上重病，没钱买药，不长时间就死了。潘裁缝的老婆没有办法，只好把9岁的潘金莲卖给城里的王招宣府中，在那里学习弹唱。潘金莲生得机灵，学东西也快，而且学得像模像样的。到她15岁的时候，性情、喜好都训练得极其恰当，都是当时的男人喜爱的。不久之后，王招宣死了，潘姥姥就又把潘金莲要了出来，卖给了张大户，潘金莲继续在他家学习种种技艺。几年工夫过去，潘金莲已经18岁了，那张大户早就对她垂涎三尺。可是张大户的老婆非常的凶悍，张大户才不敢有

所动作。一天趁老婆不注意，张大户还是将潘金莲据为己有了。从此后，他整日流连在潘金莲的身边。时间一长，张大户的老婆终于有所察觉，于是把潘金莲嫁给了武大以泄心中怨恨。

武大整天以卖炊饼为生，他出去做生意的时候，潘金莲不甘寂寞，在家里招蜂引蝶。后来，潘金莲和西门庆勾搭上了，还毒害了武大。就此被西门家娶进了门，与西门庆成了真夫妻。不过，她和丫鬟庞春梅凑在一起，时常搬弄是非，而且非常善于争宠吃醋，所以家里的人都有点怕她。李瓶儿为西门庆生下了儿子官哥儿后，西门庆非常宠爱李瓶儿，这让潘金莲心里非常不舒服，于是潘金莲对李瓶儿展开了猛烈的进攻。

潘金莲打击李瓶儿的手段之一是诬陷。小说的第四十回中，李瓶儿的儿子官哥儿玩丢了金镯子，潘金莲非常高兴，对吴月娘指斥李瓶儿说：左右都是她的人，那还不是都成她的了吗？

潘金莲打击李瓶儿的手段之二是挑拨吴月娘，即西门庆正妻与李瓶儿的关系，以此来孤立李瓶儿。比如小说的第二十回，李瓶儿在嫁给西门庆之后，大家一起听唱曲，那曲词是"就团圆，世世夫妻"，于是潘金莲借题发挥对吴月娘说：听听，做别人的小老婆今天竟然让人唱这支曲子，还要生生世世做夫妻，那她把姐姐你放在哪里了？于是吴月娘心里就有了一丝不高兴。第五十一回里，潘金莲又对吴月娘造谣说：李瓶儿说吴月娘整日只想男女之事。这吴月娘一直以寡欲而自居，听说李瓶儿如此"中伤"自己，怎么能再忍下去呢？于是要找李瓶儿对质。

潘金莲打击李瓶儿的手段之三是最恶毒的，就是对毫无还手之力的官哥儿下手。官哥儿是李瓶儿的儿子，也是李瓶儿的心头肉。潘金莲一共吓了官哥儿五次：第一次是小说的第三十二回，潘金莲把官哥儿举得高高的，还上上下下地颠着，结果官哥儿在半夜就病了，不吃饭，一直哭；第二次是小说的第四十一回，潘金莲怒打秋菊，结果把睡觉的官哥儿吓醒了；第三次是小说的第四十八回，西门庆去坟上祭祖，潘金莲抱着官哥儿与陈经济笑闹，吓得孩子晚上又是一阵哭；第四次是小说的第五十二回，潘金莲与陈经济在花园里约会，把官哥儿放在一边不管，结果跑过来一只大黑猫，把官哥儿又吓得只会哭了；第五次是小说的第五十八回，潘金莲大动干戈地打秋菊，打狗，于是又一次吓到了官哥儿。最后，潘金莲更为残忍的是特意训练了一只狮子猫，并用一块大红布包了肉放在那里，让狮子猫去扑，时间一长，那只猫只要看见那块红布在哪儿，就往哪里扑。于是潘金莲又一次将那块红布看似无心地放在了官哥儿的身上，结果那狮子猫果然像往常一样，奋力向前一扑。就这一下，将官哥儿吓死了。在李瓶儿忧郁过度病倒后，潘金莲还对着她破口大骂，这一做法直接导致李瓶儿最后含恨而亡。

除了武大、官哥儿、李瓶儿三条性命之外，潘金莲还曾逼死过宋惠莲，甚至连西门庆也是被潘金莲的纵欲无度牵累而死。所以，在小说的结尾处，作者干脆让武松来了结这条罪恶的性命。

潘金莲没有受到什么正统的教育，她幼时只是一个处处受人摆弄的弱女子，但也正是这十多年寄人篱下和备受屈辱的生活，让她学会了在畸形的社会中继续畸形地活着。潘金莲不甘寂寞，也不甘总处于被人支配的地位，于是她不能也不会安分守己，这样一来，必定要把自己那一点想象中的幸福建立在其他人的噩梦和痛苦之上。潘金莲最终成为一个敏感、机警、世故、泼辣，又满是反抗精神的女子，在西门家这个用封建秩序和金钱财物以及欲望编织成的牢笼中，逐渐地演变成满腹暗算与报复的疯狂女人。

（三）李瓶儿

李瓶儿是《金瓶梅》这部小说中西门庆的第六房妾。有很多人认为，李瓶儿是作者塑造出来特意和潘金莲来对立比较的。李瓶儿是一个非常漂亮且温柔的女人，是一个非常懦弱但又拥有财富的女人。

李瓶儿出身于贵族家庭，本来是大名府梁中书的小妾，可中书夫人的嫉妒心非常重，根本容不下美丽的李瓶儿。不过也正因为如此，李瓶儿躲过一场灭顶之灾，保全了性命。在逃亡的时候，还带走了中书府里的财宝。后来机

缘凑巧，嫁给了当朝花太监的侄子花子虚。花太监告老还乡不久病重不治而亡，于是他的财产都落在了花子虚的手里。花子虚的兄弟们为这份家产打起了官司，结果花子虚被抓进了大狱，等他出狱后，所有家产都被李瓶儿带走了。同时，李瓶儿已与西门庆成了夫妻。

西门庆非常宠爱李瓶儿，首先是因为她漂亮。小说里写道："细弯弯两道眉儿，且自白净，好个温克性儿。"其次，李瓶儿到西门府上时带来了众多财物，这使西门庆的家顿时焕然一新，在生意上也渐渐打开了局面；第三，也是最为重要的，是李瓶儿为西门庆生了一个儿子。而且巧合的是，西门庆刚刚得了一个宝贝儿子，又马上得了一个官职。所以，李瓶儿在西门庆的众多妻妾中，很快就备受宠爱，不过这也为她招来了无尽的祸事。

潘金莲的种种欺压，官哥儿的意外之死，终于让李瓶儿万念俱灰。在弥留之际，善良的李瓶儿还一而再，再而三地对西门庆进行规劝。

李瓶儿死的时候年仅27岁，如此青春的年纪却香消玉殒，可以说完全是封建社会中妻妾争宠导致的悲剧，这个人的遭遇同时也反映了封建婚姻、封建家庭制度的黑暗。虽然在中国的封建社会后期，长期被压抑的人性已经开始觉醒，开始复苏，不过由于长久的影响，男尊女卑的观念根深蒂固，不可能在一朝一夕改变。所以，李瓶儿仍然是一个地位低下的女子，也始终是一个男人手里的玩物，她时时处在与其他女人争夺丈夫的战争中，在这场劳心劳神的斗争里，李瓶儿终于耗尽了自己的青春、勇气，甚至最为宝贵的生命。

（四）庞春梅

庞春梅本是潘金莲的贴身丫鬟。从她在小说中的地位来看，前八十五回的内容中她都只不过是西门家的一个丫头。就是这样一个地位低微的人，却可以和潘金莲、李瓶儿并列于小说的名字中。

庞春梅长得十分艳丽，天生一副傲骨，不过美丽的她也应验了自古就有的一句话：心比天高，命比纸薄。她和潘金莲两人臭味相投，把整个西门府弄得天翻地覆。虽说她只是一个丫头，却有一股不让人的劲儿，而且相当任性，这一点让潘金莲有时候也不得不让她三分。更有甚者，有时候西门庆都不得不按她说的话行事，这让吴月娘都对她无可奈何。在小说的后十五回里，庞春梅也摇身一变成了主子，而且是一个让吴月娘都自愧不如的极其显赫的西门府大奶奶。

庞春梅本是庞员外的四合侄女，因为命苦，周岁时娘死了，3岁的时候父亲也死了。当时黄河的下游河水泛滥，河东平原上大闹水灾，到处都是饿死的人，庞春梅的叔叔庞员外在洪水中把她抢出来，不过，自己却被洪水淹没了。幸运的是，庞春梅遇见了一个好心人，把她带出沧州，一直到了清河县城，她被卖了16两银子而进入了西门庆家。她的这段经历波折多多，坎坷满满，不过老话说得好：大难不死，必有后福。可是对于庞春梅来说，这"后福"来得有一些让她意想不到。

庞春梅在16岁的时候，被西门庆霸占了。从此之后，她与潘金莲一个鼻孔出气，在西门府里称霸一方，弄得人人都怕她们。虽然她和潘金莲一样拥有美丽的容貌，也很聪明，同时又非常泼辣逞强，但她却有别人没有的高傲。虽然只是一名丫鬟，但因为西门庆的宠爱，即使是孙雪娥这样的"主子"都不被她放在眼里。对于本和她处于同一阶层的秋菊，她更是肆意辱骂殴打。庞春梅的傲性也与潘金莲在背后给她撑腰有关，潘金莲为了长时间把西门庆拴在自己身边，于是鼓励他把自己的丫鬟庞春梅收了房，同时也给了她很多的好处，这足以让庞春梅成为潘金莲的得力助手。

关于庞春梅在西门府的地位究竟如何，潘金莲曾经说过一段真心话："死鬼（西门庆）把她当心肝儿肺肠儿一般看待！说一句听十句，要一奉十，正经成房立纪老婆且打靠后，她要打哪个小厮小棍儿，她爹不敢打五棍儿。"西门庆之所以如此宠着庞春梅，也正是看出她不同于西门府中其他逆来顺受女子的傲骨傲性。同时，从这句话中，我们也能看出，即使像潘金莲这样有理无理都不饶人的主儿，站在庞春梅的面前，也要略微看一下脸色的。

西门庆死后不久庞春梅和潘金莲都与陈经济有了私情，而且肚子也大了，潘金莲因为私自堕胎而露了马脚，但庞春梅却把肚子里的孩子带进了周守备府

里，甚至因此而成了周守备的正妻。虽然庞春梅跋扈成性，她却仍想着潘金莲对她的好。

所以当武松杀死潘金莲，尸体在大街上曝晒而没有人给她收尸时，是庞春梅捡回了潘金莲的尸体，痛哭一场后，设灵堂祭拜，而且找了一个地方把她葬了。

不过，对于这样一个淫荡、嚣张的人来说，只有死才是她应得的结局：庞春梅后来再次回到西门府，眼看着曾经的灯红酒绿，如今却萧条破败，她怒打孙雪娥，甚至还把她卖为娼妓。庞春梅又把陈经济找回来，继续偷情作乐，却也因此而葬送了陈经济的性命。同时因为她一生的欲望难平，而落得一身毛病，最后死在欲望上，年仅 29 岁。

（五）吴月娘

吴月娘在《金瓶梅》中是一个特殊的女性形象。

她是清河县左卫吴千户的女儿，在她上面还有两个哥哥。在她长大后，本来有一个未婚夫，但是在两个人还没有结婚的时候，那个男人就得了重病死了。更让她伤心的是，她的父亲在第二年也病死了，又过了一年，她母亲也去世了。就这样，时间一点点过去，吴月娘已经 24 岁了。这时候，有人跟吴家说，可以让吴月娘嫁给在狮子街开草药铺的西门庆做继室。

吴月娘嫁给了西门庆之后，首先她要做好西门庆的贤内助，不过最让她头疼的是她还要面对其他五个如狼似虎的小老婆，还有那些没正式娶过来的妓女、婢女等。月娘真的是一个坚持封建观念的人，她明明知道自己的丈夫常常在外面流连，跟其他人一起去妓院而彻夜不归，当规劝没有效果之后，她也就不强求西门庆了。而当西门庆更肆无忌惮地在她面前为所欲为时，她也是把眼睛一闭，只当事情没有发生罢了。所以，在小说的第十六回里，西门庆也不得不称赞吴月娘说："俺吴家的这个拙荆，他倒好性儿哩！不然，手下怎生容得这些人？"

潘金莲非常会笼络人心，她刚刚嫁入西门府时，和吴月娘倒也乐乐呵呵地相安无事。不过，随着故事的发展，吴月娘越来越发现潘金莲的可怕，她发觉潘金莲多次恐吓官哥儿，然后又对死了儿子的李瓶儿百般折磨，直接导致了李瓶儿含恨死去，西门庆又是因为潘金莲的淫荡而丧命，所以吴月娘非常恨潘莲。西门庆一死，潘金莲失去了最有力的靠山，吴月娘立刻将她赶出了西门府。

另外，吴月娘看到李瓶儿为西门庆生了儿子之后竟然那么得宠，于是她也求薛姑为她找来了偏方，也给西门庆生了一个儿子，也就是孝哥儿。

从以上这两件事情来看，吴月娘并不像表面看上去的那么懦弱和没有主见，相反，她总是在观察，看其他人说话、做事，然后在心里琢磨自己该如何去应对，才得以保全自己的西门府"正室"的地位不被她人夺走。而且，吴月娘也自有她的一份心机，善于花心思为自己谋福利。

在小说的最后，金兵入侵中原，兵荒马乱的时候，吴月娘收拾好细软，与几个男女仆人带着15岁的孝哥儿逃难去了。在郊外遇见普净禅师，大家一起到永福寺中休息。当天晚上，普净禅师做法事，超度亡魂。吴月娘才想明白，孝哥儿是西门庆的"转世"，于是自愿让孝哥儿出家做和尚去了。不久之后，战乱平息，吴月娘回到西门府，把下人玳安改名为西门安，让他继承了西门府的家业。在70岁那年去世。

作为《金瓶梅》中的一个重要人物，一个女性，吴月娘与其他女子迥然不同。潘金莲、李瓶儿、庞春梅在性方面永远没有满足的时候，可是，吴月娘却一辈子信佛，整天吃斋，清心寡欲地修行，所以在这一方面，她与潘金莲等人根本没有对立面，可能，这也是她得以善终的原因吧。

五、《金瓶梅》中的梦

梦，是人们在睡眠过程中一种常见的现象，梦境也历来为人们所重视。不过由于在封建社会里，人们对自然科学知识的掌握不够，所以对没有办法解释的"做梦"及梦境中出现的内容，表现出一种敬畏之情，甚至还会通过卜卦来对梦预测吉凶祸福。所以，梦境与现实就这样紧密地联系在了一起。

许多作家在进行文学作品创作的时候，也会自觉不自觉地将梦境这种形式融入到其中，要么是帮助塑造人物形象，要么是帮助展开故事，再不然就是借梦境来寄寓人们在现实生活中无法实现的种种梦想，《金瓶梅》这部小说自然也不例外。

（一）梦的四种类型

《金瓶梅》中共有十六处描写梦境的文字，它们零零星星地分散在小说的各段落中，根据梦的内容及其特征，差不多可以分为四类：

1. 魂魄梦

在封建社会中，人们认为人死后只是肉体死了，但魂魄还在，它可以四处游走，甚至还可以随意地到活着的人的梦里来，而在魂魄与梦之间，也有着千丝万缕的联系，古人常常用魂魄来解释梦境中的内容。这一点在《金瓶梅》中最典型的体现是在小说的第六十二回：

李瓶儿重病不治，奄奄一息，她的丫头迎春和绣春在她的床前面地上搭了一个铺，刚刚睡了还没有半个时辰，就梦见李瓶儿坐起来，走下床，来到迎春的身边，轻轻地推了她一下，并嘱咐她说："你每看家，我去也。"迎春在朦胧中，睁开眼，看见桌上的灯还没有熄灭，再看床上，李瓶儿还在面前，只是用手去探她的气息时，则早已经没有气了。不知道是什么时候，这么一个美人，已化为一场春梦散了。当李瓶儿的儿子官哥儿被潘金莲吓死之后，瓶儿就卧病在床，她已经渐渐走到了生命的尽头，于是她就托梦给侍女迎春。这个梦就好像发生在现实生活中一样，它以梦幻的形式反映现实，尤其是李瓶儿说的那句"我去也"，暗示了她已离开人世。

2. 预兆梦

预兆梦就是把梦境看成是对现实生活中人、事、物的一种征兆，也是对未来的一种预示。有些梦会通过梦中的某种迹象来预告之后的情节，比如说在小说的第一百回中，周守备的弟弟周宣说："我连日做的梦有些不吉，梦见一张弓挂在旗杆上，旗杆折了，不知是凶是吉。"在古代，旗杆在两军作战的过程中起着举足轻重的作用，只有看见自己一方的旗杆依然挺立时，士兵们才会勇往直前地冲锋杀敌，倘若旗杆倒了，那就表示这次战斗一定会失败。周守备在抵御金兵入侵的战争中是军事指挥，他对战争的每一步走向都起着领导作用，这是一个非常关键的人物。果不其然，在周宣说出那个梦境之后，不久就传来周守备死在战场上的消息，作者用周宣的梦来预示周守备的不久之后的死亡。

3. 冤魂梦

在封建社会中，人们往往认为：如果一个人是受尽委屈而死，那即使他的肉体死了，他的魂魄也不会散去，而且会通过梦境来给自己报仇雪恨。而梦中所显示的复仇征兆，早晚会在现实中得到应验。

"冤魂梦"在《金瓶梅》中的体现主要有：在小说的第五十九回和第六十回中，李瓶儿都梦到了花子虚，在小说的第七十回中西门庆分别梦见了花子虚和武大。不同的人却可以做同样的梦，梦见同样的人，仔细分析一下，会发现这是有原因的。李瓶儿在见到西门庆之后，觉得这个人很有男子气概，而且又很会说话哄她开心，而这些是在她丈夫花子虚身上得不到的。于是李瓶儿十分贪恋西门庆，在花子虚活着的时候，就和西门庆暗地里约会。当花子虚病重后，不但不给花子虚找大夫，而且任由他自己躺在床上，置之不理。更过分的是，李瓶儿还打扮得漂漂亮亮的，在家里备好美酒佳肴，等着西门庆，然后又把自己的众多家产都转移到西门庆家中，二人做起了快活夫妻。说到底，李瓶儿还是对花子虚有一些内疚的，于是在她的潜意识中也担心冤魂来找她复仇。在这种心理状态下，更有可能做梦，而花子虚的冤魂也就真

的多次来向李瓶儿索命："泼贼淫妇，你如何抵盗我财物与西门庆？如今我告你去也。"梦醒后，李瓶儿哭哭啼啼地告诉西门庆，西门庆安慰李瓶儿说："知道他死到那里去了！此是你梦想旧境。只把心来放正着，休要理他。"西门庆本来就是一个作恶多端的人，由于他贪图美色，与潘金莲合谋毒死了武大；又是因为他的贪婪，想财色兼收，于是让花子虚也枉送性命。他依仗着自己的众多财产和欺人的权势而胡作非为、草菅人命，却仍然心安理得，毫无悔改之意。第七十九回中，当冤死的武大、屈死的花子虚来向他索命时，"西门庆自觉身体沉重，要便发昏过去，眼前看见花子虚、武大在他跟前站立，问他讨债"。西门庆最终还是因贪恋酒色、作恶多端，得到了惩罚。

4.思梦

说到"思梦"，其实就是我们平时所说的"日有所思，夜有所梦"。只是这个"思"的意义要比现在更为广泛一些，不仅包括思念和惦念，而且还包括谋略、愿望、忧伤等。人们在平日的生活中存在着许多想法或是愿望，不过都被这样或者那样的客观或主观因素压抑着，不能实现。这些情绪郁结在心里的时间一长，就会在我们的梦境中有所反映，甚至有所实现。

"思梦"在《金瓶梅》中的体现主要有：第十七回中李瓶儿梦西门庆，第六十七回中李瓶儿梦诉幽情，第七十九回中吴月娘梦金莲夺红绒袄，第九十三回中陈经济梦昔日繁华。这些梦都直接或间接地暴露了现实生活，并对于揭示现实生活中人的感情、被压抑的欲望等都起到了重要的作用。在第七十九回中，吴月娘做了一个梦，突然就被吓醒了，坐起来后跟西门庆说："敢是我日里看着他王太太穿着大红绒袄儿，我黑夜就梦见你李大姐箱子内寻出一件大红绒袍儿，与我穿在身上，被潘六姐儿匹手夺了去，披在他身上，教我就恼了，说道：他的皮袄，你要的去穿了罢了，这件袍儿，你又来夺。他使性儿，把袍儿上身扯了一道大口子，吃我大吆喝，和他叫嚷。"梦境都会和现实有着千丝万缕的联系。在这个梦里，吴月娘喜欢红绒袍儿，并有占有它的欲望，于是在夜里也就自然而然地梦到了它。西门庆紧接着回答说："不打紧，我到明日替你寻一件穿就是了，自古梦是心头想。"

在《金瓶梅》这部作品中，作者在一百回的章节中安排了这十六个梦境描写，也是有它的特殊的用意的：

1. 梦境对情节发展的预示作用

"梦"究竟有没有所谓的"预示"作用，历来众说纷纭。但是在封建社会，大多数的人都认为梦可以预示着人的祸福吉凶，而且常常把梦境推崇到一个极高的地位。梦虽然是虚幻的，但也在虚幻中显示出它独特的价值。在中国古代小说中尤其在长篇章回小说中，这种价值和作用更为显著。《金瓶梅》中以梦境、偈语等带有神秘色彩的方式作暗示的内容都有着较为重要的地位。《金瓶梅》第六十二回中，西门庆梦见东京翟亲家那里寄送了六根簪儿，内有一根折了。簪子是用来别住发髻的条状物体，最早是用骨头做成的，随着人们冶炼手段的提高，渐渐地发簪也变成金属或玉石的材质制成，而且制作的工艺也越来越好，式样也越来越精巧。簪子通常是作为女性头上的一种饰物出现的，比如说小说中有这样的情节：西门庆与李瓶儿时常在一起偷情。一次潘金莲看见西门庆翻过墙头到隔壁院子里去了，而且一晚上都没有回来，心里非常不是滋味儿。等到西门庆次日早上回到家里时，她怒声骂道："好负心的贼！你昨日端的那去来？把老娘气了一夜！"还高声说："如果瞒着一个字儿，到明日你前脚儿但过那边去了，后脚我这边就吃喝起来，教你这负心贼死无葬身之地！"只是这几句话，西门庆就跪在地上，笑嘻嘻地承认下来，还说李瓶儿要认潘金莲做姐。潘金莲再三不饶，西门庆只好从自己头上拔下李瓶儿送的一对寿字金簪给了潘金莲，这才哄她高兴起来。等到了正月初九这一天，李瓶儿打听到是潘金莲的生日，于是买了礼物，到西门府来给她祝寿。于是潘金莲、李瓶儿、吴月娘、李娇儿、孟玉楼等人聚在一起。终于是李瓶儿跪下磕了头，口口声声地说

"姐姐，请受奴一礼儿"，认了潘金莲做姐。后来，这些人在一起说话，她们都看中了李瓶儿送给潘金莲头上的那根宫里御前做的寿字金簪儿，于是，李瓶儿让下人冯妈回家去又取了四对来，分别送给了她们。金簪在当时的价格是非常昂贵的，也只有富家的女子才可能戴得起，所以金簪也就成了富贵、权势、地位的象征。另外，李瓶儿曾经是梁中书最宠爱的小妾，当她从梁中书家逃出来的时候带了一百颗西洋大珠、二两重一对鸦青宝石，花子虚病死后她又得到了许多钱财，所以这李瓶儿可以说是一个名副其实的富人。通过这些故事情节，我们了解到簪子在当时来讲是极其重要的东西，那么在西门庆的梦里，东京翟亲家送给他六根簪儿既然来历显赫，那么不管是从材料还是从质地上来说，都绝对是上等的。可是在这里，簪子竟然折了，那也就意味着西门庆的妻妾六人中的一人，也就是瓶儿的死亡。

2. 推动故事情节发展。

小说的故事情节都是按照一定的逻辑关系组织起来的，然后用此来表现人物间的相互关系。如果作品的故事非常生动，情节非常曲折，就能够增强文学作品的艺术感染力，给读者留下深刻的印象。小说的第九回里，王婆出了个极其恶毒的主意，潘金莲听从安排给武大吃了毒药，很快，武大就毒发身亡。当武松回家后，武大就给武松托梦说："兄弟，我死得好苦也！"只是这寥寥数语，却说出了武大含冤枉死和他对谋害自己的人的痛恨之情。这个梦是故事发展过程中的一个重要环节，也直接影响到故事发展的可能方向。武松由哥哥托的这个梦而知道了整个事情的经过，武松从此立志要为哥哥报仇雪恨，可是因为他还没有认识到封建社会中官官相护的腐朽黑暗，竟然去官府状告西门庆与潘金莲。西门庆有权有钱有势，自然没有人敢动他，结果武松被发配充军。武松认识到只有靠自己的力量才能杀死害武大的凶手来报仇。武大的托梦是武松做人做事的动力，决定了故事的发展，也加速了潘金莲的死亡。我们细想一下，那西门庆势焰冲天，早就把武大家周围的邻居都买通了，即使是有心要说出真相的人也害怕西门庆的报复，于是所有的人都闭口不提西门庆和潘金莲常常在武大出去卖炊饼时偷偷相会的事情，也闭口不提王婆在这件事情中的说客作用。没有武大的梦，武松就根本不会知道潘金莲背后还有西门庆这么一个人，也不会知道他哥哥的非正常死亡。

3. 梦境描写使人物性格更鲜明。

人物是作品的重要组成部分，作品故事情节的安排都会以塑造人物性格、刻画人物形象为目的展开。人物形象塑造得是否成功，对于作品的艺术感染力来说起着至关重要的作用。人物性格是人物形象的重要组成部分，我们可以通过进行语言描写、外貌描写、动作描写、心理描写等方面来表现人物的性格，当然也可以利用人们的潜意识也就是梦境描写来从侧面凸显人物形象，显现人物性格。

在《金瓶梅》中，西门庆的几房妻妾各有特色，但在西门庆心中，李瓶儿绝对是最特殊的一个，他曾经有三次做梦时都梦到了她。李瓶儿长得漂亮，家资丰厚，最重要的是给西门庆生了一个可以传宗接代的儿子，以此三方面确立了在西门庆及其妻妾中的地位。但假如只是凭这三种客观因素的话，西门庆那么一个见异思迁的人，是不会对李瓶儿如此宠爱的，最为重要的是李瓶儿和西门庆之间还存在着深厚而真挚的感情，所以西门庆才会一次又一次地梦到李瓶儿。李瓶儿生前对西门庆一往情深，当吴月娘不太愿意西门庆娶李瓶儿时，李瓶儿在自己家里日夜苦盼西门庆的到来，时间久了，竟然"每日茶饭顿减，精神恍惚"，到了晚上，更是辗转踌躇，渐渐地容貌变得枯黄，不吃不喝，卧床不起了。于是时常让下人冯妈到西门府去打听，终于在八月二十日这天被西门庆抬进了府里做妾。生前尚且如此，李瓶儿在死后又经常出现在西门庆的梦里，多次对他进行劝诫。在小说的第六十七回里："我的哥哥，你在这里睡哩，奴来见你一面……我今寻安身之处去也，你须防范他。没事少要在外吃夜酒，往那去，早早来家。千万牢记奴言，休要忘了。"还有小说的第七十一回李瓶儿又来梦里对西门庆说："我的哥哥，切记休贪夜饮，早早回家。那厮不时伺害于你，千万勿忘！"从这些情节中我们可以看出李瓶儿对西门庆痴心一片，情深似海，小说通过以上这些细节将一个满怀深情的人物形象展现在我们面

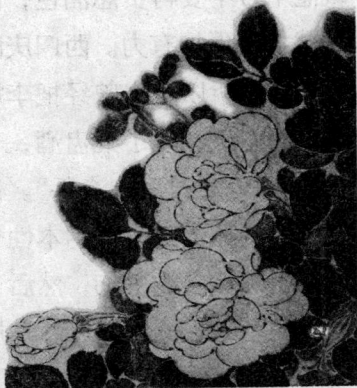

前。与此相对应的，翻遍整本小说，我们却看不到潘金莲在西门庆的梦里出现的情节，这从侧面也可以说明她是一个无情无义的人。还有一个有意思的细节：武大被潘金莲害死，应该说他有着非常大的冤屈，但出人意料的是他并没有向潘金莲托梦去向她索命，这一点似乎也表现出武大是一个懦弱至极、忍气吞声的人。

4. 梦幻也起到了深化主旨的作用。

关于《金瓶梅》的创作主旨，自明代以来，所有的学者都是仁者见仁，智者见智的，而且众说纷纭，如政治寓意说、孝子复仇说、讽劝说、愤世嫉俗说、影性恶说、性自由悲剧说、探讨人生说等等，但谁也没有办法确定究竟哪一种说法才是正确的或者说是正统的。但是在《金瓶梅》的第一回正文之前有《四贪词》，在小说的第一回正文中援引了历史上著名的因色致祸的故事，所以也可以说《金瓶梅》的创作主旨从某一个方面来说是要劝诫世人不要过于沉迷在酒色财气之中，而忽略了人生中许多更为正确的选择。

在这部小说中，李瓶儿在第六十七回中梦诉幽情，又在第七十一回里托梦，这都起到了深化主旨的作用。西门庆曾经多次梦到李瓶儿，李瓶儿也多次在梦里对他进行种种规劝。越是念念不忘的东西越是令人常常回味，越是珍贵的事物才会使人久久去追寻。西门庆也好、李瓶儿也好，多次做着同样的梦，只能说这些重复的梦境往往会预见这个人在未来的生命走向中会有着怎么样的遭遇。西门庆是集所有人性丑恶于一身的典型代表，贪财、爱色、嗜酒、以钱买官、以势欺人等等，李瓶儿由于自己对西门庆的一片痴心，多次托梦给西门庆，告诫他千万不要再贪恋酒色，而且一定要早早回家。这些梦幻描写也让李瓶儿的劝诫主旨更加有力。西门庆因为李瓶儿曾经对自己情真意切，二人也有过美好的回忆，所以他也曾经把李瓶儿对自己的劝告放在心上。在小说的第六十八回中：西门庆"吃了几盅酒，半酣上来，因想着李瓶儿梦中之言'少贪杯在外夜饮'，一面起身后边净手"。但不久以后，西门庆就把李瓶儿的所有告诫都抛之脑后，而他贪财爱色的本性也不会轻易改变，这也导致了他最终染病身亡。小说写了那么多的梦幻，然后"梦幻"般地安排故事情节，使人们看到了一个贪恋于酒色财气的人的可悲结局，告诫人们一定不要效仿这个人的恶行恶状，否则一定会有和他一样不堪的下场。

六、《金瓶梅》的艺术成就

前人将《金瓶梅》与《三国演义》《水浒传》和《西游记》并称为明代四大奇书，可见《金瓶梅》在文学史上的特殊地位，它可以说是中国第一部封建社会百科全书式的世情小说，同其他的三部小说相比，《金瓶梅》和今天的读者们更接近，而且也具有非常鲜明的时代色彩。同时，《金瓶梅》也是我国第一部以老百姓和反面人物为主角的长篇小说。

《美国大百科全书》的专条就曾指出《金瓶梅》是"中国第一部伟大的现实主义小说……对中国16世纪的社会生活和风俗作了生动而逼真的描绘"。可以说，在《金瓶梅》的世界里，呈现给我们一幅明代中叶的社会风俗画，一部形象的嘉靖、万历时代的社会生活史，可以说这就是《金瓶梅》的价值所在。

《金瓶梅》作为一部具有近代意味的现实主义文学巨著，是中国古代长篇小说发展的里程碑。它突破了中国长篇小说的传统形式，在艺术上也比在它之前的长篇小说有了更多的开拓和创新，为中国古代小说的发展作出了历史性的巨大贡献。

首先，在小说的创作题材上，它从《三国演义》《西游记》等小说描述英雄豪杰、神仙妖怪转为描写家庭生活、真实人物。《金瓶梅》主要是通过普通人的人生经历来表现整个社会的变化。在西门庆与他人的商业往来中，在潘金莲、李瓶儿、庞春梅等人的爱恨、生死中体现出强烈的现实性以及明确的时代性。通过《金瓶梅》这部小说，标志着中国古代小说艺术的逐渐成熟和现实主义创作方法的重大发展，它也为之后的其他世情小说开辟了广阔的题材世界，并成为文坛上的一支主流。

其次，在小说的创作主旨上，从之前小说的全力歌颂理想转为着重描绘社会的黑暗，从之前的表现美转为暴露丑。在《金瓶梅》之前的长篇小说中，更多的是尽全力讴歌人们美好的理想，展示人们对生活的美好向往，由此表现出浓厚的浪漫主义色彩；而《金瓶梅》则一

反常态，实现了中国古代小说完美观念的最大转变。通过西门大官人一众人等极力写出世情之恶、生活之丑。同时，它在表现生活中的假、恶、丑的时候，常常揭示出人物言行之间的矛盾，以此达到强烈得超乎想象的讽刺效果，当然，这种写法也对后世的讽刺文学有极大的影响。

第三，在小说的人物塑造上，从平面化转为立体化，从单一描写到多样刻画。《金瓶梅》的叙事重心从以往的以讲故事为主转为以描写人物为主，并且剔除了先前小说描写人物性格过于单一、过于刻板的弊病，注重多方面、多层次地塑造人物性格，细致入微地揭示人物复杂的内心世界，并且在一些人物形象中还出现了美与丑、善与恶并列的矛盾组合，这样就能够写出人物在性格方面的丰富性。

第四，在小说的叙事结构上，从单一的线性发展转为错综的网状交织。在《金瓶梅》之前的小说，都是由一个故事联结而成的，而《金瓶梅》则不然，它从生活的复杂性出发，发展为网状结构。整部小说围绕西门庆一家的盛衰史而展开，并以此为中心辐射到整个社会，使小说成为一个脉络相连、情节贯通的生活之网、社会之网，虽然千头万绪，却浑然一体。

第五，在小说的语言艺术上，从之前的说书体语言发展为市井的口语化。比如说《三国演义》就是半文半白的演义性语言，而发展到《水浒传》《西游记》等小说时，白话语言日渐成熟，同时也向规范化和文雅化的方向发展，而《金瓶梅》则代表小说语言发展的另一个方面，即向口语化、世俗化发展。它使用鲜活并且生动的市民语言，充满着浓烈的市井味儿，尤其擅长用个性化的语言来刻画人物，惟妙惟肖，让人过目不忘。

吴敬梓与《儒林外史》

　　《儒林外史》是一部在我国文坛具有深远影响的伟大作品，描写的故事大多发生在明代。作者吴敬梓通过一个个鲜活的故事把自己大半生的亲身经历和体验告诉了我们，让我们看到了封建科举制度下知识分子的生活和精神状态，同时也对这些人物的命运进行了深刻的思考和探索。《儒林外史》是我国古代讽刺文学最杰出的代表作，标志着我国古代讽刺小说艺术发展的新阶段。

一、吴敬梓的生平

《儒林外史》是一部在我国文坛具有深远影响的伟大作品，描写的故事大多发生在明代，吴敬梓通过一个个鲜活的故事把自己大半生的亲身经历和体验告诉了我们。让我们看到了封建科举制度下知识分子的生活和精神状态，同时也对这些人物的命运进行了深刻的思考和探索。《儒林外史》是我国古代讽刺文学最杰出的代表作，标志着我国古代讽刺小说艺术发展进入了新阶段。

吴敬梓（1701—1754 年），字敏轩，号粒民。清代小说家，安徽全椒人。移居到南京以后自号秦淮寓客，又因他的书斋名叫"文木山房"，故晚年自号文木老人。吴敬梓出身在一个"科第家声从来美"的科举世家。他的曾祖父一辈，共有兄弟五个人，其中四个人中了进士，曾祖父吴国对是顺治十五年（1658年）殿试第三名，即探花，做到了翰林院侍读，提督顺天学政。祖父一辈吴晟是康熙十五年（1676 年）的进士。但是从父辈开始，便逐渐家道中落，父亲吴霖起，曾经是赣榆县教谕，是个很清贫的官。

由于家庭的原因，吴敬梓小的时候就接受着传统儒家思想的熏陶。祖辈对于科举的热衷追求，推崇经史，特别是推崇《诗经》，都对吴敬梓产生了潜移默化的影响。小的时候，他就在家长的看管下学习经史，准备长大以后也像父辈一样，走科举仕进的道路。可是，传统儒家思想的熏陶和学习并没有束缚住吴敬梓的思想，他开始对诗词歌赋以及野史杂书产生了浓厚的兴趣，这也为他以后的文学创作打下了坚实的基础。

吴敬梓在年少的时候度过了一段安逸的读书生活，他自小就是个很聪明的孩子，善于背诵。但是好景不长，13 岁的时候他就失去了母亲，14 岁跟随父亲去了赣榆县。到了康熙六十一年（1722 年），为官清廉的吴霖起却遭坏人诬陷而被罢官，吴敬梓跟随父亲回到全椒。吴霖起在第二年抑郁而死。父亲去世以后，族里人欺负他两代单传，一些近族亲戚和外人相互勾结，纷纷来侵夺他的家产。这使他看清了封建家族伦常道德的虚伪面目，他决定与这些人划清界限，不再依靠祖宗的基业和门第来生活。

吴敬梓的生活经历可以以移居南京作为分水岭，分为两大阶段。人生道路上发生的重大变故，让他看清了人情冷暖、世态炎凉。他对社会的认识以及态度发生了很大的转变，他开始挥霍父亲留给他的家产，仗义疏财，乐于助人，家产很快就消耗殆尽了。生活已经沦落到了十分贫困的境地，这也招来了别人的非议。在创作上他开始效仿阮籍、嵇康，追随建安文人的风雅，反对浮华、空虚的创作文风，反对虚伪的礼教，表现出了狂放不羁的人生态度。

后来，吴敬梓在 33 岁的时候，变卖了家里的田产，移居到了南京，靠给人写文章度日，生活十分艰难。但正是这种生活经历，让他广泛地了解了下层人民的生活状况，同时也结识了很多文人学者，开扩了自己的眼界。对吴敬梓影响比较大的是当时代表进步思潮的颜李学派的学者，他们反对理学空谈，倡导务实的学风；要求以礼乐兵农作为强国富民之道；反对空言无益的八股举业，提倡以儒家的"六艺"作为教育内容，培养对国家有用的人才。这种影响让吴敬梓彻底摆脱了礼教的束缚，进一步形成了他狂放不羁的性格。

吴敬梓也参加过科举考试，想走科举荣身的道路，可是始终没能成功。他 29 岁的时候，去滁州参加科举考试。主考官看了他的文章以后，大加赞赏，不过终因其思想行为太过怪异而落榜。这次失败给他以沉重的打击，他开始对科举考试产生了怀疑。36 岁的时候，曾被荐举参加博学鸿词科的考试，他参加了地方一级的考试。但是到了要去京城应试的时候，他却假称自己得了病，没有去应试。吴敬梓深深地认识到了科举制度的弊端，他也放弃了走科举仕进道路的想法。

乾隆十六年（1751 年），乾隆首次南巡的时候，在南京举行征召，很多文人迎銮献诗时，吴敬梓却没有去，而是像东汉狂士向栩一样"企脚高卧"。后来，吴敬梓的生活陷入了困境，经常忍饥挨饿，靠典当过活。这种由富贵到贫困的生活经历，让他看到了世态炎凉、人情冷暖，对社会有了更清醒、冷峻的认识。吴敬梓人生的最后几年经常靠朋友的接济生活。乾隆十九年（1754 年）农历十月二十八日吴敬梓终因穷困潦倒，在扬州去世，结束了他坎坷磊落的一生。

吴敬梓一生创作了大量的诗歌、散文和史学研究著作，有《文木山房诗文集》十二卷，今存四卷。不过，确立他在中国文学史上杰出地位的，是他创作的长篇讽刺小说《儒林外史》。

二、《儒林外史》的创作背景

首先，特殊的生活阅历，让吴敬梓认清了隐藏在功名利禄背后的丑陋人性。

特殊的生活阅历，让吴敬梓的生活和思想都发生了极大的变化。他生长在一个官宦家庭，小时候富足的生活和后来窘困的境地形成了巨大的反差，思想上对科举制度也产生了截然相反的看法。吴敬梓一生大部分时间生活在南京和扬州，他见惯了官僚的徇私舞弊、豪绅的武断乡曲、膏粱子弟的平庸昏聩、举业中人的利欲熏心、名士的附庸风雅和清客的招摇撞骗。他在《儒林外史》中对这种种类型的知识分子腐朽的精神生活作了彻底的揭露。

其次，科举制度对整个社会产生了巨大的危害。

清朝统治者为了维护王朝的稳定，镇压武装起义，在文化上用考八股、开科举来麻痹人们的思想。雍正帝、乾隆帝年间，清朝统治者大兴文字狱，迫害知识分子，设博学鸿词科以作诱饵，提倡理学，以功利思想来影响知识分子。这种科举制度对社会的危害和影响是极其巨大和深远的，很多知识分子为了追逐名利富贵，醉心于对八股文和对科举考试的钻研，成了愚昧无知、卑鄙无耻的势利之徒。

吴敬梓看不惯这种黑暗的政治和腐朽的社会风气，所以他反对八股文，反对科举制度，不愿参加博学鸿词科的考试，厌恶人们对功名利禄的追逐。在《儒林外史》里，他通过讽刺的手法，对这些丑恶的事物进行了深刻的揭露和有力的批判，表明了他对科举制度的深恶痛绝。

《儒林外史》主要是在吴敬梓移家南京之后，大约在乾隆十四年（1749 年），吴敬梓 49 岁时创作完成的。《儒林外史》里面出现的人物，大都真有其人，吴敬梓创作取材于现实生活，人物原型多为自己的亲戚和朋友。如杜少卿、庄绍光、虞育德、迟衡山等人都可以在吴敬梓的身边找到原型。现在人们一致认为作品中杜少卿的原型就是吴敬梓本人。他的主要经历

与吴敬梓基本相同，而且是按照吴敬梓生活中所经历事件的时间顺序安排的，如杜少卿在父亲去世后的"平居豪举"，借病不参加博学鸿词的廷试、祭泰伯祠等。吴敬梓对有些环节加以想象虚构，使人物形象更加典型化。

关于《儒林外史》的版本，历来说法不一，分歧也较大，大体有五十回本、五十五回本、五十六回本等说法。但五十回本、五十五回本人们至今仍没有见到。现存最早的刻本是嘉庆八年（1803年）卧闲草堂的巾箱本五十六回。吴敬梓的作品还有《文木山房集》四卷，清乾隆年间刻本，收入他40岁以前的诗文，近年又陆续发现了《文木山房集》以外的诗文三十多篇。

三、《儒林外史》中描写的科举制度下的文人

《儒林外史》描写了清代形形色色的知识分子的生活和精神状态，对他们作了不同程度的讽刺、批判和赞扬。除此以外，小说也涉及官僚制度、人情世态和市井细民，大都表现了作者的爱憎分明。作者用以褒贬人物和社会现象的标准关乎全书的思想倾向。作者基本上是站在封建开明士绅的立场，反对读书人不顾"文行出处"的古训，无耻地追求功名富贵，以及批判社会上凉薄的世态人情。而导致读书人走向堕落的，则是以八股文取士的科举制度，作者把这种科举制度当作万恶之源来加以抨击和讽刺。

（一）坎坷磊落的王冕

在吴敬梓笔下，科举制度下的文人绝大部分是迂腐、麻木、贪婪的，但是在小说的第一回，吴敬梓却给我们讲述了王冕的故事，他是一个不受科举制度束缚的知识分子，通过强烈的对比，小说痛斥了八股科举制度对知识分子的戕害。

王冕生活在明朝末年，住在诸暨县的一个村子里，是一位画荷花的名家。

在他 7 岁的时候，父亲就去世了，母子俩生活非常困难。又赶上年头不好，母亲只能靠着替别人家做些针线活勉强度日。一天，母亲把王冕叫到跟前，难过地叹气道："孩子啊，我们家的东西当的当、卖的卖，实在供不起你读书了。你还是出去找点活干吧，明天到隔壁秦老爹家帮他放牛，每个月还可以挣几钱银子。"王冕说："我知道了，每天在学堂里坐着也没意思，还不如出去放牛呢。"

在秦老爹家旁边有一个七柳湖，那里景色很美，湖边是大片大片的绿草，还有很多粗壮的柳树，附近的牧童都来这里放牛。秦老爹告诉王冕只能在这一带放牛，不能走远，他经常给王冕带

些饭菜，每天还给点零钱。王冕不舍得把钱花掉，都攒了起来，买了些旧书。

这样过了三四年。一天，王冕正在放牛，突然乌云密布。一场阵雨过后，日光照得满湖通红。雨后的七柳湖让王冕陶醉了：岸边是绿油油的草地；树叶经过雨水的冲洗变得更加青翠；湖里的荷叶上水珠滚滚，荷苞上清水滴滴。王冕心想："古人说'人在图画中'，指的就是这样的景色吧！我要是能把这样的美景画下来就好了。"

从此，王冕把攒下来的钱都用来买胭脂铅粉之类的东西，开始学画荷花。三个月以后，他就能把荷花画得像湖里长的一样，惟妙惟肖。村里人看了以后，都夸他画得好，也有拿钱来买的。这样，一传十，十传百，很快大家都知道诸暨县有个画荷花的名笔了，都争着来买画，王冕和母亲也终于可以不愁衣食了。

王冕天性聪明，读遍了天文、地理、经史，有了些名声，但是他性情与众不同，既不求官爵，也不喜欢结交朋友，每天就是闭门读书。他在《楚辞图》上看到了屈原的衣冠，便自制了一顶很高的帽子、一件很宽大的衣服。当时正好是花明柳媚的时节，王冕便带着母亲，乘一辆牛车，拿着鞭子，口里唱着歌曲，在湖边到处玩耍。孩子们三五成群，跟着他笑，他也不在意。

一天，王冕正在秦老爹家闲坐，只见外边走进一个头戴瓦楞帽，身穿青布衣服的人。这个人是县里的一个头役，姓翟，是秦老爹的亲戚。他见到王冕，便问道："这位就是会画荷花的王相公吧？"秦老爹道："是的，你是怎么知道的？"那人说："县里有谁不知道啊！前几天县老爷吩咐，要画二十四幅花卉册页送给上司，这事交给了我。我听说过王相公的大名，没想到今天有缘，遇到了王相公，还请多多帮忙啊，县老爷一定会给你赏赐的，我下个月来取画吧。"

王冕不喜欢和官场的人来往，正想推掉，秦老爹怕他得罪了县老爷，忙打圆场。王冕碍于秦老爹的颜面，就勉强接了这份差事。回家用心画了二十四幅花卉，交差了事。

原来知县是拿这些画去讨好一个叫危素的大官。危素看了王冕的画以后非常欣赏他，便让知县去请王冕。知县为了巴结危素，回到衙门，找人去请王冕。没想到王冕却婉言拒绝了，说："我是一介草民，不敢去见大人。"知县听了火冒三丈，心想："我抬举你，派人去请你，你还不来。"但是害怕得罪危素，第二天早上，知县亲自来拜访王冕。但是王冕的母亲说他的儿子早上牵牛喂水去了，还没回来。知县一行人又到屋后的山坡上去找，只见到有个牧童倒骑在水牛上，从远处慢慢走来。知县问："小孩儿，你知道王老大牵着牛在哪里饮水吗？"小孩道："王大叔到二十里外的王家集吃酒去了，这牛就是他托我赶回家的。"

知县一听，心想："看来王冕是故意不见我的，真是不识抬举，我一定要惩罚他一番。"可他又怕不好向危素交代，只好忍下这口气，将来再说。知县怒气冲冲地回县衙了。王冕并没有走远，看知县走了，他便悄悄地回家了。

秦老爹见到王冕，生气地说："你这孩子，也太任性了。他是一县之主，你怎么得罪得起？"王冕道："知县仗着危素的势力，欺负百姓，这样的人我怎么能和他交往。他这番回去，一定会向危素说，危素一定不会放过我的，我还是出去躲躲吧。只是母亲在家，我放心不下啊。"

母亲道："家里还有些积蓄，够我用的了。你不用担心我，还是先出去躲避一下吧。"

王冕收拾了行李，含泪拜别了母亲，逃往山东济南府。在路上，他看到许多面黄肌瘦、衣衫褴褛的百姓挑着锅，担着孩子，哭哭啼啼地走在路上，原来是黄河决了口，房屋田地都被淹了，官府又不管，百姓只好四处逃难。王冕看到这样的场景，叹了一口气道："河水北流，天下将要大乱了。"到了济南府，王冕的盘缠用完了，只好靠占卜测字、画画来度日。

过了半年，王冕听说危素已经还朝了，知县也调到了别的地方，他才放心回家了。自此，王冕每日吟诗作画，侍奉母亲。又过了六年，母亲去世，他便守着墓园，平淡度日。

不久，朱元璋、方国珍、张士诚、陈友谅纷纷起兵，天下大乱，百姓痛苦不堪。

一天，王冕扫墓回来，看到很多骑马的人来到村里。一位头戴武巾、相貌不凡的人向王冕施礼问道："请问，这里是王冕先生家吗？"王冕道："我就是。"那人赶忙下马，握着王冕的手道："太好了！我姓朱，名元璋。久闻先生大名，今天专程前来拜访。"王冕道："原来是王爷，草民实在不敢当。"朱元璋道："近日来拜访先生，是想请先生教我如何安定江南，使民心归顺。"王冕道："大王是高明远见的，不用我多说。若要长治久安，只有以仁义服人。"朱元璋深深地点了点头。王冕亲自下厨，烙了一斤面饼，炒了一盘韭菜，捧出来陪着朱元璋一起吃，两人促膝谈心，很晚才依依道别。

没过几年，朱元璋削平祸乱，天下一统，建国号大明，年号洪武。王冕却从未向别人提起皇帝亲自登门请教的事。

明朝初年，天下太平，百姓生活安定。秦老爹经常到城里，总会给王冕带些官府的公告回来。从公告里王冕得知：危素因为傲慢无礼，得罪了皇上，被贬到和州去守墓；以后礼部将用四书、五经、八股文举行科举考试，选拔朝廷官员。王冕对秦老爹说："这个法定得不好啊。将来读书人为了得到一官半职，恐怕只会钻研考试，却把学问的真正要义忽略了。"

后来，王冕隐居在会稽山，得病去世，葬于会稽山下。

吴敬梓通过王冕的故事，塑造了一个不受科举制度束缚的知识分子形象。在王冕死后，文人们所走的却是一条醉心于科举功名的歧路。

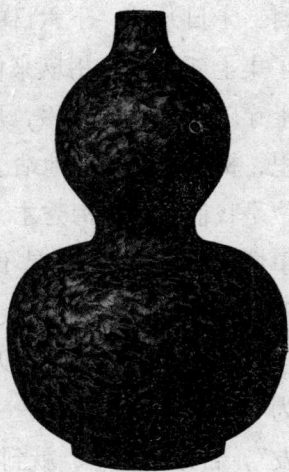

（二）可怜又可笑的周进、范进

山东兖州府汶上县有个乡村，叫作薛家集。这集上有一百来户人家，都是以种地为生。村口有一个观音庵，里面有三间殿宇，另外还有十几间空房子，后门靠着一个水塘。这庵是十方的香火，只有一个和尚住在这里。薛家集的人有公事时候，都来到这里商议。

这年的正月，地方上的主事乡绅申祥甫把大家都约到了观音庵。他说："今年我们村子里打算在观音寺里设个新学堂，不过没有老师，大家看看有没有合适的人选，推荐一下。"大家在底下讨论起谁能干这个差事。一个姓夏的人说："我倒有个人选，我们衙门里有个姓顾的书办，他家的小少爷去年中了秀才，老师是一个叫周进的人，学问和文章写得都不错。不过就是年纪大了点，今年六十多了，却连个秀才都没中。"大家也觉得可以，这事就这么定下了。

很快，他们就把周进请来了，答应每年给他十二两银子作为酬劳。学堂正月二十日开馆，十六日的时候，周进到了学堂，申祥甫便准备了些饭菜，又请了集上新进学的梅玖来作陪。周进戴了一顶旧毡帽，面色黑瘦，胡子花白，身上穿着元色绸旧直裰，那右边袖子，同后边坐处都破了。申祥甫把他让进了屋里，梅玖这才慢慢地站了起来。周进问道："这位相公是谁？"大家答道："这位是我们集上的梅秀才。"周进听了，谦让不肯让梅玖行礼。梅玖道："今天的事情不同。"周进还是不肯。大家道："论年纪也是周先生大，还是先生先请吧。"梅玖回过头来向众人道："大家是不知道我们学校的规矩，老友是从来不同小友排序的。不过今天不同，还是周先生请上。"在明朝，士大夫称儒学生员为"朋友"，称童生是"小友"，比如童生进了学，哪怕十几岁，也称为"老友"，若是不进学，就到八十岁，也称为"小友"。

周进听他这么说了，也就不同他让了，大家行过礼，便按序坐了下来。周进端起酒杯，向大家道了谢，便一饮而尽。大家边喝酒，边吃菜，一会儿如风卷残云一般，就没了一半。周进坐在那一口不动。申祥甫问道："先生为什么不吃呢？"周进道："实不相瞒，我是长斋。"大家道："这个倒是我们招待不周了，但是不知道先生为什么吃斋？"周进道："因为当年我的母亲病中在观音菩萨位下许的，到现在也吃了十几年了。"梅玖道："我倒想起一个和吃斋有关的笑话，是前天在城里顾老相公家听见他说的有个做先生的一字至七字诗。"众人都停下筷听他念诗。"呆！秀才，吃长斋，胡须满腮，经书不揭开，纸笔自己安排，明年不请我自来！"念完说道："像我这周长兄，如此大才，呆是不呆的了？"大家听完大笑起来。周进不好意思，脸都红了。

开馆那天，申祥甫带了些孩子来，这些孩子又淘又笨，周进耐着性子教他们，也不怎么管束。

一天，周进的姐夫金有余来看他，劝道："别怪我说你，这读书求功名的事，料想也是难了！人生世上，也就是混口饭吃，我过几天要和几个同行去省城做买卖，还缺一个记账的人，要不你和我一起出去走走吧，不会少了你吃的穿的。怎么样？"周进听了以后，一想："自己反正也没什么要紧的事，出去见识见识也无妨。"于是就答应了。

金有余选了个出行吉日，大伙一起动身来到了省城。周进也没什么事，就到街上去走走，看到很多工匠，一问，原来是要去修理贡院。周进也跟着来到了贡院门口，想进去看看，却被看门的用鞭子赶了出来。晚上的时候，周进和金有余说起这事，道："我这一辈子要是能进贡院看上一次，死也无憾了。"金有余听了以后，也为周进感到辛酸，考了一辈子，头发都白了，也没进过贡院。于是便花了点钱买通看门的人，带大家一块去贡院里面看看。

　　周进来到秀才们应考的号房，看到两块木板摆得整整齐齐，几十年的失意浮现在眼前，只觉得眼睛里酸酸的。周进长叹一声，一头撞在号板上，当场不省人事了。大家都慌了，以为中了邪。大家纷纷议论道："是不是这贡院里面没有人住了，阴气太重。才让周先生中了邪。"金有余道："大家快去找点水来，给他灌一灌。"不一会儿，大家找来了水，给周进喝了，只听他喉咙里咕咕响了一声，吐出了一口浓痰，慢慢地醒了过来。他抬头看了看号板，放声大哭起来，大家说："周先生这是怎么了，为什么痛哭啊？"金有余道："大家有所不知啊，我这个亲戚从小读书，考试考了几十年了，什么都没考上，连个秀才都没中。今天来到这里，不免内心伤痛，所以才这样伤心。"

　　周进听了这话，更加伤心，躺在地上一面哭一面打滚。大家看着他哭得这么伤心，都很同情。于是有个人说："看这周先生也是个有才学的人，只是没有遇到赏识他的人，才落到这等田地。"金有余道："他才学倒是有的，只是运气不好啊！"那人又道："我倒有个主意，可以帮助周先生。听说监生也是可以进考场的，我们何不为他捐个监生，大家凑点钱，让他进去考考。要是考得好的话，真的中了，我们就算做了件好事。要是不中，就当作生意赔了钱。不知道大家觉得如何？"

　　周进听了，忙跪倒在地，道："要是大家能够帮我，我一定不会忘记各位的大恩大德。"他趴在地上，磕了好几个响头。

　　大家一起凑了二百两银子，给周进捐了个监生。

　　周进八月八日来到贡院考试，考完以后仍旧和以前一样。放榜那天，周进果然中了，大家个个欢喜。亲戚朋友都来贺喜，送些礼品。然后周进去京师会试，又中了进士。

过了几年，升为御史，钦点广东学道。周进心里想："这些年我在这委屈了许久，如今我当权了，可一定要好好地把关，认真审阅考卷，不能埋没了人才啊。"

十二月上旬，周进在广州上任。在考试过程中，他注意到一个穿着麻布衣服，冻得哆哆嗦嗦的童生，他胡须发白，面黄肌瘦。周进问他："你叫什么名啊？多大岁数了？"童生答道："我叫范进，今年54岁了。"周进又问："考过多少回了？"范进道："童生20岁开始应考，到今年已经考了二十几回了。因为我的文章写得不好，所以老是考不中。"周进看着范进，头发花白，还来应考，想起了以前自己的一些经历，不免同情起他来。

于是拿起范进的卷子认真看了一遍。看过之后，周进心里想："不怪他考了这么多年也没考中，就这样的文章，写得真不行啊。"便丢到了一边。又过了一会儿，还没有交卷的，周进就又拿起范进的卷子看了一遍，这次看的时候，觉得他的文章有的地方还是有自己的特点的，倒还有些滋味。于是又仔细看了第三遍，不觉感叹道："这文章写得太好了，我读了三遍，才发现这文章真是难得的佳作啊。"周进在卷子上画了三个圈，填了第一名。

范进回到家里，把自己中了秀才的事情告诉了母亲和妻子，全家都很高兴，欢天喜地地准备饭菜，为范进庆祝。一会儿，范进的岳父胡屠户手里拿了一副大肠和一瓶酒来道贺。胡屠户一进门就说："我自己倒霉，把女儿嫁给了你这个没用的东西。这么多年来，不知道拖累了我多少。可能是我积了阴德，让你考上了秀才。"范进听了点头说道："岳父大人教训的是。"胡屠户又说："以后你就是有身份的人了，那就要有个样了，不能坏了规矩，对门口那些种地的、扒粪的人，就不要和他们拱手作揖了。"范进不断地点头。胡屠户又道："亲家母、女儿快来一起吃饭吧。你们每天吃些小菜，可能一年都不曾吃上几次猪油，真是可怜你们了。"婆媳二人过来一起吃饭。吃到天要黑了，胡屠户吃得醉醺醺的，才起身回去了。

第二天，范进少不了要去拜访乡亲。很快到了六月末，范进想要去乡试，不过没有盘缠，他来到了胡屠户那里，想和他借点盘缠。没想到被

胡屠户一口啐在脸上，被骂得狗血喷头。虽然挨了一顿骂，但范进还是去了城里参加考试，母亲和妻子因此饿了三天。被胡屠户知道了，又骂了一顿。

放榜那天，家里什么吃的都没有了，范进拿着家里仅有的一只老母鸡，去集上卖。家里正等着他换点米回来吃饭呢，就听见外面一片锣鼓声，几个人闯了进来，喊道："快请范老爷出来，恭喜高中了！"母亲一听中了，忙叫人去集上找范进。范进急忙跑了回来，看到堂中挂着大红报帖，反复看了几遍，突然两手一拍，转身就往外跑，一面跑一面喊着："噫！太好了！我中了！"把报录人和邻居都吓了一跳。

大家都跟着跑了出去，看到范进浑身已经湿淋淋的，披头散发地一面跑一面拍手。大家一看，原来范进疯了。这可吓坏了老太太，众人看到这情景，都劝老太太不要着急。有人说："范老爷是因为高兴过了头，痰涌了上来，迷了心窍。只要找一个平日里他最怕的人，打他一个嘴巴，吓他一吓，惊出痰来就好了。"大家都觉得这个办法可行。而范进最怕的人非胡屠户莫属了。

此时，胡屠户听说自己的女婿中了举人，正拿着猪肉过来。可他一听，让自己去打女婿，立刻就犹豫了。胡屠户道："虽然是我的女婿，不过现在他做了老爷，是天上的星宿。我要是打了他，死后一定会下地狱，永不得翻身的。"大家听了，笑道："平日里你每天杀猪，白刀子进去红刀子出来，不知害了多少性命，早该下地狱了，也不差多一条罪状了。"胡屠户没办法，只好去打，他先喝了两碗酒给自己壮了壮胆，然后卷了卷衣袖，来到疯疯癫癫的范进面前，举起手来一掌打下去，喊道："该死的畜生！你中了什么？"

说也奇怪，范进被打完一掌以后，眼睛渐渐明亮了，不疯了。倒是胡屠户站在一边，觉得自己的手发痛。心里后悔道："果然是天上的星宿啊，打不得啊！"连忙向郎中讨了个膏药贴上。老太太看着自己的儿子不疯了，也高兴了。

自此以后，范进再也不愁吃穿了。有人送房子，有人送田地。不久，范进家里奴仆丫鬟都有了，钱财更是不用说了。老太太看着这些东西，不觉喃喃地说："这些都是我的，都是我的了。"突然往后一倒，不省人事了。

周进、范进二人的命运辛辣地讽刺了弄得人神魂颠倒的科举制度。这种制度并不能选拔人才，周进、范进科举的失败和成功完全是偶然的。他们把自己毕生精力全部投入到了八股举业上，只落得个精神空虚、知识贫乏的下场，以致后来范进当了主考官竟然连苏轼这样的大文豪都不知道。同时，书中着力描写周进、范进在命运转变中环绕于他们周围的众生相，深刻地表现了科举制度对各阶层人物的毒害以及造成的乌烟瘴气的社会风气。

（三）无耻势利的匡超人

科举制度不仅造就了一批社会蛀虫，同时也毒害着整个社会。吴敬梓用了很大的篇幅描写了匡超人是如何从一个淳朴的青年堕落成无耻的势利之徒的。

温州府的乐清县有一农家子弟叫匡超人，他本来朴实敦厚。为了赡养父母，他外出做小买卖，流落杭州。

一天，匡超人在路旁摆了个摊子，给人拆字算命，遇到了一个叫马静的人。马静得知匡超人的遭遇后，对他说："我给你十两银子，你回家好好孝敬父母，有时间就勤奋读书，将来谋个功名。"匡超人手里拿着银子，感动得流下了眼泪，道："谢谢先生的关照，我无以为报，如果您不嫌弃我，我想和您结为兄弟。"马静也不推辞，和他结为了兄弟。

在马静的帮助下，匡超人回到了家，一面孝敬父母，一面攻读文章。他是个大孝子，老父的行动不方便，晚上大解的时候，他就跪在床尾，把父亲的两条腿扛在肩上，让父亲躺得安安稳稳的大解。他白天做杀猪和磨豆腐的生意，晚上照顾父亲，学习文章。

一天晚上，匡超人正在读书，本地知县刚好路过，心中诧异："在这山村里，这么晚了，还有这么刻苦用功的人，真是不容易啊！"于是就问随从这人是谁啊，随从道："他叫匡超人，是这里有名的大孝子。"知县听了便一心想抬举他。

第二天，知县叫人给匡超人带去口信，道："过几天，县里要招考童生，你过来报名应考。要是真能做文章，我自会提拔你的。"过了几天，县里贴出了招考童生的告示，匡超人买了卷子去应考。没想到童

生、府考、院考都高中榜首。

后来，知县遇到些祸事被罢了官，匡超人想："如今知县被罢了官，有了难，我得去看望看望他。"不料，他这一去，居然被诬陷为聚众闹事的首犯，逼不得已匡超人只好再次流落他乡。

在流浪过程中，匡超人遇到了景兰江、赵雪斋、支剑峰、浦墨卿、乐清匡、卫体善、随岑庵等一些所谓的西湖名士，每天和这些人在一起，俨然也变成了其中的一员，开始学习这些所谓名士的风气。为了生活，他替书商批些文章，获得些收入。

匡超人有个朋友叫潘三，是个不学无术的人，经常做些违法的事，匡超人也渐渐地学了些不良的习气。

一天，潘三来找匡超人，道："我们好几天没见面了，一起出去喝点酒吧。"匡超人关了门，两人来到街上。才走了几步，就看到潘三家的小厮跑来，说家里有客人在等潘爷。潘三就和匡超人一起回家了，让他在里屋稍等一会儿。

过了一会儿，潘三回来了，和匡超人说道："我现在有个挣钱的机会，不知道兄弟有没有兴趣？"原来刚才的客人叫李四，他说有个有钱的老爷，想让自己的儿子进学，但是他儿子一个字都不会写，如今马上就要考试了，想找个人替考，事成了以后答应给五百两银子作为酬谢。匡超人听了，觉得是个挣钱的机会，就答应了。

考试的时候，潘三使了些银两，把匡超人安排进了考场，替人答了卷子。发榜那天，果然中了。潘三给了他二百两银子作为酬劳，道："兄弟，如今你有了钱，这钱不要乱花，得做些正经事。"匡超人道："做什么正经事？"潘三道："你这么大岁数了，还没娶媳妇。我有个朋友，姓郑，是个忠厚老实的人，在抚院大人的衙门里当差。他有个女儿，托我给做个媒，我看你们挺般配的。你要是同意，这事就包在我身上了。"匡超人道："多谢三哥还想着我的事，我能有什么不愿意的。"潘三去和郑老爹说，取了庚帖，只向匡超人要了十二两银子，买了几件首饰，做了四件衣服，去过了礼。选了个好日子，匡超人就成了亲。一年以后，妻子生了一个女儿，夫妻生活得很幸福。

一天，匡超人正在门口站着，看到一个青衣大帽的人走过来，说道："请问这里是匡相公的家吗？"匡超人道："我就是，请问你是哪里来的？"那人道："我们家老爷有封信让我交给匡相公。"匡超人拿来一看，原来是自己老师的信，信上说他以前被人诬陷，罢了官，现在查清楚了，都是没有的事。现在官复原职了，想要匡超人去京城，要照看他。匡超人留那人吃了酒饭，写了封回信，说："谢谢老师关照，我马上就整理行装，去京城见老师。"

匡超人临走之前，请了几个朋友吃饭。酒席之间，有个人说："听说了吗，昨天晚上潘三被抓起来了，已经下到牢里了。"匡超人问道："为什么啊？"那人道："潘三犯的罪可多了，把持官府，包揽词讼，广放私债，毒害良民，无所不为……"匡超人一听，心下想道："这些事，也有好几件我都参与过，要是被审出来，可怎么办啊。"当时吓得脸色发青。匡超人回到家里，整个晚上都没睡着觉。妻子问他怎么了，他也不好说实话。

第二天，匡超人收拾行李，去了京城，投奔老师去了。两人见面以后，老师让匡超人住在自己的家里，照顾得十分周到。老师问匡超人可曾娶过妻子，匡超人暗想："自己的丈人是在抚院里当差的，地位低微，说出来会被人看不起的。"只得答道："还没娶过妻子。"老师说："这么大了还没娶妻子，也算难得了，这事交给我了。"过了不久，老师就为匡超人寻了一门亲事，匡超人想："要是说自己已经娶过妻了，老师定会以为我欺骗他，生我的气，要是答应他的话，我家里的妻儿可怎么办啊。"又转念一想："戏文上说的蔡状元招赘牛相府，传为佳话，这有何妨！"于是便答应了。

一次，老师让匡超人出去办事，回来的时候在船上遇到一个姓牛的人，当谈到自己的名声的时候，匡超人说："我的文名也够了。自从那年去了杭州，到现在也有五六年了，考卷、墨卷、房书、行书、名家的稿子，还有《四书讲书》《五经讲书》《古文选本》——家里有个账，共是九十五本。我写的书，每部都要卖掉一万多本，山东、山西、河南、陕西、北直都争着买我的书，就怕买不到。我有本书，前年出版的，到现在已经刻了三副版了。不瞒你们说，在我们那里，都在书案上供着'先儒匡子之神位'。"

中国古代著名小说

182

姓牛的人说："先生，你这话说得不对吧！'先儒'是指已经去世的儒者，可是你现在还活着，怎么会得到这样的称呼呢？"匡超人红着脸道："不对！'先儒'是指对先生的尊称！"那人听了，也就不和他争辩了。

（四）贪得无厌的王惠

科举是求取功名的桥梁，少数幸运者一旦功成名就，就要用无厌的贪求来攫取财富，压榨百姓。他们出仕多为贪官污吏，出乡则多是土豪劣绅。科举制度不仅培养了一批庸才，同时也豢养了一批贪官污吏。

王惠晚年中的进士，被任命为江西南昌知府。他一路风尘仆仆地赶路，很快便来到了江西省城南昌府。前任的蘧太守是浙江嘉兴府人，进士出身，因为年纪大了而且身体多病，已经回家养老了，府衙里的事情由通判代为处理。王惠到任以后，交接了事务，他管辖下各个部门的人都来见过了。

一天，蘧太守派了下人来禀告说："我家老爷年老多病，耳朵也听不清了，交接的事，本该自己来和王太爷处理，不过现在身体不行了，明日打发少爷过来，当面和你交接一些公务。一切事都要请王太爷多多担代。"王惠答应了。

第二天早上，衙门里准备好了酒饭，等候蘧公子。不一会儿，蘧少爷坐着一顶小轿来了。两人客套了一会儿，转入正题，蘧公子道："府衙中历年的结余还有两千多两金子，我父亲把这笔钱全部留下，以便用作王大人在此地的各项开支。"交接完事后，两人又聊了一会儿。

酒菜摆好了以后，大家坐下。王惠慢慢问道："你们这里有什么特产吗？官司里有哪些地方是可以通融的？"蘧公子道："我们这里虽然地方很偏，都是乡野粗人，但是很少有坏人。我父亲治理这里的时候，凡事都以化解为主，不喜欢百姓诉讼打官司。所以这里的案子很少，刑罚更少。"王惠笑道："可见'三年清知府，十万雪花银'这样的话，在这里也不准行了啊！"当下酒过数巡，蘧公子见他问的都是些鄙陋的话，于是又说道："有人说我们这衙门里只有三种声音。"王惠道："是哪三样？"蘧公子道："是吟诗声、下棋声、唱曲声。"

王惠大笑道："有意思，老先生真是风雅之人啊。"蘧公子道："将来王老爷一定大有作为，只怕这府衙里要换三种声音了。"王惠道："是哪三样？"蘧公子道："是戥子声、算盘声、板子声。"王惠并没有听出来这话是讥诮他的，严肃地说："如今你我要替朝廷办事，只怕也不得不如此认真。"

蘧公子酒量很大，王太守也喜欢喝酒，彼此推杯换盏，一直喝到黄昏，蘧公子才辞别走了。

没过多久，王惠定做了一把头号的大秤，把六房书办都传进来，问明了各项余利，开始整顿财务秩序，清理小金库，三日五日一笔，算盘声自然是不断了。然后把两块板子拿到内衙上秤，比较了轻重，在上面记下暗号，出堂的时候，吩咐叫用大板，衙役要是用轻的板子打，就判断他收了钱，然后用重板子打衙役，作为惩罚。这些衙役百姓，一个个被他打得魂飞魄散，全城的人，没有一个不知道王太守的利害，睡梦里也是怕的。从此，衙门的声音换成了戥子声、算盘声、板子声。因此他得到"江西第一个能员"的称号，王惠俨然变成了一个酷吏。

王惠因为能干，被提升为南赣道台，在上任的途中，遇到反叛的宁王，王惠被反绑了双手，带上了一艘大船。在船上，王惠吓得一直不敢抬头，跪在地上。宁王走过来，把他扶起来，亲自为他松了绑，对他说："我久仰先生的才干，先生如果肯归顺我，那么高官厚禄，荣华富贵一定少不了你的。"王惠见此情况，乖乖投降了。

后来，宁王被朝廷大军打败了。乱军中，王惠匆匆拿了几本旧书和几两银子，换了一身青衣连夜跑了出来。

这一天，他走到了浙江乌镇，饿得头都发昏了，就找到了一家酒店，吃饭的时候看到同桌的一个年轻人十分面善。王惠问那少年："请教客人贵姓，住在何处啊？"

少年答道："我姓蘧，老家在嘉兴。"王惠吃了一惊，又连忙问："那南昌

太守蘧老先生你认识吗？"那少年也诧异了，说："那是我的家祖，难道先生认识我的家祖？"王惠怕旁边的人听到，向四周张望了一下，小声对少年说："我是继任的南昌知府王惠，和你的父亲有过一面之缘。"那少年说："我的父亲在回到家乡的第二年就去世了。"王惠听到以后，觉得世事难料，不觉也难过地流下了眼泪。

少年看到王惠衣衫褴褛，面色憔悴，不解地问："先生为何在这，怎么落到这步田地？"王惠把自己的这段经历和少年说了一遍。少年听后，便取出了二百两银子，给了王惠。王惠感动得双膝跪地，说："多谢了，我现在落魄，一无所有，就把这几本旧书留给你吧。将来有机会，我一定好好报答你。"

两人分开后，王惠雇了一艘船去了太湖。因为他曾经投靠了叛军，被朝廷悬赏捉拿。后来，王惠改名换姓，削发为僧了。

（五）堕落无耻的严贡生

官吏们贪赃枉法，而在奉行八股取士制度的同时，土豪劣绅也恣意横行。戴着科举功名帽子的在乡士绅，则成了堕落无行的劣绅。严贡生就是一个典型。

一天，知县门口来了两个喊冤告状的人，一个叫王小二，是贡生严大位的邻居。王小二说："去年三月，严贡生家一头刚生下来的小猪，跑到我家里来了，我慌忙把猪送回了严家。可严贡生说猪到了我家，再找回来，太不吉利了，逼着我出了八钱银子，把小猪买了过来。过了一段时间，这口猪在我家养到了一百多斤，有一次错走到了严家，严家把猪抓了起来。我去严家要猪，严贡生说，猪本来是他的，想把猪领回去，就得花银子。我们是穷人家，哪有银子，后来两家争吵了起来，却被严贡生的几个儿子拿门闩、擀面杖，打了个半死，腿都打折了。小人因此来报官。"

知县听了，喝了口水。问另一个人道："你叫什么名字，状告谁啊？"那人道："小人叫作黄梦统，在乡下住。小人要告的也是严贡生。小人去年九月去县里交钱粮，一时间钱不够了，就托人向严贡生借了二十两银子，每月三分钱的利息，写了借约，放在了严家。后来我遇到了亲戚，说能借我几两银子，我就没拿严家的银子。交完钱粮，就和亲戚回家去了。到现在已经大半年，最近想起这事来，问严府取回借约，严贡生却向小的要这几个月的利息钱。小的说：'我也没借走你的钱，给什么利息啊？'严贡生说，小的若当时拿回借约，他可把银子借与别人生利；因不曾取约，他那二十两银子也不能动，误了大半年的利钱，该是小的出。小的自知不是，向中人说，情愿买个蹄酒上门去取约；严贡生执意不肯，把小的驴和梢袋（褡裢），都叫人拿了回家，还不发出借据来。这样含冤负屈的事，求大老爷做主！"

知县听了，说道："一个做贡生的人，忝列衣冠，不在乡里间做些好事，却如此骗人，实在太可恶了！"便将两张状子都批准了。原告在外等候，早有人把这话报告了严贡生，严贡生慌了，心里想："这两件事都是我不对，倘若审断起来，一定对我不利。三十六计走为上策。"于是卷起行李，一溜烟跑到省城去了。

知县准了状子，差人来到严家。严贡生已经不在家了，只找到了严贡生的弟弟，他叫严大育，字致和，他哥字致中，两人是同胞兄弟，却在两个宅里住。这严致和是个监生，家私豪富，足有十多万银子。严致和见差人来说此事，他是个胆小的人，见哥哥又不在家，不敢轻慢。随即留差人吃了酒饭，拿两千钱打发去了。

严监生连在衙门使费，共用去了十几两银子，这事才过去了。

后来，严监生因为妻子去世，新年也不出去拜节，在家哭哭啼啼，精神恍惚。过了灯节后，就叫心口疼痛。初时撑着，每晚算账，直算到三更鼓。后来就渐渐饮食少进，骨瘦如柴，又舍不得银子吃人参。赵氏劝他道："你心里不自在，这家务事就丢开了罢。"他说道："我儿子还小，你叫我托哪个？我在一日，少不得料理一日！"不想春气渐深，肝木克了脾土，每日只吃两碗粥汤，卧床不起。等到天气和暖，又勉强进些饮食，挣起来家前屋后走走，挨过长夏，立秋以来，病又重了，睡在床上。

自此严监生的病，一日重似一日，毫无起色。诸亲六眷，都来问候，五个侄子，穿梭似的过来陪郎中弄药。到中秋以后，医生都不下药了；把管庄的家人，都从乡里叫了来，病重

得一连三天不能说话。晚间挤了一屋子的人，桌上点着一盏灯，严监生喉咙里，痰响得一进一出，一声接一声的，总不得断气。还把手从被单里拿出来，伸着两个指头。大侄子上前问道："二叔，你莫不是还有两个亲人不曾见面？"他就把头摇了摇。二侄子走上前来问道："二叔，莫不是还有两笔银子在哪里，不曾吩咐明白？"他把两眼睁得溜圆，把头又狠狠地摇了几摇，越发指得紧了。奶妈抱着儿子插口道："老爷想是因两位舅爷不在跟前，故此惦念？"他听了这话，两眼闭着摇头。那手只是指着不动。赵氏慌忙揩揩眼泪，走近上前道："老爷！只有我能知道你的心事。你是为那盏灯里点的是两茎灯草，不放心，恐费了油，我如今挑掉一茎就是了。"说罢，忙走去挑掉一茎，众人看严监生时，他点一点头，把手垂下，顿时就没了气。

听到自己的弟弟去世了，严贡生从城里回来了，帮着操办丧事。一天，严贡生出去办事，坐在船舱里忽然一时头晕，两眼昏花，口里恶心，吐出许多清痰来。来富同四斗子，一边一个，架着他的胳膊，只是要跌。严贡生口里叫道："不好！不好！"叫四斗子快去烧起一壶开水来。四斗子把他放了睡下，一声接一声地哼，四斗子慌忙和船家烧了开水，拿进舱来。

严贡生用钥匙开了箱子，取出一方云片糕来，约有十多片，一片一片剥着，吃了几片，将肚子揉着，放了两个大屁，立刻好了。剩下几片云片糕，搁在后鹅口板上，半日也不来查点。那掌舵驾长害馋痨，左手把着舵，右手拈来，一片片地送进嘴里，严贡生只装看不见。

船靠了码头，严贡生叫来富速叫两乘轿子来，将二相公同新娘先送到家里去，又叫些码头工人把箱笼都搬上了岸，把自己的行李也搬上了岸。船家水手都来讨喜钱。

严贡生转身走进舱来，四面看了一遭，问四斗子道："我的药放哪里去了？"

四斗子道："何曾有药？"严贡生道："方才我吃的不是药？分明放在船板上的。"那掌舵的道："想是刚才船板上几片云片糕，那是老爷剩下不要的，小的就斗胆吃了。"严贡生道："吃了？好贱的云片糕？你晓得我这里头是些什么东西？"掌舵的道："云片糕不过是些瓜仁、核桃、洋糖、面粉做成的了，有什么东西？"

严贡生发怒道："放你的狗屁！我因素日有个晕病，费了几百两银子合了这一料药，是省里张老爷在上党做官带来的人参，周老爷在四川做官带来的黄连。你这奴才！猪八戒吃人参果，全不知滋味，说得好容易！是云片糕！方才这几片，不要说值几十两银子？'半夜里不见了轮头子，攮到贼肚里！'只是我将来再发了晕病，却拿什么药来医？你这奴才，害我不浅！"叫四斗子开拜匣，写帖子。又说："送这奴才到汤老爷衙里去，先打他几十板子再讲！"

掌舵的吓坏了，陪着笑脸道："小的刚才吃的甜甜的，不知道是药，还以为是云片糕！"

严贡生道："还说是云片糕！再说云片糕，先打你几个嘴巴！"说着，已把帖子写了，递给四斗子，四斗子慌忙走上岸去；那些搬行李的人帮船家拦着。两只船上船家都慌了，一齐道："严老爷，而今是他不是，不该错吃了严老爷的药，但他是个穷人，就是连船都卖了，也不能赔老爷这几十两银子。若是送到县里，他那里担得住？如今只是求严老爷开开恩，高抬贵手，饶过他罢！"严贡生越发恼得暴跳如雷。

搬行李的脚夫有几个走到船上来道："这事原是你船上人不是。方才若不是问严老爷要酒钱喜钱，严老爷已经上轿去了。都是你们拦住，那严老爷才查到这个药。如今自知理亏，还不过来在严老爷跟前磕头讨饶？难道你们不赔严老爷的药，严老爷还有些贴与你们不成？"众人一齐逼着掌舵的磕了几个头，严贡生转弯道："既然你众人说情，我又喜事重重；且放着这奴才，再和他慢慢算账，不怕他飞上天去！"骂毕就上了轿。行李和小厮跟着，一哄去了。船家眼睁睁看着他走了。

《儒林外史》俯仰百年，写了几代儒林士人在科举制度下的命运，他们为追逐功名富贵而不顾"文行出处"，把生命耗费在毫无价值的八股制艺、无病呻吟的诗作和玄虚的清谈之中，以至于道德堕落，精神荒谬，才华枯萎，丧失了独立的人格，失去了人生的价值。对于真正的文人应该怎样才能赢得人格的独立和实现人生的价值，吴敬梓又陷入理性的沉思之中。

四、《儒林外史》中的真儒名贤

吴敬梓描写了一批真儒名贤，体现了作者改造社会的理想。作者理想的人物是既有传统儒家美德又有六朝名士风度的文人，追求道德和才华互补兼济的人生境界。

（一） 忧国忧民的杜少卿

杜少卿是作者殷情称颂的理想人物。他淡薄功名，讲究"文行出处"。朝廷征辟，但他对朝政有着清醒的认识，"正为走出去做不出什么事业""所以宁可不出去"。他装病拒绝应征出仕，说："好了！我做秀才，有了这一场结局，将来乡试也不应，科、岁也不考，逍遥自在，做些自己的事罢！"这就背离了科举世家为他规定的人生道路。

杜少卿傲视权贵，却扶困济贫，乐于助人，有着豪放狂傲的性格。汪盐商请王知县，要他作陪，他拒不参加，说："我哪有工夫替人家陪官！"王知县要会他，他说："他果然仰慕我，他为什么不先来拜我，倒叫我拜他？"但到了王知县被罢官，赶出衙门，无处安身时，杜少卿却请他到家来住，"我前日若去拜他，便是奉承本县知县，而今他官已坏了，又没有房子住，我就该照应他"。

对贫贱困难的人，他平等对待，体恤帮助。一天，杜少卿正要和朋友喝酒，只见他家的裁缝走了进来，双膝跪下，磕下头去，放声大哭。杜少卿大惊道："杨裁缝！这是怎的？"杨裁缝道："小的这些时在少爷家做工，今早领了工钱去，不想才过了一会，小的母亲得个暴病死了。小的拿了工钱家去，不想到有这一变，把钱都还了柴米店里，而今母亲的棺材衣服，一件也没有。没奈何，只得再来求少爷借几两银子与小的，小的慢慢做着工算。"杜少卿道："你要多少银子？"裁缝道："小户人家，怎敢望多？少爷若肯，多则六两，少则四两罢了。小的也要算着除工钱够还。"杜少卿惨然道："我哪里要你还。你虽是小本生意，这父母身上大事，你也不可草草，将来就是终身之恨。几两银子如何使得！至少也要买口十六两银子的棺材，衣服、杂货共须二十金。我这几日一个钱也没有。也罢，我这一箱衣服也可当得二十多两银子。王胡子，你就拿去同杨裁缝当了，一总把与杨裁缝去用。"又道："杨裁缝，这事你却不可记在心里，只当忘记了的。你不是拿了我的银去吃酒赌钱，这母亲身上大事，人孰无母？这是我该帮你的。"杨裁缝同王胡子抬着箱子，哭哭啼啼去了。

这一天，杜少卿回到家里，一个乡里人在敞厅上站着，见他进来，跪下就与少爷磕头。杜少卿道："你是我们公祠堂里看祠堂的黄大？你来做什么？"黄大道："小的住的祠堂旁边一所屋，原是太老爷买与我的。而今年代多，房子倒了。小的该死，把坟山的死树搬了几棵回来添补梁柱，不想被本家这几位老爷知道，就说小的偷了树，把小的打了一个臭死，叫十几个管家到小的家来搬树，连不倒的房子都拉倒了。小的没处存身，如今来求少爷向本家老爷说声，公中弄出些银子来，把这房子收拾收拾，赏小的住。"杜少卿道："本家！向哪个说？你这房子既是我家太老爷买与你的，自然该是我修理。如今一总倒了，要多少银子重盖？"黄大道："要盖须得百两银子，如今只好修补，将就些住，也要四五十两银子。"杜少卿道："也罢，我没银子，且拿五十两银子与你去。你用完了再来与我说。"拿出五十两银子递与黄大，黄大接着去了。

杜少卿既讲求传统的美德，在生活和治学中又敢于向封建权威和封建礼俗挑战，追求恣情任性、不受拘束的生活。他遵从孝道，对父亲的门客娄老爹极为敬重。

有一次，杜少卿的朋友住宿在他的家里，清晨起来，朋友来到院子里，看到一个小厮，就问道："你家少爷可曾起来？"那小厮道："少爷起来多时了，在娄太爷房里看着弄药。"朋友道："你家这位少爷也出奇！一个娄老爹，不过是太老爷的门客罢了，他既害了病，不过送他几两银子，打发他回去。为什么养在家里当作祖宗看待，还要一早一晚自己服侍。"那小厮道："你还说这话哩，娄太爷吃的粥和菜，我们煨了，他儿子孙子看过还不算，少爷还要自己看过了，才送与娄太爷吃。人参铫子自放在奶奶房里，奶奶自己煨人参。药是不消说，一早一晚，少爷不得亲自送人参，都是奶奶亲自送人参与他吃。你要说这样话，只好惹少爷一顿骂。"

他敢于向封建权威挑战，对当时钦定的朱熹对《诗经》的解说，大胆提出质疑，认为《溱洧》一篇"也只是夫妇同游，并非淫乱"。对《女曰鸡鸣》的解释是提倡独立自主、怡然自乐的生活境界。对当时盛行的看风水、迁祖坟的迷信做法，他极力反对，认为应"依子孙谋杀祖父的律，立刻凌迟处死"。他不受封建礼俗的拘束，"竟携着娘子的手，出了园门，一手拿着金杯，大笑着，在清凉山岗子上走了一里多路"，使"两边看的人目眩神摇，不敢仰视"。

他尊重女性，反对对妇女的歧视与摧残。某日与朋友一起喝酒，季苇萧多吃了几杯，醉了，说道："少卿兄，你真是绝世风流。据我说，整日同一个三十多岁的老嫂子看花饮酒，也觉得扫兴。据你的才名，又住在这样的好地方，何不娶一个标致如君，又有才情的，才子佳人，及时行乐？"杜少卿道："苇兄，岂不闻晏子云：'今虽老而丑，我固及见其姣且好也。'况且娶妾的事，小弟觉得最伤天理。天下不过是这些人，一个人占了几个妇人，天下必有几个无妻之客。小弟为朝廷立法：人生须四十无子，方许娶一妾；此妾如不生子，便遣别嫁。是这等样，天下无妻子的人或者也少几个。也是培补元气之一端。"萧柏泉道："先生说得好一篇风流经济！"迟衡山叹息道："宰相若肯如此用心，天下可立致太平！"当下吃完了酒，众人欢笑，一同辞别去了。

对敢于争取人格独立的沈琼枝，他充满了敬意。沈琼枝是读书人家的女儿，被盐商宋为富骗娶做妾，她设计裹走宋家的金银珠宝，逃到南京卖文过日子，自食其力。人们都把她看作"倚门之娼"，或疑为"江湖之盗"，但杜少卿却说："盐商富贵奢华，多少士大夫见了就销魂夺魄，你一个弱女子，视如土芥，这就可敬的极了。"

他尊重人的个性，追求自由自在的生活。友人到他家聚会，"众客散坐，或凭栏看水，或啜茗闲谈，或据案观书，或箕踞自适，各随其便"。他和六朝文人一样反对名教而回归自然，把自然山水当作自己的精神家园，所以他对妻子说："你好呆，放着南京这样好玩的所在，留我在家，春天秋天，同你出去看花吃酒，好不快活！为什么要送我到京里去？"在名士风度中闪耀着追求个性解放的光彩。

杜少卿表面上狂放不羁，但是仍然怀着一颗忧国忧民之心。真儒们以道德教化来挽救颓世，赢得他的敬重，虽然他的家产几乎耗尽，但仍然捐三百两银子修泰伯祠。杜少卿的好朋友迟衡山说："我们这南京，古今第一个贤人是吴泰伯，却并不曾有个专祠。那文昌殿、关帝庙，到处都有。小弟意思要约些朋友，各捐几何，盖一所泰伯祠，春秋两仲，用古礼古乐致祭。借此大家习学礼乐，成就出些人才，也可以助一助政教。但建造这祠，须数千金。我裱了个手卷在此，愿捐的写在上面。少卿兄，你愿出多少？"杜少卿大喜道："这是应该的！"接过手卷，放开写道："天长杜仪捐银三百两。"迟衡山道："也不少了。我把历年坐馆的钱节省出来，也捐二百两。"

他的理想和追求并不为凡夫俗子所理解，被骂为"最没品行"的人，要子侄们在读书桌上贴一纸条，上面写道："不可学天长杜仪。"杜少卿在那样的社会里，只能陷入苦闷和孤独，他在送别虞博士时说："老叔去了，小侄从今无所依归矣。"

杜少卿较之传统的贤儒有着狂放不羁的性格，少了些迂阔古板；较之六朝名士，有着传统的道德操守，少了些颓唐放诞。他是一个既有传统品德又有名士风度的人物，既体现了传统的儒家思想，又闪耀着时代精神，带有个性解放色彩，与贾宝玉同为一类人物，不过传统思想的烙印更深一些而已。

杜少卿是《儒林外史》中少有的有光彩的人，他使这沉重腐气的儒林呈现出亮色和生机，带给读书人一些昂扬的气息。他的这些个性和思想首先是建立在他的阅历和学习上，可是能有像他这样的先天条件的人并不多，他基本上是脱离了劳作和维持生计后，任性而为，他更多的思想还是建立在一种纯理论的基础之上。因此，杜少卿的光彩也只在于此，他只是能够按照自己的理解去自在地实践他的价值，在现实的夹缝当中，他的光芒很微弱。

（二）雅士杜慎卿

杜慎卿面如傅粉，眼若点漆，温文尔雅，有潘安之貌，飘然有神仙之风，胸怀子建之才，是江南数一数二的才子。和其他的名士不同的地方在于他讲究"雅"，是个雅人，他的"雅"不在形式而在于内容，他喜欢清谈。往往只食江南鲥鱼、樱、笋这些清淡的下酒之物，买的是永宁坊上好的橘酒，又是雨水煨的六安毛

尖茶，邀几个朋友先生们"挥麈清谈"。吃酒品茶到了高兴处，朋友提出："对名花，聚良朋，不可无诗。我们即席分韵，何如？"杜慎卿笑道："先生，这是而今诗社里的故套，小弟看来，觉得雅得这样俗，还是清谈为妙。"或者他更喜欢呜呜咽咽，吹着笛子，拍着手，唱李太白《清平调》。

"雅得这样俗"说得极妙，他讲究雅不在形式而在内容。他无山水之好，也并不执迷于丝竹之音，却醉心于一个"情"字。他所说的"情"却并非是指男女之情，他说："朋友之情，更胜于男女！你不看别的，只有鄂君绣被的故事。据小弟看来，千古只有一个汉哀帝要禅天下与董贤，这个独得情之正；便尧舜揖让，也不过如此，可惜无人能解。"他所说的"情"实际上是一种相知，是那种肝胆相照、灵犀相通的知音者，是一种"相遇于心腹之间，相感于形骸之外"的性情，因为无所得，因此他便常叹："天下终无此一人，老天就肯辜负我杜慎卿万斛愁肠，一身侠骨！"

按说，文人清谈并不是什么好事情，清谈误国是自古就有的训诫，但杜慎卿的清谈，却有着一份厚重的追求和执着的情感。这样的清谈中，自然就不仅仅是为清谈而清谈了。同时，在这清谈之外，他倒是做了一件事情：在莫愁湖开了一个湖亭梨园大会。

这个梨园大会不是像那些假名士们做的莺脰湖名士大会或西湖诗会，而是实实在在的一次梨园盛会。有一百多个做旦角的戏子，一人一部戏，杜慎卿和几个名士做评委，记清了这些戏子的身段、模样，做了暗号，几日之后评出个高下，出一个榜文，把色艺双绝的取在前列，贴在通衢。

这次梨园盛会，杜慎卿倒完全不是附庸风雅，而是实实在在地做了一次文化的交流和推进。在当时能够把操贱业的戏子们组织起来搞一次大会，没有突破现实的勇气和胸襟是做不到的，能够做出这样的事情，这和他所持的"情"之性情是有关系的。事实上，评选出一些优秀的艺人，让他们名扬天下，同时也推进了梨园文化的传播和发展，杜慎卿的"雅"其实是突破了个人的小性情而成为文化发展的一种潜在的动力。

（三）辞官还家的庄绍光

庄绍光，名尚志，字绍光，人称庄征君，出身读书人家，少有才华，十一二岁就会作七千字的长赋，天下皆闻。此时已将及四十岁，名满一时，他却闭户著书，不肯妄交一人。浙抚徐穆轩先生，今升少宗伯，他举荐了庄绍光。奉旨要见，庄绍光只得去走一遭。

庄绍光晚间置酒与娘子作别。娘子道："你往常不肯出去，今日怎么闻命就行？"庄绍光道："我们与山林隐逸不同，既然奉旨召我，君臣之礼是拗不得的。你且放心，我就回来，断不为老莱子之妻所笑。"次日，应天府的地方官都到门口来催迫。庄绍光悄悄叫了一乘小轿，带了一个小厮，脚子挑了一担行李，从后门老早就出汉西门去了。

庄绍光从水路过了黄河，雇了一辆车，晓行夜宿，一路来到京城。

这时是嘉靖三十五年十月十一日，庄征君屏息进殿，天子便服坐在御座之上。庄征君上前朝拜。天子道："朕在位三十五年，幸托天地祖宗，四海升平，边疆无事。只是百姓未尽温饱，士大夫亦未见能行礼乐。这教养之事，何者为先？所以特将先生起自田间，望先生悉心为朕筹划，不必有所隐讳。"庄征君正要奏对，不想头顶心里一阵疼痛，着实难忍，只得躬身奏道："臣蒙皇上清问，一时不能条奏，容臣细思，再为启奏。"天子道："既如此，也罢。先生务须为朕加意，只要事事可行，宜于古而不戾于今罢了。"说罢，起驾回宫。

庄征君出了勤政殿，太监又牵了马来，一直送出午门。徐侍郎接着，同出朝门。徐侍郎别过去了。庄征君到了下处，除下头巾，见里面有一个蝎子。庄征君笑道："臧仓小人，原来就是此物！看来我道不行了！"次日起来，焚香盥手，自己揲了一个蓍，筮得"天山遯"。庄征君道："是了。"便把教养的事，细细做了十策，又写了一道"恳求恩赐还山"的本，从通政司送了进去。

自此以后，九卿六部的官，无一不来拜望请教。庄征君会得不耐烦，只得各衙门去回拜。大学士太保公向徐侍郎道："南京来的庄年兄，皇上颇有大用之意，老先生何不邀他来学生这里走走？我欲收之门墙，以为桃李。"侍郎不好唐突，把这话委婉地向庄征君说了。庄征君道："世无孔子，不当在弟子之列。况太保公屡主礼闱，翰苑门生不知多少，何取晚生这一个野人？这就不敢领教了。"侍郎就把这话回了太保。太保不悦。

又过了几天，天子坐便殿，问太保道："庄尚志所上的十策，朕细看，学问渊深。这人可用

为辅弼么？"太保奏道："庄尚志果系出群之才，蒙皇上旷典殊恩，朝野胥悦。但不由进士出身，骤跻卿贰，我朝祖宗无此法度，且开天下以幸进之心。伏候圣裁。"天子叹息了一回，遂教大学士传旨：庄尚志允令还山，赐内帑银五百两，将南京元武湖赐与庄尚志著书立说，鼓吹休明。传出圣旨来，庄征君又到午门谢了恩，辞别徐侍郎，收拾行李回家。满朝官员都来饯送，庄征君都辞了，依旧叫了一辆车，出彰仪门来。

庄征君遇着顺风，到了燕子矶，自己欢喜道："我今日复见江山佳丽了！"叫了一只凉篷船，载了行李一路荡到汉西门。叫人挑着行李，步行到家，拜了祖先，与娘子相见，笑道："我说多则三个月，少则两个月便回来，今日如何？我不说谎吧！"娘子也笑了，当晚备酒洗尘。

次早起来，才洗了脸，小厮进来禀道："六合高大老爷来拜。"庄征君出去会。才会了回来，又是布政司来拜，应天府来拜，驿道来拜，上、江二县来拜，本城乡绅来拜，哄庄征君穿了靴又脱，脱了靴又穿。庄征君恼了，向娘子道："我好没来由！朝廷既把元武湖赐了我，我为什么住在这里和这些人纠缠？我们速搬到湖上去受用！"当下商议料理，和娘子连夜搬到元武湖去住。

这湖是极宽阔的地方，和西湖差不多大。左边台城，望见鸡鸣寺。那湖中菱、藕、莲、芡，每年出几千石。湖内七十二只打鱼船，南京满城每早卖的都是这湖鱼。湖中间五座大洲：四座洲贮了图籍，中间洲上一所大花园，赐与庄征君住，有几十间房子。园里合抱的老树，梅花、桃、李、芭蕉、桂、菊，四时不断的花。又有一园的竹子，有数万竿。园内轩窗四启，看着湖光山色，真如仙境。门口系了一只船，要往哪边，在湖里渡了过去。若把这船收过，那边飞也飞不过来。庄征君从此就住在这里了。

（四）四大奇人

当真儒名贤"都已渐渐消磨了"的时候，作者在全书末尾写了"四大奇人"。

第一个是会写字的，这人叫季遐年，自小无家无业，总在寺院里安身。每天跟着和尚在寺院里吃斋，和尚倒也不厌他。一个会写字的人到底奇在何处？奇就奇在他字写得好却有很多的怪癖：他的字写得最好，却又不肯学古人的法帖，只是自己创出来的格调，由着笔性写了去，但凡人要请他写字时，他提前三日，就要斋戒一日，第二日磨一天的墨，却又不许别人替磨。就是写个十四字的对联，也要用墨半碗。用的笔，都是那人家用坏了不要的他才用。到写字的时候，要三四个人替他拂着纸，他才写。一些拂得不好，他就要骂、要打。却是要等他情愿，他才高兴。他若不情愿时，任你王侯将相，大捧的银子送他，他正眼儿也不看。他又不修边幅，穿着一件稀烂的直裰，穿着一双再破不过的蒲鞋。每日写了字，得了人家的笔资，自家吃了饭，剩下的钱就不要了，随便不相识的穷人，就送了他。他到一个朋友家去，蒲鞋沾了好多泥，人家想办法让他换鞋，他来气了，没有进门还一顿挖苦："你家是什么要紧的地方！我这双鞋就不可以坐在你家？我坐在你家，还要算抬举你。"施御史的孙子来请他去写字，他对他们的怠慢不高兴，不高兴不去也就罢了，可是他去了，去了之后却不写字，而是一顿教训："你是何等之人，敢叫我来写字！我又不贪你的钱，又不慕你的势，又不借你的光，你敢叫我写起字来！"

第二个是卖火纸筒子的，叫王太，他祖代是三牌楼卖菜的，到他父亲手里穷了，把菜园都卖掉，后来父亲死了，他无以为生，每日到虎踞关一带卖火纸筒过活。只是有一个好处，他喜欢下围棋，有一天走上街头，看到几个人下围棋，大家互相吹捧着，说这个是国手，那个是名手，王太总笑，几个人看他衣衫褴褛，不服气，和他一下，最厉害的国手也输给了他，这才吃惊，同时请他去吃酒论谈。王太大笑道："天下哪里还有个快活似杀矢棋的事！我杀过矢棋，心里快活极了，那里还吃得下酒！"说毕，哈哈大笑，头也不回就去了。

第三个是开茶馆的，叫盖宽，本来是个开当铺的人，也有些家产，可是他乐善好施，为了接济别人把家里各样的东西都变卖尽了，自己又不懂经营，只能开个茶馆，每日卖得五六十壶茶，赚得五六十个钱，仅够维持柴米。就是这样的困境，他心爱的古书却是不肯卖。别人劝他去找找以前自己帮助过的人，想想办法帮他做点有收成的生意，他说："'世情看冷暖，人面逐高低'。当初我有钱的时候，身上穿得也体面，跟的小厮也齐整，和这些亲戚本家在一块，还搭配得上。而今我这般光景，走到他们家去，他就不嫌我，我自己也觉得可厌。至于老爹说有受过我的惠的，那都是穷人，哪里还有得还出来！他而今又到有钱的地方去了，那里还肯到我这里来！我若去寻他，空惹他们的气，有何趣味！"

第四个是做裁缝的，叫荆元，五十多岁，每日替人家做了活，余下来工夫就弹琴写字，也极喜欢作诗。当时裁缝是个低贱的行当，朋友问他："你既要做雅人，为什么还要做你这贵行？何不同些学校里人相与相与？"他道："我也不是要做雅人，也只为性情相近，故此时常学学。至于我们这个贱行，是祖辈遗留下来的，难道读书识字，做了裁缝就玷污了不成？况且那些学校中的朋友，他们另有一番见识，怎肯和我们相与？而今每日寻得六七分银子，吃饱了饭，要弹琴，要写字，诸事都由得我，又不贪图人的富贵，又不伺候人的颜色，天不收，地不管，倒不快活？"

这"四大奇人"，是知识分子高雅生活"琴棋书画"的化身，是作者心造的幻影，是文人化的市井平民，是作者为新一代读书士子设计的人生道路，体现作者对完美人格的追求。但是，幻影终归是幻影，因为"那一轮红日，沉沉地傍着山头下去了"，荆元悠扬的琴声"忽作变徵之音，凄清婉转"，令人"凄然泪下"。

这四个人知情知趣，心境淡泊，为所欲为，蔑视权贵。当"那南京的名士都已渐渐消磨尽了"的时候，奇人却出现在市井中间。当儒林中一片狼藉，而市井中则有闪光的人格。为什么在市井中反倒能保持人格的独立与心灵的自由呢？这四个奇人虽然都不是很富裕，但是其经济都能够独立，这恰好就是问题的关键所在：人格独立的背后是经济独立。被权力网络所覆盖的儒林中，只有爬墙藤一样的附庸，市井人物操持着被士大夫所蔑视的职业，他们却在这职业中获得了真正的经济独立。荆元说"诸事都由我"，好一个"诸事都由我"！儒林人士即使爬到宰辅这样的最高位置，怕也不敢说这样的大话。这无疑给儒林中人找到了新的出路。

吴敬梓与《儒林外史》

五、《儒林外史》的艺术特色

（一）《儒林外史》的讽刺艺术

吴敬梓怀着高尚的理想和道德情操，但在现实生活中处处碰壁。狂狷而豁达的性格，使他睥睨群丑，轻蔑流俗。"先生豁达人，哺糟而啜醨。小事聊糊涂，大度乃滑稽"。这样的气质和禀赋，使他采用了讽刺的手法去抨击现实。鲁迅在《中国小说史略》中简括地论述了中国讽刺小说的渊源和发展："寓讥弹于稗史者，晋唐已有，而明为盛，尤在人情小说中。"然而多数作品或"大不近情"，类似插科打诨；或非出公心，"私怀怨毒，乃逞恶言"；或"词意浅露，已同谩骂"。《儒林外史》将讽刺艺术发展到新的境界，"秉持公心，指擿时弊""戚而能谐，婉而多讽""于是说部中乃始有足称讽刺之书"。

讽刺的生命是真实。《儒林外史》通过精确的白描，写出"常见""公然""不以为奇"的人事的矛盾、不和谐，显示其蕴含的意义。例如严贡生在范进和张静斋面前吹嘘："小弟只是一个为人率真，在乡里之间从不晓得占人寸丝半粟的便宜。"言犹未了，一个小厮进来说："早上关的那口猪，那人来讨了，在家里吵哩。"通过言行的不一，揭示严贡生欺诈无赖的行径。又如汤知县请正在居丧的范进吃饭，范进先是"退前缩后"地坚决不肯用银镶杯箸。汤知县赶忙叫人换了一个瓷杯，一双象箸，他还是不肯，直到换了一双白颜色竹箸来，"方才罢了"。汤知县见他居丧如此尽礼，正着急"倘或不用荤酒，却是不曾备办"，忽然看见"他在燕窝碗里拣了一个大虾元子送在嘴里"，心才安下来。真是"无一贬词，而情伪毕露"。

《儒林外史》通过不和谐的人和事进行婉曲而又锋利的讽刺。五河县盐商送老太太入节孝祠，张灯结彩，鼓乐喧天，满街是仕宦人家的牌仗，满堂有知县、学师等官员设祭，庄严肃穆。但盐商方老六却和一个卖花牙婆伏在栏杆上

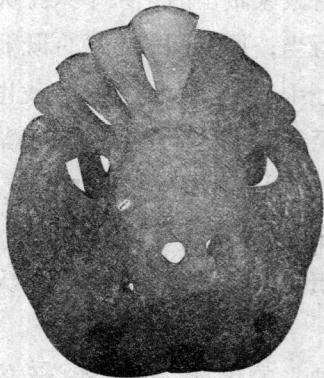

看执事，"权牙婆一手扶着栏杆，一手拉开裤腰捉虱子，捉着，一个一个往嘴里送"。把崇高、庄严与滑稽、轻佻组合在一起，化崇高、庄严为滑稽可笑。

《儒林外史》具有悲喜交融的美学风格。吴敬梓能够真实地展示出讽刺对象中戚谐组合、悲喜交织的二重结构，显示出滑稽的现实背后隐藏着的悲剧性内蕴，从而给读者以双重的审美感受。周进撞号板，范进中举发疯，马二先生对御书楼顶礼膜拜，王玉辉劝女殉夫的大笑……这瞬间的行为是以他们的全部生命为潜台词的，所以这瞬间的可笑又蕴含着深沉的悲哀，这最惹人发笑的片刻恰恰是内在悲剧性最强烈的地方。作者敏锐地捕捉到人物的瞬间行为，把对百年知识分子命运的反思和他们瞬间的行为巧妙地结合在一起，使讽刺具有巨大的文化容量和社会意义。《儒林外史》的讽刺艺术正是体现了鲁迅所说的"讽刺的生命是真实""非写实决不能成为所谓讽刺"的精神。小说中许多人物原型、许多人情世态，都是当时社会上司空见惯的。作者加以典型的概括，从而显露出幽默的讽刺锋芒。正如鲁迅在《什么是"讽刺"》中所说的，"它所写的事情是公然的，也是常见的，平时是谁都不以为奇的，而且自然是谁都毫不注意的。不过事情在那时却已经是不合理，可笑，可鄙，甚而至于可恶。但这么行下来了，习惯了，虽在大庭广众之间，谁也不觉得奇怪；现在给它特别一提，就动人"。取得强烈的讽刺艺术效果，从而更真实地揭露了问题的本质，起着深刻的批判作用。同时，针对不同人物作不同程度、不同方式的讽刺。总之，《儒林外史》运用把相互矛盾的事物放在一起，突出它的不合理的讽刺手法，其讽刺艺术不仅分寸掌握恰当，而且能将矛头直接指向罪恶的社会制度，而不是人身攻击，它体现了现实主义讽刺艺术的高度成就。

（二）《儒林外史》的人物刻画

《儒林外史》语言特点是准确、洗炼而富于形象性。常以三言两语，使人物"穷形尽相"。如第二回中写夏总甲"两只红眼边，一副锅铁脸，几根黄胡子，歪戴着瓦楞帽，身上青布衣服就如油篓一般，手里拿着一根赶驴的鞭子，走进门来，和众人拱一拱手，一屁股就坐在上席"。这样，一个自高自大的小

土豪形象就活现在我们面前。吴敬梓学习运用人民群众的口语相当成功，对话中有时引用谚语、歇后语，也能恰当自然。

《儒林外史》中所写的人物更切近人的真实面貌，通过平凡的生活写出平凡人的真实性格。像鲍文卿对潦倒的倪霜峰的照顾和对他儿子倪廷玺的收养；甘露寺老僧对旅居无依的牛布衣的照料以及为他料理后事的情谊；牛老儿和卜老爹为牛浦郎操办婚事，他们之间的相恤相助等等，都是通过日常极平凡细小甚至近于琐碎的描写，塑造了下层人民真诚朴实的性格，感人至深。

人物性格也摆脱了类型化，而有丰富的个性。严监生是个有十多万银子的财主，临死前却因为灯盏里点着两根灯草而不肯断气。然而他并不是吝啬这个概念的化身，而是一个活生生的人。他虽然悭吝成性，但又有"礼"有"节"，既要处处保护自己的利益，又要时时维护自己的面子。所以，当他哥哥严贡生被人告发时，他拿出十多两银子平息官司；为了儿子能名正言顺地继承家产，不得不忍痛给妻兄几百两银子，让他们同意把妾扶正；妻子王氏去世时，料理后事竟花了五千银子，并常因怀念王氏而潸然泪下。一毛不拔与挥金如土，贪婪之欲与人间之情，就这样既矛盾又统一地表现出人物性格的丰富性。

作者不但写出了人物性格的丰富性，而且写出了人物内心世界的复杂性。王玉辉劝女殉节，写出他内心的波澜：先是一次关于青史留名的侃侃而谈，接着是两次仰天大笑，后又写他三次触景生情，伤心落泪。从笑到哭，从理到情，层层展开，写出王玉辉内心观念与情感的不断搏斗，礼教和良心的激烈冲突。又如第一回多层次地揭示了时知县的内心世界。他先是在危素面前夸口，心想官长见百姓有何难处，谁知王冕居然将请帖退回，不予理睬。他便想：可能是翟买办恐吓了王冕，因此不敢来。于是决定亲自出马。可是他这一念头被另一种想法推翻，认为堂堂县令屈尊去拜见一个乡民，会惹人笑话。但又想到"屈尊敬贤，将来志书上少不得称赞一篇。这是万古千年不朽的勾当，有什么做不得！"于是"当下定了主意"。这里，种种复杂心理不断转折、变幻，心态在纵向中曲线延伸，让人看到他那灵魂深处的活动。《儒林外史》中每个人物活动的过程并不长，但能在有限的情节里，体现出人物性格的非固定性，即性格的发展变化。匡超人从朴实的青年到人品堕落，写出他随着环境、地位、人物之

间关系而改变的性格，在他性格变化中又体现着深刻的社会生活的变动。

古代小说人物的肖像描写往往是脸谱化的，如"面如冠玉，唇若涂脂""虎背熊腰，体格魁梧"等等。《儒林外史》掀掉了脸谱，代之以真实细致的描写，揭示出人物的性格。如夏总甲"两只红眼边，一副锅铁脸，几根黄胡子，歪戴着瓦楞帽，身上青布衣服就如油篓一般，手里拿着一根赶驴子的鞭子，走进门来，和众人一拱手，一屁股就坐在上席"。通过这一简洁的白描，夏总甲的身份、教养、性格跃然纸上。

（三）《儒林外史》的结构艺术

《儒林外史》的结构，正如鲁迅言"虽云长篇，颇同短制"。全书没有一线到底的人物和情节，而以同一主题贯穿全书。有时这一回的主要人物到下一回就退居次要。"事与其来俱起，事与其去俱讫"。这种独特形式主要还是出于作者的艺术构思。全书以反对科举制度为主干，通过这一点，自如地安排各类人物和故事，从而达到较广泛地反映社会生活的目的。因此，尽管这种结构形式难免有些松散，但对它所反映的特定内容来说是和谐的。

中国乃至世界近代长篇小说传统的结构方式是由少数主要人物和基本情节为轴心而构成一个首尾连贯的故事格局。《儒林外史》是对百年知识分子厄运进行反思和探索的小说，很难设想它还有可能以一个家庭或几个主要人物构成首尾连贯的故事，完成作者的审美命题。如果那样，就有可能把科举制度下知识分子的种种行为集中在几个人身上，造成某种箭垛式的笑料集锦。《儒林外史》把几代知识分子放在长达百年的历史背景中去描写，以心理的流动串联生活经验，创造了一种"全书无主干，仅驱使各种人物，行列而来，事与其来俱起，亦与其去俱讫，虽云长篇，颇同短制"的独特形式。它冲破了传统通俗小说靠紧张的情节互相勾连、前后推进的通常模式，按生活的原貌描绘生活，写出生活本身的自然形态，写出随处可见的日常生活。

作者根据亲身经历和生活经验，对百年知识分子的厄运进行思考，以此为线索把"片断的叙述"贯穿在一起，构成了《儒林外史》的整体结构。第一回通过"楔子"以"敷陈大义""隐括全文"，

然后又以最后一回"幽榜"回映"楔子",首尾呼应,浑然一体。除"楔子"和结尾外,全书主体可分为三部分。第一部分,自第二回起至三十回止,主要描写科举制度下的文人图谱,以二进(周进、范进)、二王(王德、王仁)、二严(严贡生、严监生)等人为代表,以莺脰湖、西子湖、莫愁湖聚会为中心,暴露科举制度下文士的痴迷、愚昧和攀附权贵、附庸风雅的丑态,同时也展现了社会的腐败和堕落。第二部分,自三十一回起到四十六回止,是理想文士的探求。作者着重写三个中心:修祭泰伯祠,奏凯青枫城,送别三山门。围绕这三个中心,塑造了杜少卿、迟衡山、庄绍光、虞育德、萧云仙等真儒名贤的形象。第三部分,自四十七回至五十五回止,描写真儒名贤理想的破灭,社会风气更加恶劣,一代不如一代,以至于陈木南与汤由、汤实二公子在妓院谈论科场和名士风流了。但是,作者没有绝望,仍在探索,写了"四大奇人",用文人化身自食其力者来展示他对未来的呼唤。

中国古代小说多以传奇故事为题材,可以说都是"传奇型"的。到了明代中叶,从《金瓶梅》开始,才以凡人为主角,描写世俗生活。而真正完成这种转变的,则是《儒林外史》。它既没有惊心动魄的传奇色彩,也没有情意绵绵的动人故事,而是当时随处可见的日常生活和人的精神世界。全书写了二百七十多人。除士林中各色人物外,还把高人隐士、医卜星相,娼妓狎客、吏役里胥等三教九流的人物推上舞台,从而展示了一幅幅社会风俗画,致使有人感叹"慎毋读《儒林外史》,读竟乃觉日用酬酢之间无往而非《儒林外史》"。

《儒林外史》摆脱了传统小说的传奇性,淡化故事情节,也不靠激烈的矛盾冲突来刻画人物,而是尊重客观再现,用寻常小事,通过精细的白描来再现生活,塑造人物。马二先生游西湖,没有惊奇的情节,没有矛盾冲突,只是按照马二先生游西湖的路线,所见所闻,淡淡地写去。写他对湖光山色全无领略;肚子饿了,没有选择地"每样买了几个钱,不论好歹,吃了一饱";见到书店就问自己的八股文选本的销路如何;看到御书楼连忙把扇子当笏板,扬尘舞蹈,拜了五拜;遇到丁仙祠里扶乩,就想问功名富贵;洪憨仙引他抄近路,他以为神仙有缩地腾云之法。这平淡无奇的描写却把这个八股选家的愚昧、迂腐的性格写活了。写匡超人回董家,"他娘捏一捏他身上,见他穿着极厚的棉袄,方才放心"。通过这样平常的细节,把母亲对他的爱以"摹神之笔"刻骨铭心地写了出来。

六、《儒林外史》的影响

在中国的古典小说丛林中，《儒林外史》是一部中国古代最著名的长篇讽刺小说，在中国文坛上闪耀着不可磨灭的光辉，它是一部不朽的著作。吴敬梓以其独特的视角和锋利的讽刺给后来的讽刺小说树立了一个榜样。

《儒林外史》是与现代小说观念最接近的古代小说。作者用简洁质朴的白话语言把小说形象生动自然地呈现在读者面前，这种白描手法，是其对古典小说叙事形态的一大超越，能使作品变得平晓易懂，更容易感受到作者想要表达的思想情感。少了文绉绉的表现，多了点自然流露，读起来也琅琅上口。

《儒林外史》不同于体现官方意志，掩盖弊端，粉饰太平的正史，正是记正史之不书，写名不见经传的众生相，也不同于民间流行的荒诞不经的稗官野史，其主旨是"写世间真事"，穷极文人情态，针砭时弊，讽喻世人。就儒林士流而言，主要写了四种人：迂儒、名士、贤人、奇人。吴敬梓最善于讽刺和揭露，他通过尖刻的笔触对迂儒人物进行嘲笑和讽刺，深刻地批判了封建时代的科举制度。虽然字里行间处处嘲讽，但更多的是对科举制度的愤懑和对可怜书生们的同情。

从全文来看，《儒林外史》在谋篇布局上，全书故事情节虽没有一个主干，可是有一个中心贯穿其间，那就是反对科举制度和封建礼教的毒害，讽刺因热衷功名富贵而造成的极端虚伪、恶劣的社会风习。这样的思想内容，在当时无疑是有其重大的现实意义和教育意义的。

《儒林外史》所达到的高度的思想艺术成就，使它在当时就产生了很大的影响。晚清谴责小说《官场现形记》等显然是受了《儒林外史》讽刺艺术的影响，并在结构上也有所模仿。我国新文学的伟大作家鲁迅，极其推崇《儒林外史》，评《儒林外史》为："如集诸碎锦，合为帖子，虽非巨幅，而时见珍异。"他的战斗的文学传统特别是在讽刺手法的运用上，和《儒林外史》也有一定的关系。冯沅君、陆侃如合著

吴敬梓与《儒林外史》

的《中国文学史简编》认为"大醇小疵"，由于时代的局限，作者在书中虽然批判了黑暗的现实，却把理想寄托在"品学兼优"的士大夫身上，宣扬古礼古乐，看不到改变儒林和社会的真正出路，这是应该加以批判的。但其精湛的艺术手法，直到今天仍有重要意义。

《儒林外史》是我国古代讽刺文学的典范，吴敬梓对生活在封建末世和科举制度下的封建文人群像的成功塑造，以及对吃人的科举、礼教和腐败世态的生动描绘，使他成为我国文学史上批判现实主义的杰出作家之一。《儒林外史》不仅直接影响了近代谴责小说，而且对现代讽刺文学也有深刻的启发。现在，《儒林外史》已被译成英、法、德、俄、日等多种文字，成为一部世界性的文学名著。有的外国学者认为：这是一部讽刺迂腐与卖弄的作品，然而却可称为世界上一部最不引经据典、最饶有诗意的散文叙述体之典范。它可与意大利薄伽丘、西班牙塞万提斯、法国巴尔扎克等人的作品相抗衡。